Der Mann, der fliegen wollte

Das Buch

Fallen und fliegen und für den Moment alles vergessen – diesen Traum aus Kindheitstagen hat Rafael Engelmann, Schauspieler ohne Engagement, sich bewahrt. In seine Einsamkeit gehüllt wie in einen Mantel, begibt er sich auf die Suche nach dem, was er vor langer Zeit verloren hat, auf die Suche nach Geborgenheit und Glück. »Mit der Zeit wirst du lernen zu sehen, wenn du die Augen schließt«, diese Worte seines Vaters begleiten ihn durch eine Welt voller Unsicherheiten und Gefahren. Auf seinen ruhelosen Wanderungen an die Stätten seiner Kindheit begegnet er Menschen, die er einst kannte und liebte, und lernt andere kennen, die wie der Clown Kroll sein Leben nachhaltig beeinflussen.

Mit seinem zweiten Roman hat sich Klaus Hoffmann, der erfolgreiche Sänger und Schauspieler, der »Zauberer der Gefühle«, auf eine Reise in das Land der Erinnerung begeben. Ein Weg, der schmerzhaft ist, weil voller Aufrichtigkeit, und tröstlich, weil voller Liebe. Und unversehens gelingt ihm mit seinem poetischen Gauklerroman auch eine Liebeserklärung an seine Heimatstadt Berlin.

Der Autor

Klaus Hoffmann, Schauspieler, Sänger, Liedermacher, geboren 1951 in Berlin. Schauspielstudium am Max-Reinhardt-Seminar, Goldene Kamera 1976 und Bambi 1977 für die Rolle des Edgar Wibeau in dem Film *Die Leiden des jungen W.* Zahlreiche Schallplatten, ausverkaufte Tourneen und Auszeichnungen für Musikveröffentlichungen und Fernseharbeiten, unter anderem für *Brel – Die letzte Vorstellung.* Klaus Hoffmann lebt in Berlin.

In unserem Hause ist von Klaus Hoffmann bereits erschienen:

Afghana

Klaus Hoffmann

Der Mann, der fliegen wollte

Roman

List Taschenbuch

Besuchen Sie uns im Internet:
www.list-taschenbuch.de

Wir danken dem Verlag C. H. Beck, München,
für die freundliche Genehmigung zum Abdruck des Gedichts
Das Spiegelkabinett von Iman Mirsal aus:
Die Farbe der Ferne. Moderne arabische Dichtung.
Herausgegeben und übersetzt von Stefan Weidner.

Umwelthinweis:
Dieses Buch wurde auf chlor- und säurefreiem Papier gedruckt.

Ungekürzte Ausgabe im List Taschenbuch
List ist ein Verlag der Ullstein Buchverlage GmbH, Berlin.
1. Auflage November 2005
© Ullstein Buchverlage GmbH, Berlin 2004 / Ullstein Verlag
Umschlagkonzept: HildenDesign, München – Stefan Hilden
Umschlaggestaltung: Hauptmann und Kompanie Werbeagentur,
München – Zürich
Titelabbildung: © Jim Rakete
Satz: hanseatenSatz-bremen, Bremen
Gesetzt aus der Stempel Garamond
Druck und Bindearbeiten: Clausen & Bosse, Leck
Printed in Germany
ISBN-13: 978-3-548-60605-7
ISBN-10: 3-548-60605-9

Das Spiegelkabinett

Wir werden zusammen auf den Jahrmarkt gehen
und das Spiegelkabinett betreten,
damit du dich siehst, größer
als die Palme deines Vaters,
und mich neben dir, klein und gekrümmt.
Sicher werden wir viel lachen,
wir werden miteinander Mitleid haben,
und beide werden wir wissen,
dass der andere eine Kindheit auf dem Rücken trägt,
in der es verboten war,
auf den Jahrmarkt zu gehen.

Iman Mirsal

Für meinen Vater

Der Junge

»Rafael, komm vom Dach herunter!« Tante Mimmi schrie aus Leibeskräften. »Der Junge bricht sich noch den Hals.«

Sie stand hinter dem Gartentor und hielt sich an ihrer Schürze fest. Sie wrang die Enden wie ein nasses Tuch. Der Junge hatte sich in seiner Not mit den Füßen gegen die Dachrinne gestemmt und versuchte gleichzeitig, mit den Händen einen Halt zu finden. Um Hilfe zu rufen hätte er nicht gewagt.

»Komm herunter! Tu mir den Gefallen.« Tante Mimmi war den Tränen nahe.

Rafael schaffte es, sich am Dach aufzurichten. Er rutschte so lange mit dem Rücken an den Schieferplatten empor, bis er auf dem Kamm des Daches angelangt war und sich mit beiden Händen an der Einstiegsluke festhalten konnte. Irgendwie kam er Sekunden später herunter. Irgendwie fand er auf den Boden zurück. Irgendwie kam er aus dem Haus.

Die Sonntage waren für ihn das Schönste. Die Sonntage im Frühling, die Sonntage im Sommer, die Sonntage im Herbst, selbst wenn die Tage kürzer wurden. Die Sonntage bei Tante Mimchen, die er Tante Mimmi nannte, bei Onkel Rolf, dem besten Freund seines Vaters, bei

Tante Ilschen, der Frau seines Onkels und der besten Freundin seiner Mutter, die Sonntage erlösten ihn von allem Übel.

Die Sommertage in den Bäumen, der Geruch von Kohle und Ruß, das heiße Pflaster der immer leeren Straße. Alles, was er sah, roch und fühlte, war für ihn aufregend und beruhigend zugleich. Es war ja alles klein in dieser Gegend, klein und überschaubar. Aber je mehr er sich in den Bäumen, in den Sträuchern und Hecken, den Plätzen, die nur er kannte, wiederfand, desto mehr fiel die gewohnte Enge von ihm ab. Sobald sie in die Straße zu dem Haus mit dem wilden Garten einbogen, fühlte er sich frei.

Sie fuhren jeden Sonntag in den Osten. Sie fuhren zu dritt, und doch fuhr jeder für sich allein. Sein Vater schwieg und sah während der zweistündigen Fahrt unentwegt aus dem Fenster. Der Junge hing an der Seite der Mutter, und wenn er den Kopf hob, sah er draußen eine graue, unwirkliche Landschaft, die ihn ängstigte. Je näher sie der Grenze kamen, desto fester drückte er sich an seine Mutter. Er spürte ihre Angst und vergaß darüber seine eigene. Seinen Vater anzusprechen wagte er nicht. Mächtig saß der vor ihnen auf der Bank, die Hände im Schoß, mit traurigem Blick. Der große Mann auf der kleinen Holzbank.

Wenn sie die Station Hallesches Tor hinter sich hatten, war es nicht mehr weit bis zum Grenzübergang Friedrichstraße. Sobald sie sich dem Bahnhof näherten, veränderten sich die Gesichter der Leute. Alle starrten schweigend vor sich hin. Dieses Schweigen war für den Jungen das Schlimmste. Das Schweigen und die Ergebenheit, die er in ihren Gesichtern sah. Jeder hielt sich an seinem Gepäck fest. Er sah die Angst, ohne die Gefahr zu begreifen. Dennoch fürchtete er sich, noch ehe sie den Bahnhof erreichten. Alle, die in den Osten fuhren, kannten diese Angst. Erinnerungen an die Kriegszeit, die Kontrollen der Grenzbeamten, das Warten, die Befehle der Uniformierten. Der Junge drückte sich noch fester an seine Mutter, und die beobachtete den Vater, der immer mehr in seinen Gedanken versank.

Bahnhof Friedrichstraße stiegen sie aus. In wenigen Minuten war der Bahnsteig angefüllt mit Menschen, die auf die Kontrolle warteten. Irgendwann stand jeder einmal mit dem Rücken an der Wand der Holzbaracke. Koffer, Taschen, Kartons, alles wurde von den Grenzern untersucht oder konfisziert. Wenn sie nach einer Ewigkeit die Kontrollen und Leibesvisitationen hinter sich hatten, fühlte der Junge sich besser. Die Leute sprachen wieder miteinander, und jeder Schritt, der ihn über diese Grenze hinausbrachte, eröffnete ihm eine Welt, die ihm besser schien als die, die er von zu Hause kannte. Aber die Angst war der Preis, den er zu zahlen hatte, um auf die andere Seite zu gelangen.

Wenn die Bahn wieder anfuhr, war alles überstanden. Der Junge suchte sich einen freien Platz, kletterte auf die Holzbank, drückte sein Gesicht an die Fensterscheibe und sah hinaus.

Es war immer noch dieselbe graue Landschaft, die an ihnen vorbeiflog. Die Häuser waren fast alle zerstört und wirkten verlassen. Aber wenn er sich etwas größer machte, konnte er in den Himmel hinauf- und die Wolken sehen. Manchmal näherten sich dem Zug ein paar Tauben, und dann war ihm, als würden sie mit ihren schwarzen Augen zu ihm sprechen. Vor einer Bahnschranke standen ein paar Leute und winkten zu ihm herüber.

Er konnte stundenlang so am Fenster stehen und auf die Schienen starren, wie sie sich kreuzten, sich irgendwo verloren und wieder zusammenkamen. Er war überzeugt, dass sie niemals enden, dass sie immer so weiterlaufen würden.

Je länger er am Fenster stand, desto mehr vergaß er alles um sich herum. Hatte er genug Mut gesammelt, zog er den Fenstergriff herunter, und der Fahrtwind brachte ihm den Geruch von Eisen und Kohle, den er von den anderen Sonntagsreisen kannte. Und nach einiger Zeit fühlte er sich richtig zu Hause, obwohl sie längst in der Fremde waren.

Die Gärten waren es, die ihn befreiten, die Bäume, die Sträucher, das Obst. Die Pflaumen, die Pfirsiche, so groß wie eine Faust, Äpfel, die nie ganz süß wurden, Kirschen, die sauer und lustig und dick und madig und kugelrund waren. Die Erde, in der er wühlen konnte. Manche Löcher so tief wie das Loch vom Toilettenhäuschen, das im hinteren Teil des Grundstücks stand. Dorthin ging er manchmal, weil man die Tür der kleinen Hütte von innen zusperren konnte und die Wände auch am Nachmittag noch sonnenwarm waren. Wenn er sich auf die Brille hockte, direkt über das gruselige Loch, sah er das Licht durch die Ritzen der Wände fallen. Die Hütte stank entsetzlich nach Kot, aber wenn seine Zehen den modrigen Boden berührten, fühlte er sich gut, obwohl er sich dort immer fürchtete.

Stundenlang stiefelte er durch den Garten, stieß Steinchen umher, rupfte an Halmen und Unkraut, stand manchmal minutenlang vor der Jauchegrube, die sie hinter dem Haus angelegt hatten, starrte in die wabernde Brühe, vergaß alles andere und sorgte sich irgendwann nicht mehr um seine Hosen, die schon Spuren von Abenteuern trugen.

Im Sommer half er bei der Ernte. Die Sträucher waren beladen mit Johannisbeeren, Himbeeren oder Stachelbeeren. Die Beete trugen Erdbeeren oder grünen Salat. Hände voller Früchte stopfte er sich in den Mund, verschlang alles, was er fand, so lange, bis ihm übel wurde. Er sorgte sich nicht in dieser Welt, er war dort einfach nur vorhanden.

Wenn sich seine Leute zur Mittagszeit über das Kaninchen, den Rehrücken, den selbst abgefüllten Wein und das Bier hermachten, war er längst mit seinem Luftgewehr unterwegs, war schon mindestens dreimal am nahe gelegenen Weiher gewesen, hatte es aber nie wirklich gewagt, auf irgendetwas Lebendiges zu schießen. Hatte in aller Ruhe seine inneren Dialoge geführt, ein paar Schlachten geschlagen, Siege erkämpft und Niederlagen erlitten. Hatte Geschichten aus der Erinnerung nachgestellt, die er in den Büchern seines Onkels gelesen hatte. War mehrmals durch das moorige Wasser des Tümpels gestapft, hatte mit seinen Zehen im Schlamm gewühlt, wiederholt nach Kröten und Fröschen gesucht und war dann nach Stunden mit zerschundenen Knien und aufgekratzten Waden zur Gartenlaube auf der anderen Straßenseite gerannt. Dort hatte er auf den Freund gewartet, den Nachbarjungen, dessen Namen er immer vergaß. Hatte dort eine Zeit lang bewegungslos auf einem wackeligen Stuhl gesessen, an einem angekokelten Tisch, umgeben von alten

Zeitungen, dem »Neuen Deutschland« und der »Wochenpost«, die auf dem Boden verstreut waren, und sich eine völlig andere Welt erfunden. Immer mutiger hatte er mit dem Gewehr in der Luft herumgefuchtelt und die Laube mit Riesenschritten durchquert, hatte immer neue Wege ausprobiert und irgendwann, nach einer Zeit völliger Selbstvergessenheit, berauscht von den inneren Bildern, einfach getan, was ihm gerade einfiel: Verrücktes, Selbsterfundenes, Unerlaubtes. Hatte sich die eine oder andere Geschichte zurechtgezimmert und sie wieder aufgegeben, bis die innere Uhr ihm sagte, dass seine Leute mit dem Essen fertig sein mussten. Er hatte ihre Stimmen gehört und ihr Lachen, das Lachen seines Vaters, seiner Mutter und seiner Tante. Und mit dieser Beruhigung rannte er zum Nachbarhaus, das Gewehr im Anschlag, zu dem Freund, der ihn schon in der Tür erwartete und ihn über die wackelige Leiter mit hinauf aufs Dach nahm.

Sie kraxelten über die Schieferplatten hinunter zur Dachrinne, ohne viele Worte zu verlieren, und stemmten sich mit den Füßen ab, glücklich und atemlos, als wären sie irgendwo angekommen. Und erst wenn er seine Tante Mimmi aus dem Haus treten sah, wenn sie nach ihm rief, beschlich ihn wieder die alte Angst, die er längst vergessen geglaubt hatte. Je häufiger sie nach ihm rief, desto mehr zögerte er, etwas zu tun. Bis er schließlich alles aufgab, die Geschichten und die Pläne, die er für den Rest des Tages gemacht hatte. Weil die Stimme ihn daran erinnerte, dass er zu weit gegangen war.

Dabei hätte er sich einfach fallen lassen können, hinunter in den Hof – nur zwei, drei Meter tief hinab ins Nichts. Er wäre unbeschadet auf dem Boden gelandet, gleich neben dem Kaninchenstall. Er fühlte sich stark genug für diesen Sprung. Er hätte es dem Jungen hinter sich gezeigt, diesem fremden Gesicht mit den schmalen, ernsten Augen, dem Jungen, der so schönes blondes, gelocktes Haar hatte und der hinter ihm auf dem Dach hockte und ihn bei allem, was er tat, beobachtete. Der viel trainierter war als Rafael. Und nun fiel ihm der Name wieder ein: Bernd. Bernd hätte ihn springen lassen, weil er ihm vertraut hätte. Er wäre ihm gefolgt, wäre ebenso wie Rafael hinuntergesprungen, und es wäre ihnen nichts passiert. Denn sie wussten beide um das Geheimnis: Fallen und fliegen und für den Moment alles vergessen. Der Junge kannte sein Geheimnis, Rafael wusste es. Er hatte es an seinen Augen gesehen.

»Komm vom Dach herunter! Tu mir den Gefallen.« Tante Mimmi stand hinter dem Gartentor. Sie sah ganz klein und besorgt aus. Rafael schob sich vorsichtig mit dem Rücken an den Schieferplatten empor, bis er auf dem Kamm des Daches angelangt war und sich mit beiden Händen an der Einstiegsluke festhalten konnte. Dann drehte er sich zu dem Jungen um und zog ihn nach. Sie verschwanden in der Luke. Irgendwie kamen sie herunter. Irgendwie fanden sie auf den Boden zurück. Irgendwie kamen sie aus dem Haus.

Er war ein kleiner Kerl mit kräftigen Oberschenkeln und einem kurzen, drahtigen Oberkörper. Er hatte einen scharfen Verstand, warme Augen und die Gesichtszüge eines Mädchens. Er trug Hosen, die ihm bis zu den Knien reichten, und ging fast immer barfuß. Er wäre auch bei Schnee barfuß gelaufen, hätte ihm seine

13

Mutter nicht die Schuhe aufgezwungen. Er lebte in einer eigenen Welt, zu der nur wenige Erwachsene Zutritt hatten. Er tat, was ihm seine Leute auftrugen, aber er tat es nur mit halbem Herzen. Seine wahre Welt lag im Verborgenen, und er besaß das Wissen um eine Freiheit, die grenzenlos war, noch ehe er lesen und schreiben konnte.

Er war ein freundliches Kind, intelligent, liebevoll und sanft. Da er kein Schiff und kein Flugzeug bauen konnte, begann er nach anderen Fluchtwegen zu suchen, denn sein Viertel, die Straße, die Wohnung, in der er mit seinen Leuten lebte, waren ihm bald zu eng. So erfand er sich in den Stunden des Alleinseins eine größere, weitere und schönere Welt. Er teilte dies den Stühlen und den Tischen mit und den anderen Dingen, mit denen er Tag und Nacht zusammen war. Auf der Straße erzählte er seine Gedanken den Türen und Fenstern, den Steinen und den Bäumen.

Sehnsüchtig lag er jeden Morgen in seinem Bett und konnte das Tageslicht kaum abwarten. Durfte er endlich hinaus, rannte er ins Treppenhaus und packte das Geländer. Wenn er es mit seinen Händen umfasste, wusste er um die Gefahr abzustürzen. Ihm würden nur wenige Sekunden bleiben, um wieder Halt zu finden. Er kannte die Regeln. Im Reitersitz, den Bauch auf dem Holz, so ließ er los, glitt abwärts, nahm Fahrt auf, schoss hinunter und kam Sekunden später auf dem Boden an. Nahm das nächste Stockwerk in Angriff, die Hand wieder am Geländer, legte sich darüber und so fort. Von Absatz zu Absatz wurde er schneller. Mit jedem Meter, den er hinter sich brachte, verlor er die Angst zu fallen. Unten angekommen, hatte er einmal

seine ganze Welt umrundet. Stand atemlos und glücklich im Hausflur, nahm die letzten Meter bis zur Haustür wie im Flug, fasste die Klinke, hängte sich so lange
daran, bis sie nachgab, und war endlich draußen. Jeden
Tag machte er es so, als täte er es für immer.

Rafaels Welt

Ein mittelschwerer Sturm war den ganzen Nachmittag über Berlin gefegt. Im Laufe des Tages hatte er an Stärke zugenommen und dutzende Bäume geknickt. Rafael hatte den ganzen Abend zu Hause verbracht, mit Befürchtungen und Überlegungen zur Sicherheit.

Er hatte in den Fernsehnachrichten einen Mann gesehen, der sich am Rande eines Sees an einen überdimensionalen Drachen gehängt hatte und von den Winden in die Höhe gerissen wurde. Mehrere Meter hatte er sich mitziehen lassen, bis er endlich die Leine losgelassen hatte und auf den Boden gestürzt war. Man brachte ihn mit erheblichen Verletzungen in ein Krankenhaus. Die lokalen Nachrichten konzentrierten sich danach auf weitere Einsätze der Polizei und der Feuerwehr.

Rafael hatte daraufhin das Haus gesichert. Er war durch alle Räume gegangen, hatte Türen und Fenster verschlossen und vom Balkon aus einen letzten besorgten Blick auf die Bäume geworfen. Nach den Spätnachrichten hatte er noch einmal die Katzen versorgt, ein Bad genommen und sich dann ins Bett gelegt. Er war sofort eingeschlafen.

Mitten in der Nacht wurde er vom Sturm geweckt, der in mächtigen Wellen über das Dach raste. Rafael hatte stocksteif in seiner Arche gelegen und auf die Geräusche geachtet. Er hatte sich vor allem auf die Außengeräusche konzentriert: auf die herabfallenden Äste, das Klappern der Gartentür und lose Dachziegel, die über ihm hin und her polterten. Es hatte ihn erst geängstigt, aber nach einiger Zeit hatte er alles geschehen lassen und war irgendwann wieder eingeschlafen.

Früh am Morgen war er noch einmal aufgewacht. Er hatte einen Drang verspürt, war aber zu ängstlich gewesen, um ins Badezimmer zu gehen. Er war aufgestanden, ohne auf den Wecker zu sehen, der auf dem Nachttisch stand, gleich neben dem schlafenden Buddha, dem Vogel aus Glas, dem Lapislazulistein und dem Bild mit der aufgestickten Blume. Hatte sich zum Fußende getastet und war dann durchs Zimmer getappt in Richtung Fenster. Licht zu machen hatte er nicht gewagt.

Vor dem Terrakottatopf mit dem Gummigewächs, seinem großen Bruder, wie er ihn nannte, hatte er die Schlafanzughose heruntergelassen, sich auf den Boden gekniet und mit seinem Hähnchen einen Weg zwischen die Blätter gebahnt. Wie kalter Radiergummi hatten sie sich angefühlt. Dann hatte er mitten in die Wurzeln des großen Bruders gepinkelt. Eine elende Angelegenheit, wie er im Moment des Wasserlassens bemerkte. Als er sich wieder aufrichtete, hatte er gesehen, wie ihn ein fetter Mond durch die Ritzen der Rollläden beobachtete. Sekunden später lag er wieder in seiner Arche und lauschte dem Wind. Er fühlte sich wohl unter der warmen Decke, und die Außengeräusche ängstigten ihn nicht mehr. Dann nahm ihn wieder die Nacht.

Am Morgen hatte sich der Sturm gelegt. Rafael versuchte sich an seine Träume zu erinnern, aber es gelang ihm nicht. Er setzte sich auf, legte die Handflächen aneinander und murmelte den Satz, der ihn den ganzen Tag begleiten sollte: »In Liebe fürs Leben, alles wird gut. Ohne Flausen, alles wird mit Freuden gut.«

Viermal sprach er den Satz wie ein Gebet. Er achtete sorgfältig auf die Reihenfolge der Wörter, dann schwang er sich aus dem Bett, griff nach dem Hausmantel, der über dem Stuhl lag, ging zur Terrassentür und zog mit einem energischen Ruck die Rollläden hoch. Ein heller Novembermorgen begrüßte ihn. Er öffnete die Tür und trat auf den Balkon hinaus.

Er hatte die Nacht hinter sich gebracht. Er erinnerte sich an den vorgestrigen Abend. Er hatte im Autoradio von dem nahenden Sturm gehört und war, kaum zu Hause angekommen, in heller Panik zu Marianne, seiner Nachbarin, gelaufen. Die Angst hatte ihm Beine gemacht. Er war kopflos aus der Tür gerannt, um die Ecke seines Grundstücks bis zu Mariannes Haus. Die Dunkelheit hatte ihm nichts ausgemacht. Er hätte blind und auf allen vieren kriechen können. Er kannte hier jeden Stein. Den Findling, der vor Mariannes Hauseinfahrt lag, hatte er allerdings erst in letzter Sekunde wahrgenommen. Mit großem Getöse hatte er das Eisentor vor der Einfahrt aufgerissen, war den Weg zum Haus hinaufgestürmt und ohne zu klingeln oder anzuklopfen hineingestolpert.

Im gleichen Moment hatte er gewusst, dass es ein Fehler war. Sie hatten sofort mit ihren kleinlichen Streitereien begonnen.

Rafael sog die Herbstluft ein und sah zur Anlegestelle hinüber. Es war ihm peinlich, wie er sich an dem Abend benommen hatte.

Marianne hatte vor einer Skulptur gestanden und mit wuchtigen Schlägen einen Stein bearbeitet. Sie steckte in einem blauen zerlöcherten Seemannspullover, den sie immer trug, wenn sie sich mit einem Stein maß. Dazu eine Trainingshose, die durch den Steinstaub ihre eigentliche Farbe verloren hatte. Rafael hatte die weißen Flecken sofort bemerkt, obwohl er eigentlich viel zu erregt gewesen war, um sich mit dergleichen auseinander zu setzen. Im Schein der Kerzen ähnelte sie einer afrikanischen Kriegerin. Sie sieht sehr lebendig aus, hatte er noch gedacht, dann war er wohl bewusstlos geworden oder hatte zumindest für den Rest des Abends seinen Verstand verloren.

Rafael blickte zur Havel hinüber. Sie floss ruhig dahin wie immer. Er hasste sich für sein Verhalten. Er hatte sich entsetzlich kindisch benommen.

Marianne hatte nicht einmal aufgeschaut, als er zur Tür hereinplatzte. Rafael hatte versucht, seine Erregung zu verbergen, und gemurmelt, dass er nur auf einen Sprung vorbeigekommen sei.

»Sprung ist gut«, hatte sie lachend gesagt und ihm eine Tasse Tee angeboten.

Die Boote an der Anlegestelle schaukelten im Wind. Kein Mensch war zu sehen. Er fühlte sich saumäßig.

»Provinzhauptstadt!«, hatte er losgelegt.

Wenn er jetzt daran dachte, wurde ihm ganz übel. Ohne Übergang hatte er die allgemeine Kulturlosigkeit angeprangert, das deutsche Fernsehprogramm niedergemacht und vor einer untergehenden Welt gewarnt.

»Untergehende Welt!«, hatte er ohne Vorwarnung

gerufen. Spätestens da hätte sie wissen müssen, dass er längst verloren auf seiner Insel saß. Warum hatte sie ihn nicht an seinen Ausführungen gehindert? Stattdessen hatte sie jeden weiteren Satz, den er ihr entgegenschleuderte, mit einem Hammerschlag beantwortet. Marmorstückchen segelten durchs Zimmer, glitzernde Steinsplitter im Kerzenlicht. Daran erinnerte er sich noch. Der Abend war zu Ende, bevor er überhaupt begonnen hatte. Marianne war nervös von einer Skulptur zur anderen gelaufen. Wahrscheinlich hatte sie auf diese Weise versucht, ihn loszuwerden. Er war aber auf ihre Signale nicht eingegangen, war ja schon beim Hereinkommen eifersüchtig gewesen, eifersüchtig auf einen Stein.

Rafael zog die Kordel seines Morgenmantels enger. Es hätte ein guter Abend werden können, aber er hatte ja den Riesen spielen müssen, obwohl er sich so mickrig gefühlt hatte. Er blickte zu den Nachbarhäusern hinüber. Alles war ihm vertraut: der Morgennebel, der Fluss, die paar Boote, die unruhig an den Stegen hin und her schaukelten, sobald ein Schlepper vorüberzog.

Sie hatten begonnen, über den bevorstehenden Berliner Senatswechsel zu diskutieren. Anfangs noch sachlich, später aber in der Argumentation völlig konfus.

»Ich kann dir nicht mehr folgen«, hatte er sie angeschrien.

»Was hat das mit dem Berliner Senat zu tun?«, hatte sie zurückgebellt.

»Das deutsche Vergessen, das meine ich.«

Ob er wegen dieser Aufarbeitung zu ihr gekommen sei, hatte sie ihn höhnisch gefragt und dazu den Hammer in seine Richtung geschwungen. Da war er aber innerlich schon weit weg gewesen, hatte immerfort nur sein Elend beklagt.

Rafael sah in den Garten hinunter. Der Sturm hatte ganze Arbeit geleistet. Abgebrochene Äste lagen auf dem Rasen und jede Menge Laub. Er blickte hinüber zur Anlegestelle. Dutzende Papiersäcke hatte der Wind auf die Straße getragen, Zeitungen und Werbebroschüren waren überall verstreut.

Bei den Booten konnte er keine Veränderung bemerken. Und die alte Frau war auch wieder da. Er kannte sie seit Jahren. Wie jeden Morgen fütterte sie die Enten. Rafael sah zur Insel hinüber. Der Herbst hatte sie mit Raureif umhüllt. Leichter Morgennebel lag auf der Havel. Alles war wie immer.

Im Grunde hatte er sich ja nur vor dem Alleinsein gefürchtet, vor diesem Gefühl, von aller Welt verlassen zu sein. Davon hätte er ihr erzählen sollen. Stattdessen hatte die ganze Welt herhalten müssen. Und es war auch ihr Ton, der ihn verrückt gemacht hatte. Er solle endlich die von seinem Grundstück zu ihr herüberhängenden Äste beschneiden. »Sie nehmen mir den Lebensraum.« Und wann er gedenke, etwas Nützliches zu tun und nicht nur große Reden zu halten. Dann hatte sie nur noch müde vor sich hin gestarrt und schließlich gesagt, er solle jetzt bitte gehen. Da war es fast 23 Uhr gewesen. Die Kerzen waren längst heruntergebrannt, und es war so dunkel, dass sie Mühe hatten, einander noch zu erkennen. Wie Fremde hatten sie sich angestarrt, aber er hatte immer noch nicht gehen können, obwohl sie das Theater schon seit Jahren kannten. Immer wieder fielen sie auf sich herein. Gegen Mitternacht hatte Marianne ihm endgültig die Tür gewiesen, und er war zeternd aus dem Haus gerannt.

»In meinem arbeitslosen, elenden Leben!«, hatte er ihr von der Tür aus zugerufen, ohne sich noch einmal nach ihr umzudrehen.

Rufus, ihr Lieblingskater, war ihm bis ans Gartentor gefolgt. Ein schwergewichtiger Kampfkater, der es auf seine Hacken abgesehen hatte. Aber Rafael hatte ihn abschütteln können. Er hatte wütend das Eisentor hinter sich zugeschlagen und war durch die Nacht davongeeilt.

Außer sich war er den Weg zur Straße hinuntergerannt, mit wehendem Haar, wehendem Mantel, unglücklich fliehend. Verblichenes Laub hatte seine Schuhe umsäumt. Immer schneller war er gelaufen und hatte in dieser Nacht alle Frauen verdammt.

Irgendwann war er durchnässt und innerlich zerrissen wieder an seinem Haus angekommen. Da war es weit nach ein Uhr gewesen. Der Sturm hatte an Stärke zugenommen, sodass die Gitter der Nachbarzäune wie Schwerter aneinander schlugen. Rafael hatte mit hängendem Kopf ein paar Minuten vor dem Haus gestanden und auf die Laternen gestarrt, die rechts und links neben der Eingangstür an der Hauswand hingen. Die eine flackerte unruhig, und er nahm sich vor, am nächsten Morgen Marianne zu bitten, sie zu reparieren und den Abend zu vergessen. Dann hatte er endlich heulen können.

Rafael blickte zur Anlegestelle hinüber. Seit er in dem alten Haus lebte, war er jeden Morgen auf den Balkon getreten, hatte als Erstes zur Insel hinübergesehen und seine Gedanken geordnet. Hatte den Wind eingesogen, um dann beruhigt wieder ins Zimmer zurückzukehren.

Er ging ins Badezimmer, ließ heißes Wasser in die Wanne, nahm eine Hand voll Vanillezusatz und warf das Granulat hinein. Dann drehte er sich zum Waschbecken. »Morgen, Kindgesicht«, sagte er und besah sich im Spiegel.

Ob er sich die Zähne putzte oder Wasser in die Wanne ließ – jeden Morgen kam ihm die eigene Sterblichkeit in den Sinn. Unentwegt dachte er an den Tod, auch wenn er bemüht war, diesem Gedanken aus dem Weg zu gehen. Aber sein Tagwerk beschränkte sich neben den täglichen Einkäufen ohnehin nur auf einige wenige Ausflüge in die nahe gelegene Heide. Rastlose Hasenläufe, wie er das nannte. Und dann gab es noch hin und wieder elende Vorstellungsgespräche bei Film- und Fernsehfirmen. Das war alles. Das Haus, die Katzen und Marianne, seine Nachbarin.

Rafael trat einen Schritt vom Waschbecken zurück und zupfte an seiner Bauchdecke. Dann begann er sich sorgfältig zu rasieren. Erst die linke Gesichtshälfte, dann die rechte, am Hals hinunter und wieder zurück. Zum Schluss wusch er sich den Schaum vom Gesicht.

»Du hast viel getan, um über die Runden zu kommen«, sagte er leise, drehte sich um, ging zur Wanne und stieg hinein.

Die Katzen tobten herum. Die Kleine rannte voraus, der Dicke wackelte hinterher. Rafael konnte sie durch die offene Badezimmertür hören. Er legte sich zurück, den Kopf an den Wannenrand. Er liebte es, im heißen Wasser zu liegen. Es konnte nicht heiß genug sein.

Die Kleine war die Intelligentere von beiden, Rafael hatte es schon am ersten Tag gewusst, als er sie vom Tierarzt abholte. Sie hatten neben ihrer toten Mutter gelegen, der Dicke im Bauch seiner Schwester vergraben. Sie hatten abgefrorene Ohren, die wie Rosenkohl aussahen, und waren so klein, dass sie gemeinsam in seine Hand passten. Sie waren für ihn bestimmt, das hatte Rafael sofort gesehen.

»Nimm sie«, hatte der Tierarzt ihn gedrängt. »Du hast ein großes Haus, sie werden für dich sorgen.«

Rafael ließ heißes Wasser nachlaufen. Er dachte gern an diese Geschichte zurück. Er tauchte die Hände ins Wasser, sie blieben an der Oberfläche liegen. Er fühlte sich schwerelos. Er liebte diesen Zustand. Schwungvoll drehte er sich einmal um sich selbst.

Mimmi schoss um die Ecke. Rafael sah erst ihre Pfoten und dann ihr Gesicht.

»Pelzgesicht«, sagte er leise. »Komm her, komm zu Rafael.«

Die Kleine schlich vorsichtig heran und betrachtete interessiert den Schaum, der sich auf Rafaels Bauch türmte. Sie legte die Vorderpfoten an den Wannenrand, und er blies ihr etwas Schaum ins Gesicht.

»Pelzgesicht«, sagte er noch einmal. Aber sie war schon wieder weg, schoss in Riesensätzen zur Tür hinaus und die Treppe hinunter.

Der Dicke folgte ihr aus dem Schlafzimmer. Rafael konnte ihn hören, schnaufend, polternd, atemlos. Er sah zum Fenster hinaus. Das Badezimmer war völlig in Wasserdampf getaucht. Er hatte Mühe, die Bäume auf der Straße zu erkennen.

Als er die Kleinen aus dem Korb gelassen hatte, waren sie sofort an Jonnys Futternapf gegangen, und Jonny, der Kater, hatte sie akzeptiert. Jonny war die eigenwilligste der Katzen, die mit ihm im Haus lebten. Nachdem Müller gestorben war, hatte ihm irgendjemand das Tier in den Garten gelegt. Jonny hinkte. Wenn er sich vor jemandem fürchtete, klappte er einfach eine Schulter ein und zog ein Bein nach. Er tat das nur, wenn er sich vor etwas fürchtete, aber er fürchtete sich oft. Im Grunde immer.

Rafael musste lachen. Er glaubte an die Kraft der gegenseitigen Übereignung, wie er es nannte. Die Katzen waren für ihn wie ein Spiegel. Jeder Kater, jede Kätzin – der elegante Müller, die verhungerte Biche, Jonny oder der verschrobene Max –, sie alle waren im Laufe der Zeit zu einem Teil von ihm geworden. Irgendwann hatte jeder alles vom anderen gewusst. Zumindest glaubte Rafael das.

Unten wimmerte Mimmi, sie lockte den Dicken. Rafael kannte das Spiel. Noch zwei Minuten, und dann würden sie sich durch die Räume jagen. Sie würden einander in wilden Sprüngen durch die Bibliothek hetzen und zurück bis in die Küche verfolgen. Sie würden alle Dinge im Haus in Besitz nehmen, die Kissen, die Stühle, die Teppiche, die Vitrinen, Schränke und Koffer. Mächtige Haken würden sie schlagen und sich wie verrückt auf dem Boden kugeln und dann irgendwann auf dem Sofa landen. Von Anfang an hatte Rafael die Möbel, die Sessel und die kleinen und großen Couchen, das englische Sofa, die Vitrinen und Schränkchen und Stellagen auf die Weise arrangiert, dass alles für Jahrzehnte so bleiben konnte. Damit die Katzen einen »Anhaltspunkt« hatten, wie er es nannte. Das englische Sofa war so ein Lieblingsplatz. Sie belagerten es, wann immer sie konnten.

Rafael hielt die Augen fest geschlossen. Er wusste, die Kleine würde sich im letzten Moment unter die Decke verkriechen und der Dicke sich hinter der Kopfrolle verstecken und dann verwundert den Hügeln folgen, die vor ihm hin und her wanderten. Und irgendwann würde die Kleine wieder hervorkommen und der Dicke sie mit einem mächtigen Satz anspringen und ziemlich roh an ihr herumzerren, so lange, bis sie genug davon hätte. Dann würden sie wieder durch die Zimmer hetzen und die Brücken und Läufer als Schlitten benutzen, und zu guter Letzt würde die Kleine abrupt das Spiel beenden, indem sie ihrem Bruder ein paarmal auf die Schnauze hieb. Der Dicke würde sich aufsetzen und seine Schwester so lange verwundert anstarren, bis er ihre Botschaft verstand. Sie würde ihm das Fell lecken, von den Ohren abwärts bis zu den Pfoten, und beide würden ziemlich glücklich aussehen.

Rafael ruhte wie im Bauch eines Wals. Er fühlte sich von aller Welt abgeschnitten. Das Badezimmer war voller Dampf. Er öffnete die Augen. Noch einmal tauchte er den Kopf unter Wasser, kam aber sofort wieder hoch und schüttelte sich das Wasser aus den Haaren. Dann stieg er mit großem Elan aus der Wanne.

Unterwäsche und Socken lagen auf dem Stuhl, der neben dem Bett stand. Hemd, Hose, Jackett, alles war sorgfältig zusammengefaltet. Rafael liebte es, sich in aller Ruhe für den Tag anzukleiden. Er setzte sich auf die Bettkante und band die Schuhe zu, handgearbeitete braune Lederschuhe, bis zu den Knöcheln geschnürt. Der Tag konnte beginnen. Er ging hinunter.

Sonnenlicht lag in allen Räumen. Es explodierte an den Lüstern und Lampen und kam als Funkenlametta zurück. Es strich sanft über die Fotos seiner Eltern, die auf der Anrichte am Gartenfenster standen. Mama und Papa, silbergerahmt: Karl-Friedrich, mit einem Finger in die Zukunft weisend, Annemarie, mädchenhaft schön, im gesprenkelten Sommerkleid. Die Rahmen funkelten im Licht, auf Buffet und Anrichte glitzerten die Spiegel und Gläser.

Rafael ging in die Küche und machte sich einen Kaffee. Dann stellte er sich mit dem Kaffeepott in der Hand vor die Terrassentür und sah hinaus in den Garten. Herbstlaub wirbelte wie Flocken umher, Blätter spielten im Wind. Er trank den Kaffee in kleinen Schlucken. Die Dinge um ihn herum standen still, die Lampen, die Stühle, die Regale, die Tische und Vitrinen. Nur das gleichmäßige Ticken der alten Wanduhr, sonst nichts. Er öffnete die Terrassentür und trat in den Garten hinaus. Die Sonne kitzelte sein Gesicht. Ein guter Tag, dachte er, drehte sich um und ging ins Haus zurück.

Die Einsamkeit gehörte zu ihm wie ein Mantel. Sie diente ihm als Schutz vor den Treibern, wie er die Leute nannte, die er auf der Straße sah. Es war nicht so, dass Rafael sich speziell vor irgendjemandem fürchtete. Es war mehr eine gewohnheitsmäßige Scheu, die er vor allem Fremden empfand. Die Einsamkeit hüllte ihn ein und ließ nichts von seinen Unsicherheiten nach außen dringen. Es gab Momente, in denen er sie vergaß. Dann fiel der Mantel von ihm ab, ohne dass er es bemerkte. Er konnte diesen Vorgang nicht steuern. Es war ein fast zärtlicher Augenblick, den er einfach aushielt.

Rafael fuhr die Hauptstraße hinunter zum Dorf. Er war selten zu Fuß unterwegs, meistens nahm er den Wagen. Es war ein uralter schwarzer Jaguar, ein XJ Sechszylinder aus der 84er Serie, mit einem Holzlenkrad und beigen Ledersitzen. Rafael hatte ihn vor ein paar Jahren von der Gage für eine miserable Fernsehserie gekauft. Vier Getriebe hatte der Wagen seitdem verschlissen, immer wieder war er mitten auf der Straße einfach stehen geblieben und hatte Rafael eine Menge Nerven gekostet. Es war ein altes Auto, das an allen Ecken klapperte. Die Kühlerhaube schnellte, wann immer sie wollte, in den Himmel hinauf, und die Fensterscheiben fielen ins Bodenlose. Es kam vor, dass die Elektrik während der Fahrt ihren Geist aufgab. Und es war nie sicher, ob der Motor anspringen würde. Der Wagen hatte ein Eigenleben. Aber jetzt lief er schon seit Monaten ohne größere Probleme.

Bei der letzten TÜV-Überprüfung hatten sie ihm geraten, das Vehikel sofort stehen zu lassen. Dann hatten sie ihm den Stempel aber doch noch gegeben. Aus reinem Mitleid. Rafael hatte Tränen in den Augen gehabt, und als er unter Getöse die Werkstatt verließ, sahen ihm die Männer vom TÜV noch lange nach.

Rafael liebte den Jaguar. Er wirkte beruhigend auf ihn. Er teilte seine Einsamkeit, und als Dank akzeptierte Rafael seine Macken.

Auf der Windschutzscheibe klebten ein paar Blätter. Der Sturm hatte eine Menge morscher Äste auf die Fahrbahn geschleudert. Die Straße war mit Herbstlaub übersät. Rafael fuhr fast immer allein. Selten nahm er einen Nachbarn mit, manchmal Marianne. Und auch nur dann, wenn sie in die Oper oder ins Kino gingen, was ohnehin wegen ihrer endlosen Streitereien meist zum Fiasko geriet.

Er sah zur Siedlung hinüber, wo vor Jahren der englische Flugplatz gewesen war. Jetzt standen nur noch die Baracken der Piloten, das Hauptquartier und die große Sendekuppel, die wie ein überdimensionaler Globus den Himmel berührte.

Er fuhr an dem Zaun entlang, der das ehemalige Flugplatzareal eingrenzte. Wie oft hatte er mit Notizbuch und Stift vor dem Schild »No entry« gestanden, hatte die Flugzeuge beobachtet und ihre Start- und Landezeiten notiert. Zuerst war es ihm peinlich gewesen, aber dann waren täglich mehr Leute gekommen, die sich ebenso wie er Notizen machten. Die Bücher besaß er immer noch, es waren über die Jahre sehr viele geworden. Alles hatte er notiert: Flugzeug, Hersteller, Flugzeugnummer, Herkunft, Farbe und Besonderheiten. In der Regel waren es Militärtransporter gewesen, die die Alliierten für Schwersttransporte einsetzten, nie eine Touristenairline.

Einmal war das englische Prinzenpaar auf dem Flugfeld gelandet. Es war ein schöner Sommermorgen gewesen. Eine silbergraue Boeing 704 hatte mit enormem Getöse auf dem Rollfeld aufgesetzt. Sie hatten die ganze Straße bis hinunter zum Ortskern abgesperrt. Rafael hatte mit ein paar Nachbarn hinter dem Zaun gestanden und die Landung beobachtet. Dann waren Prinz Charles und Prinzessin Diana die Gangway heruntergekommen. Sie war genauso schön wie auf den Fotos der Hochglanzmagazine, blond, zierlich und puppenhaft. Prinz Charles hatte in seinem himmelblauen Blazer wie ein Admiral ausgesehen und lässig den Leuten zugewinkt, die aber nicht sehr zahlreich erschienen waren. Rafael war nicht sicher, ob sie des Fliegers oder des Prinzenpaars wegen gekommen waren. Ein paar Frauen riefen dem Paar etwas Nettes zu. Nachdem Prinz Charles in alle Himmelsrichtungen gewinkt hatte, waren sie in eine Limousine gestiegen und über das Rollfeld davongefahren. Zwölf Polizisten auf Motorrädern hatten den Wagen eskortiert. Die Leute winkten ihnen so lange nach, bis man sie nicht mehr sehen konnte.

Rafael hatte den alten Flugplatz geliebt. Als ihn die Alliierten dichtgemacht hatten und Berlin verließen, hatte er von einem Tag zum anderen mit der Notiererei aufgehört. Aber seitdem mochte er alles, was mit England zu tun hat.

Er blickte zum ehemaligen Rollfeld hinüber. Eine Anzahl eintöniger Ferienhäuser war dort in den letzten Monaten entstanden. Wie Waben klebten sie aneinander, dahinter lag freies Feld. Kein Mensch war zu sehen. Rafael stellte das Radio an. Die Reportagen ähnelten sich: Katastrophen, Todesfälle, Berichte und Meinungen über die Stadt, den Berliner Senat, die Korruption, die Verwaltung der Gelder. Er kannte die Namen aller Nachrichtensprecher, wusste, in welcher Tagesform sie sich befanden, ob sie erkältet, verstimmt oder unaufmerksam waren.

Er sah auf die Straße. Die Häuser flogen an ihm vorbei. Er fuhr zu schnell. Er fuhr immer entweder zu schnell oder extrem langsam. Eine Gruppe unlustiger Schüler wartete auf den Bus, Frauen waren mit ihren Einkaufstaschen unterwegs. Die Sonne kam heraus. Rafael sah zu den Rapsfeldern hinüber. Im Frühling stand der goldgelbe Raps meterhoch. Jetzt waren nur noch kahle Felder zu sehen. Auf der anderen Seite begann das Wäldchen, und dann kam die Schule für die Erstklässler.

Rafael hielt an der Ampel. Die Jungen und Mädchen versuchten, einander zu fangen, ihre Mütter hatten Mühe, sie zusammenzuhalten. Er hatte Angst, dass einer der Jungen auf die Fahrbahn rennen könnte. Am Einkaufszentrum bog er links in die Straße zum Supermarkt.

Er stellte den Wagen auf dem Parkplatz ab. Als er am kleinen Tee- und Geschenkeladen vorbeikam, blieb er einen Moment stehen. Sie hatten bereits den gesamten Weihnachtsschmuck ausgestellt: die Krippe, das Kind, Maria und Josef, die Esel und Lämmer, dazu Räuchermännchen und Fantasietiere, Saurier und Krieger. Er riss sich los und lief weiter. Leute mit Tüten und Taschen drängten an ihm vorbei.

Als Rafael den Supermarkt betrat, war es noch nicht Mittag. Er ging zur Schranke, wo die Einkaufswagen standen, warf einen Euro in den Kettenverschluss und löste einen Wagen aus der Reihe. Dann schob er sich durch die Absperrung. Er kaufte am liebsten mitten in der Woche ein und möglichst am Vormittag, wenn es im Supermarkt noch nicht so voll war. Er kaufte nie viel, mal einen Salatkopf, ein paar Tomaten, vielleicht etwas Käse.

Rafael mochte Supermärkte. Es gab im Dorf drei davon, einen am Ortseingang, einen weiteren im Einkaufszentrum und den Billigkauf gegenüber dem Parkplatz. Irgendwann hatte er sich für den am Einkaufszentrum entschieden. Die Waren, das kalte Licht, die Leute, die sich Zeit für ihre Einkäufe ließen, alles hier war ihm vertraut. Selbst die Musik, die aus den Lautsprechern rieselte, mochte er.

Er stellte sich in der Käseabteilung an. Hinter der Glasvitrine stand die Frau mit dem runden Gesicht. Er kaufte immer bei der Dicken und immer Käse in Scheiben, zweihundert Gramm vom alten und zweihundert Gramm vom jungen Gouda. Unzählige Zellophanbeutel hatte er bei sich zu Hause in der Tiefkühltruhe liegen. Er würde Jahrzehnte davon leben können. Die Frau griff in die Vitrine, wählte ein riesiges Stück Käse aus, prüfte mit ihren kleinen dicken Fingern seine Konsistenz, packte es und trug es wie ein Kind zur Schneidemaschine. Sie tat das mit erstaunlicher Leichtigkeit. Rafael liebte die Käseverkäuferin. Von hinten sah sie aus, wie von einem alten venezianischen Künstler gemalt. Er versuchte sich auf ihre Brüste, ihre Arme und ihre Schenkel zu konzentrieren. Sie wog bestimmt zweihundert Pfund, wirkte aber nicht fett, nur ungeheuer dick. Bei jeder Bewegung hob und senkte sich ihr Gesäß. Die Dicke legte die Käsescheiben auf die Waage und wischte sich mit einer Hand über die Stirn. Sie hatte ein gutmütiges Gesicht. Sie lächelte Rafael zu und schob den Zellophanbeutel über die Vitrine. Dann wandte sie sich geschäftsmäßig von ihm ab und ging zur Wurst- und Fleischabteilung, in der sie ebenfalls bediente.

Rafael bummelte durch die Gänge. Er hätte sich stundenlang so treiben lassen können. Als er genug hatte, stellte er sich an der Kasse an, wo das Mädchen mit der Föhnfrisur saß. Vor Jahren hatten sie noch Blickkontakt miteinander gehabt, sich sogar manchmal gegrüßt. Aber irgendwann hatten sie sich gewissermaßen aus den Augen verloren. Das Mädchen saß immer noch an derselben Kasse, etwas einsamer und verlorener als vor Jahr und Tag, und trug noch dieselbe Föhnfrisur.

Er stellte sich hinter einem alten Paar an, das umständlich seine Zellophanbeutel auf dem Förderband sortierte. Der Mann hatte schlohweißes Haar. Er lächelte Rafael aufmunternd zu. Beide trugen wattierte Mehrzweckjacken gegen die Kälte. Sie zahlten und verstauten die Beutel in riesigen Plastiktaschen. Auch Rafael legte das Geld aufs Förderband, nahm den Käsebeutel und drängte sich zum Ausgang durch.

Auf dem Weg zum Parkplatz blickte er prüfend zum Himmel. Er warf den Käsebeutel auf den Rücksitz des Jaguars, schlug die Tür zu und lief zur Straße zurück, die durch die angrenzenden Felder führte. Er ging mitten auf der Fahrbahn, es befreite ihn, so zu gehen.

Ein Radfahrer kam ihm entgegen. Es war der Lehrer, ein hagerer Mann. Über den Lenker gebeugt, starrte er vor sich auf die Straße. Als sie auf gleicher Höhe waren, sah Rafael für einen Moment die Hände des Mannes. Er umkrallte den Lenker, als würde er ihn nie wieder loslassen wollen. Seine Wangen waren eingefallen, das Haar hing ihm in Strähnen in die Stirn. Die Regenjoppe hatte er bis zum Hals zugezogen, und die Hose schlotterte um seine schmalen Knöchel. Eine Geistergestalt, dachte Rafael. Er sah dem Mann nach, wie er die Straße hinunterfuhr. Vor Jahren war er noch am Leben gewesen, vital und voller Energie. Jetzt schien er dem Tode nahe. So wie der sich abmüht, wird er bald keine Kraft mehr haben, den Rest seines Lebens zu genießen, dachte er. Vielleicht hat er nicht einmal eine Frau, die ihn eines Tages pflegen wird, wenn er nicht mehr weiterkann. Der Mann war längst in die Hauptstraße abgebogen,

33

und Rafael lauschte noch immer auf das Quietschen der Fahrradkette. Das Geräusch entfernte sich, und irgendwann war Stille.

Rafael lief den Weg in die Felder hinein. Sie waren längst abgeerntet. Er sah zum Himmel. Wolken zogen über ihn hinweg, fanden sich zusammen und wurden vom Wind wieder auseinander gerissen. Immer wenn er an einen Stein stieß, schlug er ihn weg, so wie er es als Kind gemacht hatte. Er spürte den Boden unter seinen Sohlen. Noch erwärmt die Sonne die Erde, dachte er, aber bald wird sie erstarrt sein. Dann kommt der Winter, dann wieder der Frühling und immer so weiter.

Rafael dachte gern an alles, was vorüberging und wieder neu begann. Er legte den Kopf in den Nacken. Am Himmel zog eine Formation Graugänse vorbei. Sie schnatterten heftig und flogen fast schneller, als er ihnen mit den Augen folgen konnte. Alle hatten ihre Schnäbel auf ein unsichtbares Ziel gerichtet. Wie aufgeregt sie sind, dachte Rafael, sie kämpfen um ihr Leben.

Er stemmte sich gegen den Wind, mühte sich ab, voranzukommen, aber im Grunde tat er nur so, wie er es auch früher immer gemacht hatte. Es war ein Spiel: Allein in der Welt und gegen den Wind. Wenn er in den Feldern unterwegs war, versuchte er stets, irgendwelchen imaginären Hindernissen aus dem Weg zu gehen.

Er lief schneller und schneller. Der Wind trieb ihn an. Bald würde er auf eine Baumgruppe treffen. Zwischen vereinzelt stehenden Eichen und Birken würde er zu seinem Wunschbaum kommen, einem uralten Baum, dessen Art er nicht kannte. Er nahm sich vor, ein paar Zettel mit Wünschen an den kleinsten seiner Äste zu hängen. So wie er es als Kind gemacht hatte. Er würde schreiben: »Lieber Gott, lass Vati und Mutti nicht sterben. Lass auch Tante Trudel und Onkel Bruno nicht sterben. Lass am besten alle Menschen nicht sterben und mich auch nicht.«

Sicher würde er sich heute auch noch etwas anderes wünschen, aber das mit dem Leben und dem Sterben auf jeden Fall. Schon als kleiner Junge hatte er immerfort an den Tod denken müssen, auch wenn er mit anderen Kindern zusammen war. Äußerlich lebte er wie sie, aber innerlich in einer eigenen Welt. Keiner hatte ihm ansehen können, in welcher er wirklich zu Hause war. Während die Kinder Burgen aus Sand bauten, hatte er an die Endlichkeit allen Lebens denken müssen. Daran erinnerte er sich jetzt, während er über das Feld lief. Irgendwann verwarf er den Gedanken, zum Wunschbaum zu gehen. Er drehte sich um und kehrte zur Hauptstraße und zum Jaguar zurück.

Es begann zu regnen. Rafael sah zur anderen Straßenseite hinüber. Der Wind hatte zugenommen, und die ersten Tropfen pladderten auf das Dach des Jaguars. Er fuhr zügig an der Feuerwache vorbei bis zum »Deutschen Haus«. Kurz darauf musste er anhalten, weil die Ampel ausgefallen war und sich vor ihm die Fahrzeuge stauten. Im selben Moment öffnete der Himmel seine Schleusen. In Sekundenschnelle war der Wind zu einem Sturm angewachsen. Das Regenwasser konnte nicht abfließen, es sammelte sich an den Gehwegen, schoss die Straße herunter und strömte ebenso stark wieder zurück.

Menschen rannten, so schnell sie konnten, über die Straße und fanden Schutz in den Hauseingängen. Einige versuchten zum Blumenladen zu gelangen, um sich

35

unter die Markise zu stellen. Vor der Post hatten sich Passanten zusammengedrängt, unter ihnen der Apotheker, ohne Mantel, nur in Hemd und Hose. Der Wind fegte die Hauptstraße hinauf und kam mit doppelter Geschwindigkeit zurück.

Zeitungen, Plastiktüten, abgebrochene Äste flogen umher. Rafael blickte angestrengt durch die Windschutzscheibe. Hagelkörner trommelten aufs Autodach. Auf der Straße bildeten sich riesige Pfützen. Leute hetzten über die Gehwege, einige hielten sich Einkaufstaschen über die Köpfe. Rafael fuhr an, als sein Vordermann sich in Bewegung setzte. Behutsam folgte er den anderen Fahrzeugen. Es ging nur im Schritttempo voran, am Kindergarten, an der Pizzeria, am Kurzwarenladen vorbei. In jedem Treppenaufgang standen Leute. Sie rotten sich zusammen, dachte er und musste lachen, sie erinnern sich, dass sie eine Gemeinde sind.

Der Stadtbus kam ihm entgegen und ließ das Regenwasser über den Gehsteig schwappen. Die Gullis nahmen schon längst nichts mehr auf. Rafael stellte die Scheibenwischer auf die höchste Geschwindigkeitsstufe und schaltete das Standlicht ein. Schlagartig war es stockfinster geworden, und er konnte nur noch die Bremslichter seines Vordermannes sehen. Es war nicht einmal Nachmittag, und die Erde schien unterzugehen. Über der Fleischerei flammten die Werbelichter auf. Irgendwie begann das Unwetter ihm Spaß zu machen.

An normalen Tagen hätte er für diese Strecke weniger als fünf Minuten gebraucht, hätte den Wagen vor dem alten Gasthof geparkt, wäre vielleicht zur Post gelaufen und hätte sich am Zeitungskiosk ein Heft mit ausländischen Immobilienangeboten gekauft. Danach wäre er zur Bank hinübergeschlendert, hätte etwas Geld abgehoben und wäre dann in die Apotheke gegenüber vom alten Supermarkt gegangen. Dort hätte er einen Blasen- oder Nierentee gekauft und mit der netten Apothekerin Konversation gemacht. Sie hatte ihn vor Jahren um ein Bild gebeten.

»Haben Sie nicht ein schönes Foto von sich?«, hatte sie ihn gefragt. »Es ist für eine Bekannte. Aber bitte mit Autogramm.«

»Natürlich«, hatte er lachend geantwortet. »Überhaupt kein Problem. Nächstes Mal bringe ich Ihnen ein Foto mit. Mit Autogramm.«

Es hatte seinem Selbstbewusstsein gut getan, dass ihn die hübsche Apothekerin auf das Bild angesprochen hatte, aber er hatte nicht wirklich geglaubt, dass sie ihn meinte. Wann immer er später in die Apotheke ging, kamen sie auf das Foto zu sprechen, und irgendwann war ihm die Angelegenheit so peinlich geworden, dass er die Apotheke eine Zeit lang mied.

Rafael sah zum Gyrosladen hinüber. Der Sohn des alten Säufers stand unter dem Vordach. Sein Hund hockte neben ihm, ein verfilzter Straßenköter. Beide waren vom Regen vollkommen durchnässt. Als er Vater und Sohn das letzte Mal zusammen gesehen hatte, waren sie sturzbetrunken gewesen. Der Alte hatte sich an den Jungen geklammert, bis sie beide nicht mehr weiterkonnten. Dann hatte der Junge seinen Vater auf dem Rücken durchs Dorf geschleppt. Vor ein paar Monaten musste der Alte wohl gestorben sein, denn sie waren seitdem nicht mehr zusammen gesehen worden.

Der Regen rann in Bächen an der Windschutzscheibe herunter. Vielleicht hatte die nette Apothekerin ja doch ihn gemeint, dachte Rafael. Vielleicht hatte sie ihn in der grauenhaften Vorabendserie gesehen. Vierundzwanzig Mal war er als Assistenzarzt Dr. Richard Gernhard über den Bildschirm geflimmert, und wer weiß, vielleicht hatte sie sich in dieser Zeit in ihn verliebt. Rafael musste lachen.

Zu Beginn der Dreharbeiten war er noch ganz dünn gewesen, aber später hatten ihn selbst seine Nachbarn nicht mehr erkannt. Er hatte in den Drehpausen Unmengen von Käsebrötchen gegessen und zehn Kilo zugenommen, aus Langeweile und Frust über die dämlichen Drehbücher. Immer ging es um irgendwelche Leute, die sich durch Krankheiten Aufmerksamkeit bei ihren Verwandten und Freunden zu verschaffen suchten. Der Regisseur verstarb schon in den ersten Drehtagen. Der Nachfolger soll später berühmt geworden sein, und die Serie wurde ein voller Erfolg.

Das Regenwasser schoss rechts und links am Bordstein entlang. Rafael sah zur Reinigung hinüber. Der Besitzer, ein müder Mittdreißiger, der noch bei seiner Mutter lebte, stand hinter der Glastür und sah belustigt auf die Straße.

Es ging nun zügig voran. Als er am Ortsausgang ankam, hatte sich der Stau aufgelöst. Der Regen ließ nach, und der Wind legte sich so schnell, wie er begonnen hatte. Eine halbe Stunde hatte er gebraucht, um von einem Ende des Dorfes zum anderen zu kommen. Langsam wurde es wieder hell.

Rafael bog in die Allee, die zur Havel führt, und folgte ihr bis zum Friedhof. An der Mauer parkten einige Autos, die ihm bekannt vorkamen, und ihm wurde schlagartig klar, dass er Huckschers Beerdigung vergessen hatte. Marianne hatte ihm noch gestern die Einladung zur Trauerfeier in die Manteltasche gesteckt. Sie war an sie beide adressiert gewesen. Alle meinten immer noch, er und Marianne wären ein Paar. Er dachte an Huckscher. Huckscher war vor einer Woche nach langer Krankheit gestorben. Er und seine Frau hatten das vierte Haus am Ende der Straße bewohnt, gleich neben Mariannes Kasten.

Wo der Weg zum Friedhof abzweigt, hielt er den Jaguar an und blickte zum Tor hinüber. Eine Menschenmenge hatte sich dort versammelt: Nachbarn, Freunde, Familienangehörige. Er entdeckte Marianne unter ihnen. Der Bäcker stand bei ihr mit seiner Frau. Und er erkannte seine Nachbarn aus der ersten Hausreihe. Das Tor war zu schmal, um alle auf einmal hindurchzulassen. Nach und nach gingen sie hinein. Sie lassen sich Zeit, dachte er. Jeder lässt dem anderen den Vortritt. Er ärgerte sich darüber, dass er Huckschers Beerdigung vergessen hatte. Es war nicht seine Art, sich seinen Nachbarn zu entziehen.

Rafael wendete den Wagen. Huckschers Gesicht zeichnete sich wie von Geisterhand auf der Windschutzscheibe ab. Die Haare weiß wie Schnee, die Augen direkt auf Rafael gerichtet, dazu ein ängstliches Lächeln. Huckscher hatte sein Leben lang Kühlschränke verkauft, Küchengeräte, Waschmaschinen, alles, was man für den Haushalt braucht. Er war voller Dynamik durchs Leben gegangen, aber nachdem er pensioniert worden war, hatte er vollkommen abgebaut. Er erhielt eine Abfindung für all die Jahre, in denen er seiner Firma treu gedient hatte, und schien sich auf seinen Ruhestand zu freuen. Vielleicht hatte er aber auch geahnt, was auf ihn zukommen würde. Es klang fast immer wie eine Rechtfertigung, wenn er darüber sprach, wie sehr er sich auf sein Rentnerdasein freute. Nach seiner Ruhigstellung ging er nur noch selten vor die Tür und verfiel mehr und mehr. Huckschers Mutter war vor einem Jahr gestorben, Rafael konnte sich gut an sie erinnern. Eine ängstliche Person, die ihrem Sohn ähnelte. Jeden Sonntag hatten die Huckschers sie zum Essen eingeladen, und jeden Sonntag hatte sie am Gartentor gestanden und so getan, als wohne sie dort.

Rafael musste lachen. Huckscher, der Mann, der von sich sagte, er mache alles mit seiner Ratio. »Realistisch gesehen«, hatte er immer gesagt. Auf jedes Problem hatte er eine Antwort gehabt. »Wissen Sie, ich bin Realist.« Rafael konnte Huckschers Stimme hören. Das letzte Mal, als er ihn gesehen hatte, war er nur noch Haut und Knochen gewesen. Ein kaum vorhandener Mann, so jedenfalls hatte seine Frau ihn bezeichnet. Mehrmals hatten sie ihn in die Klinik geholt, aber als es mit ihm zu Ende ging, hatten sie ihn noch am selben Tag wieder zurückgebracht. Nichts hatte ihm mehr helfen können. An einem dieser Tage hatte er Huckscher das letzte Mal gesehen. Er ruhte auf einer Liege im Vorgarten und schlief. Rafael wollte zu ihm hingehen, ihm etwas Nettes sagen. Aber Huckscher hatte sehr tief geschlafen, mit einem Lächeln auf den Lippen, und Rafael hatte sich leise wieder entfernt. Vor einer Woche war er dann gestorben. Er soll mit Schmerzen hinübergegangen sein, das hatten ihm die Nachbarn erzählt. Rafael fuhr langsam die Allee hinauf. Einer nach dem anderen gehen wir hinüber, dachte er.

Als er den Jaguar in der Einfahrt parkte, fiel ihm ein, dass er vergessen hatte, den Hausschlüssel mitzunehmen. Er hatte das Bund auf dem Küchentisch liegen lassen, gleich neben der Traueranzeige. Er würde Marianne um den Zweitschlüssel bitten müssen, den er ihr irgendwann einmal für derlei Notfälle gegeben hatte. Er überlegte kurz, ob er noch einmal zum Friedhof zurückfahren sollte, verwarf den Gedanken aber. Sie saßen doch längst in der Kapelle oder standen schon an Huckschers Grab, was hätte er ihnen sagen sollen.

Er sah nur zwei Möglichkeiten: Die Haustür durch einen Schlüsseldienst öffnen zu lassen oder, wie er es früher gemacht hatte, durchs Kellerfenster ins Haus zu gelangen.

Vor Jahren war er häufig in die Stadt gefahren und hatte sich bei der Rückkehr im Morgengrauen wie ein Dieb durchs Kellerfenster gezwängt. Eine Aktion, die ihn damals erregt hatte. Also entschied er sich für diese Lösung.

Es regnete wieder stärker, als er aus dem Jaguar stieg. Sein Anzug war schon aufgeweicht, bevor er hinter dem Haus angekommen war. Er kniete sich hin und öffnete das Kellerfenster. Die Gitterstäbe waren unverändert. Er brauchte nur den mittleren Eisenstab nach oben zu drücken, dann könnte er seine Füße hindurchstecken und sich in den Keller hinunterfallen lassen. Rafael legte sich auf den Rücken, steckte die Füße durch die Eisenstäbe und schob sich voran. Es ging schwerer, als er erwartet hatte. Er machte sich so schmal wie möglich, und dennoch klemmte es überall. Das Jackett, die Knöpfe, das Hemd, es war alles zu viel.

Er steckte fest. Es ging weder vor noch zurück. Und

das Schlimmste war der Regen, der ihm in Strömen in Hemd und Hose lief. Rafael überkam ein Gefühl der Ohnmacht. Dann geriet er in Panik. Er wollte nur noch raus. Mit ein paar heftigen Bewegungen versuchte er seinen Unterkörper zu befreien. Um Hilfe zu rufen lohnte nicht. Wer sollte ihn schon hören?

Die Katzen kamen, eine nach der anderen, Mimmi, Ferdinand und Jonny. Der Regen schien ihnen nichts auszumachen. Die Kleine hockte sich links neben seinen Kopf, und der Dicke setzte sich rechts von ihm, Jonny hielt sich in einiger Entfernung. Alle drei beobachteten mit Interesse seine Befreiungsversuche. Rafael sah zum Himmel hinauf. Eine geschlagene Viertelstunde lag er nun schon im Dreck. Ich werde aufquellen wie eine Wasserleiche, dachte er. Mit einer letzten verzweifelten Anstrengung schaffte er es, sich aus dem Gitter zu befreien. Er brauchte dafür seine ganze Energie.

Zitternd richtete er sich auf. »O Himmel!«, stöhnte er und ordnete Hemd und Hose.

Nachdem er eine ganze Weile vor dem Haus gestanden hatte, beschloss er, es noch einmal zu versuchen. Wenn er noch länger wartete, würde es dunkel werden. Er zog das Jackett aus und warf es hinter sich in den Schlamm. Einen Moment überlegte er, sich auch seiner Hosen zu entledigen, was er aber in Anbetracht der Möglichkeit, später von Feuerwehrleuten aus dem Gitter gesägt zu werden, wieder aufgab. Dann warf er sich erneut in den Dreck und steckte beide Füße gleichzeitig durchs Gitter. Diesmal war er vorbereitet: den Kopf etwas angewinkelt, die Arme an den Oberkörper gepresst, die Beine gestreckt, so musste es gehen. Er schob sich Zentimeter für Zentimeter voran und glitt endlich zwischen den Gitterstäben hindurch in den Keller hinab. Seine Füße berührten den Boden. Müde und zerschunden fand er in sein Haus zurück. Nicht ohne die Katzen, die fröhlich hinter ihm hersprangen.

Die Kammer Gottes

Wenn der Junge den Kopf hob, konnte er von seinem Bett aus die Kuckucksuhr sehen. Morgens war sie das Erste, was er sah. Sie hing ihm gegenüber an der Wand, eine mit bunten Landschaftsmotiven bemalte Schwarzwalduhr, die zwei vergoldete Zeiger und ein Zifferblatt mit großen verchromten Zahlen besaß. Zu jeder vollen Stunde öffnete sich die Tür über der Zwölf, ein kleiner Vogel sprang wie von Zauberhand heraus und schrie »Kuckuck«. Zwei gusseiserne Tannenzapfen baumelten an silbernen Ketten, und es gab ein braunes Pendel, das hin- und herschwang. Nachts hielten sie das Pendel an, und die Zeit stand still. Dann gab es kein Geräusch mehr in seinem Zimmer, und dem Jungen war, als stünde alles andere auch still: die Stühle, der Tisch, das Fenster. Alle Dinge erstarrten. Und wenn die Dunkelheit durchs Fenster hereinkroch, verstummten auch die Vögel draußen im Hof. Die ganze Welt verstummte, und jedes Geräusch, das sonst von draußen hereindrang, machte dieser Stille Platz.

Rafael fürchtete sich nicht vor der Abenddämmerung. Er fürchtete nur die Dinge, die sich durch die Dunkelheit veränderten: die Stühle, den Tisch, den Ofen, der in der Ecke stand. Alles, was ihm tagsüber so vertraut war, verwandelte sich in der Nacht in etwas

Fremdes. Aus den Stühlen wurden Tiere, aus dem Tisch ein Haus, und der Ofen bekam die Statur eines Riesen. Meistens schaffte er es, die Dinge wieder zurückzuverwandeln, indem er beruhigend auf sie einsprach. Denn er ahnte, dass sie die gleiche Angst vor ihm hatten wie er vor ihnen. Er machte ihnen Mut, und manchmal schimpfte er auch mit ihnen. Oft brauchte er Stunden, um sie wieder zu dem zu machen, was sie waren.

Rafaels Zimmer hatte fünf Türen, und meistens blieben sie geschlossen. Er selbst hatte keine Macht, sie zu öffnen. Also war er immer darauf vorbereitet, dass irgendjemand zu ihm ins Zimmer kam. Deshalb unterhielt er sich auch mit den Türen. Sie erzählten ihm, was in den anderen Räumen vor sich ging, wer was zu wem sagte und warum sich so selten jemand bei ihm meldete. Wenn er mit den Stühlen, dem Tisch und dem Ofen fertig war, redete er mit den Türen. So lange, bis auch sie Ruhe gaben.

Jeden Abend zog seine Mutter ihm die Decke bis ans Kinn, sodass er in seinem Bett lag wie in einem viel zu engen Mantel. Dann setzte sie sich zu ihm und betete mit ihm. Er konnte alle ihre Gebete auswendig.

»Lieber Gott, mach mich fromm, dass ich in den Himmel komm« und: »Lieber Gott, mach, dass Vati gesund wird.«

Er wusste nicht, wer Gott war. Er wusste, wer sein Vater war. Er wusste, dass sein Vater sich meistens irgendwo in der großen Wohnung aufhielt. In einem der Zimmer, hinter den Türen. Oder aber, dass er weggegangen war. Doch auch dann konnte er ihn noch sehen, sogar mit geschlossenen Augen. Gott hingegen war zwar immer da, das sagte jedenfalls seine Mutter, aber keiner konnte ihn sehen. Das war der Unterschied. Gott hatte eine noch größere Macht als sein Vater. Die alte Singer, die in dem kleinen Zimmer wohnte, das an seines grenzte, las ihm manchmal Geschichten von Gott vor. Bei der Singer war Gott immer gütig und warmherzig. Wenn hingegen seine Mutter über Gott sprach, dann machte Gott ihm Angst. Vielleicht weil er, wie sie sagte, alles beobachtete und seine Meinung zu allem abgab. Etwa so wie die Stühle und der Tisch, wenn sie ihn nachts anstarrten. Bei der alten Singer, die nicht mehr so gute Augen hatte, sah auch Gott nicht mehr so genau hin.

Gott wohnte im Himmel, und den Himmel kannte Rafael von der Straße her. Wenn er tagsüber in der Haustür stand, konnte er ihn sehen. Die weißen Wolken schwammen durch ein unendliches Blau, so als wäre der Himmel das große, weite Meer, von dem alle sprachen. Dann machte Gott ihm auch keine Angst mehr. Denn wenn er in der Haustür stand und nur in den Himmel schaute, konnte Gott ja nichts dagegen haben. Es hing eben alles davon ab, was man machte und mit wem man zusammen war.

»Vater unser, der du bist im Himmel. Geheiligt werde dein Name, dein Reich komme ... Unser täglich Brot gib uns heute und vergib uns unsere Schuld, wie auch wir vergeben unsern Schuldigern.«

Immer wenn seine Mutter mit ihm betete, sah er auf ihre Hände, sie hatte wunderschöne Hände. Ihre Finger waren lang und zart und die Fingernägel kirschrot oder aprikosenfarben bemalt. Sie trug kleine funkelnde Ringe an den Fingern, und wenn sie ihn berührte, glitzerten sie. Er kannte den Geruch ihrer Hände, den Geruch ihres Gesichts, den Geschmack ihrer Haare und die Wärme ihrer Kleider. Er kannte alles an ihr. Wenn sie ihn morgens weckte oder abends ins Bett brachte, wusste er, was sie dachte, was sie fühlte, was sie sagen wollte und was nicht. Er entnahm den Grund für ihre Traurigkeit und ihre Sorgen ihrem Gesicht und ihrer Stimme. Er liebte den Klang ihrer Stimme, und er fürchtete ihr Schweigen. War sie glücklich, sang sie für ihn. Dann konnte die Dunkelheit ruhig kommen, und die Stühle und der Tisch konnten ihre Gesichter wechseln.

Rafael sah auf die Uhr. Der Zeiger war weitergerückt. Bald würde der kleine Vogel wieder herauskommen und seine »Kuckucks« schreien. Er fuhr sich mit der Zunge über die Lippen und schmeckte den Schlaf.

Gestern hatten sie vergessen, die Uhr anzuhalten. Sie waren ausgegangen, und er hatte die ganze Nacht den Vogel gehört. Aber es hatte ihn nicht gestört. Er war nicht einmal in der Nacht aufgestanden, obwohl er es gewollt und auch gemusst hatte. Die alte Singer hätte ihn hören können, und er hätte mit ihr sprechen müssen, und das hatte er nicht gewollt. Oma nannte er die alte Singer, obwohl sie gar nicht seine Oma war. Sie war nur eine alte Frau, die sie vor Jahren aufgenommen hatten, um die Miete für die große Wohnung bezahlen zu können. Sie kümmerte sich um ganz andere Dinge als die Leute, die er aus seinem Viertel kannte.

Sein Vater war nicht sonderlich an ihr interessiert, obwohl die Singer an allem, was in der Wohnung geschah, Anteil nahm. Sogar an seinem Vater, an dem sowieso jeder Anteil nahm. Rafael lauschte auf die Geräusche, die von ihrer Tür kamen. Für ihn war sie immer da gewesen, von Anfang an. Schon als er in seinem Gitterbett herumgeklettert war, das zu dieser Zeit noch neben dem großen Ofen gestanden hatte. An jenem Tag hatte er versucht, aus seinem Bett zu fliehen, und war mit dem Kopf zwischen den Gitterstäben stecken geblieben. Die Singer hatte seine Schreie gehört und ihn aus den Stäben befreit. Es hatte ein Riesentheater gegeben. Damals hatte die Singer schon dasselbe Zimmer bewohnt wie heute. Die Stühle waren ebenfalls da gewesen, der Tisch und das Buffet aus braunem Holz, das nachts wie ein großer Berg aussah. Und natürlich die Türen. Alles war vor ihm schon da gewesen. Rafael sah auf die Uhr an der Wand. Ganz langsam rückte der große Zeiger weiter. Wenn er sich genau darauf konzentrierte, konnte er sehen, wie die Zeit verging.

Als die Geschichte mit dem Gitterbett passierte, hatten noch andere Leute in der Wohnung gewohnt. Seine Amme, die sie Hanna nannten, und Herr und Frau Holthusen, an die sich Rafael nicht mehr genau erinnern konnte. Alle Leute, die er kannte, waren schon immer da gewesen, und alle würden für immer bleiben. Auch wenn sie nicht mehr hier wohnten.

»Immer, immer, immer.« Leise wiederholte er die Worte. »Immer, immer, immer.«

Er sah wieder zur Uhr. Bald würde der Vogel herauskommen und die Stille kaputtmachen. Aus dem Zimmer der Alten hörte er Geräusche. Sicher schob sie wieder ihren Sessel hin und her. Er schloss die Augen. Sieben Söhne soll sie haben, hatten sie erzählt. Am Donnerstag werden wieder zwei von ihnen kommen.

Jeden Donnerstag kommen sie, um die Singer zu sehen. Sie wird alles in ihrer Kammer picobello aufräumen und Kaffee für sie kochen und die blaue Kaffeekanne auf den Tisch stellen und Gebäck und Kuchen dazu. Er wird den Kaffeegeruch durch die Tür riechen können und sich all das vorstellen, was sie hinter der Tür machen, und nach einem Vorwand suchen, um in ihr Zimmer zu kommen. Irgendwann, wenn er sie lachen hört, wird er bei ihr anklopfen. Die Singer lacht selten, aber wenn die Söhne sie besuchen, lacht sie immer. Ihr Zimmer ist so klein, dass sie kaum alle Platz darin haben werden, aber es wird gehen, dachte er. Er schloss die Augen und sah die Schuhe der Alten. Sie waren wie für kleine Mädchen gemacht, aus braunem weichem Leder. Blitzblank waren sie und hatten silberne Druckknöpfe. Die Schuhe verschwanden wieder, und er sah die kleine Fußbank, die die Alte immer benutzte, wenn sie in ihrem Sessel saß. Er sah ihre Hände, wie aus uraltem Holz geschnitzt, und ihr Gesicht. Sie sieht aus wie ein Vogel, dachte er. Sie muss ein Vogel sein. Für einen Moment war ihm, als würden aus ihrem Kopf bunte Federn wachsen. Sie ist der kleinste Mensch, den ich kenne, dachte er. Sie hat riesige Ohren und eine viel zu große Nase. In der Nacht hatte er auf ihrem Kopf schlohweiße Haare gesehen, die er nie zuvor an ihr bemerkt hatte. In langen Strähnen hingen sie ihr über das Gesicht. Sie musste schon immer so langes Federhaar gehabt haben, das wusste er jetzt. Zum Schlafen trug sie ein langes weißes Hemd. Auch das hatte er noch nie zuvor an ihr gesehen.

Rafael hörte, wie die Singer ihren Sessel an die Wand rückte und ihn dann wieder an seinen Platz zurückschob. Bestimmt setzte sie sich jetzt an die Nähmaschine und begann mit der Arbeit.

Er hörte das Rattern des Laufrads und wenig später das Tackern der Nadel. Er kannte alle Geräusche aus dem Zimmer hinter der Tür. In der Nacht hatte die Singer ihn geweckt, aber er hatte sich schlafend gestellt. Sie hielt eine Kerze unter ihr Gesicht. Ganz dünne Lippen hatte sie, weil sie ihre Zähne nicht drin hatte. Und ihre Nase hing ihr fast bis über das Kinn, so lang war sie. Ihre Augen waren tellergroß und schwarz umrandet. Rafael hätte sie beinahe nicht erkannt. Sie wäre verwirrt und durcheinander, hatten sie später über die Singer gesagt. Sie musste schon lange neben seinem Bett gestanden haben. Wie ein verletzter großer Vogel hatte sie ausgesehen, und er hatte sich schlafend gestellt.

»Hast du Licht gemacht, Rafael? Tu nicht so, als würdest du schlafen. Ich weiß es doch, du hast Licht gemacht.« Sie hatte ihn geschüttelt. »Rafael, hörst du? Du darfst nicht so viel Strom verbrauchen, wir müssen doch sparen.«

Das mit dem Strom hatte sie bestimmt viermal gesagt, dann war sie wieder in ihr Zimmer zurückgeschlurft. Er hatte noch eine Weile wach gelegen und auf das Licht unter ihrer Tür gestarrt. So lange, bis er wieder eingeschlafen war.

Rafael lauschte auf das Rattern der Nähmaschine. Fünf Türen gingen allein von seinem Zimmer ab und von den anderen Zimmern auch nochmal so viele. Meistens schwiegen sie, und nur hin und wieder drangen Geräusche herüber. Sonntags war es ganz still. Dann schwiegen auch die Fenster, die Stühle, der Tisch und der Ofen. Nur die Tür der alten Singer sagte manchmal etwas. Wie jetzt, wenn er das Rattern ihrer Nähmaschine hörte.

Bald würde der Vogel wieder aus dem Türchen kommen, dachte er. Er drehte sich um und sah das Licht, das durch das Fenster ins Zimmer fiel, ein feiner Streifen, der immer breiter wurde. Bald würde er von einer Tür zur anderen wandern, über den Tisch hinweg bis zur Tür der Alten und weiter über das Buffet bis zur Tür, die in den Flur führte.

Er sah zur Flügeltür, die sich zum vorderen Zimmer hin öffnen ließ. Wenn sie offen war, begegnete das Licht vom Hof dem Licht von der Straße, und das war das schönste Licht, das Rafael kannte. Es lag auf dem Parkett vom großen Zimmer, da, wo die Sessel standen, die aussahen wie aufgeschnittene Eier, die Musiktruhe und all die anderen Dinge, die Rafael Freude bereiteten.

Das Licht und die Dunkelheit, sie machten immer, was sie wollten. Nachts kämpften sie gegeneinander. Zum Beispiel gestern Abend, als die Eltern im Kino waren. Rafael hatte gesehen, wie der schwarze Mann der Dunkelheit und die weiße Frau mit dem Licht miteinander rangen. Weil sie die Türen für ihn offen gelassen hatten, waren die Schatten dazugekommen. Urplötzlich waren sie da. Er hatte sich ziemlich erschreckt. Es war eine richtige Schlacht gewesen. Die Schatten waren über das Parkett hin und her geschliddert und an den Wänden hochgeklettert. Aber irgendwann hatte das Licht über die Schatten gesiegt. Das Licht war immer stärker als die Dunkelheit. Er hatte es gewusst.

Nachdem die Singer wieder in ihrem Zimmer verschwunden war, hatte er noch lange wach gelegen. Irgendwann hörte er die Schritte der Eltern im Treppenhaus. An ihren Schritten erkannte er schon, ob sie gut miteinander waren oder nicht, ob sein Vater getrunken und seine Mutter geweint hatte. Sie hatten wenig miteinander gesprochen. Erst später hörte er ihre Stimmen durch die Wand. Er konnte durch Wände hindurch hören, sogar bis ins Treppenhaus. Seine Mutter konnte auch alles sehen und hören, nur sein Vater scheinbar nicht.

»Glaub nicht, dass dein Vater nichts mitbekommt«, hatte die Singer einmal zu ihm gesagt.

Im Grunde hatte Rafael es schon vorher gewusst, hatte mit eigenen Augen gesehen, wie sein Vater im Flur stand und vor sich hin starrte. Seitdem wusste er, dass auch sein Vater durch Wände und Türen sehen konnte, auch wenn er meistens so tat, als bekäme er nichts mit.

Schon als sich der Schlüssel im Schloss drehte, hatte Rafael gewusst, dass mit ihnen alles in Ordnung war. Er hatte dann noch eine ganze Weile wach gelegen und sich eine eigene Welt erschaffen. Immer wenn er sich mit geschlossenen Augen auf irgendetwas konzentrierte, entstand diese Welt. Er konnte sich Gesichter, Tiere und anderes herbeizaubern und mit ihnen machen, was er wollte. Er wusste, dass sie ihn überallhin begleiten würden. Er vertraute seinen Bildern.

Jeden Morgen war die Singer die Erste, die wach wurde. Er konnte hören, wie sie auf den Pinkeltopf ging. Es klang wie zarter Regen. In ihrem Zimmer roch es ständig nach Pinkel. Aber das machte ihm nichts aus. Sie war immer für ihn da. Er konnte ihr alles erzählen, und sie konnte alles Schlechte wieder gutmachen.

»Oma, ich habe meine Hosen zerrissen.«

»Gib mir die Sachen, Junge. Was machst du nur immer? Du zerreißt dir noch einmal das Herz. Und dann werde ich nicht mehr da sein. Wer flickt dir dann alles wieder zusammen?«

Rafael sah auf die Uhr an der Wand. Das Pendel bewegte sich hin und her.

Sie ist derselbe Vogel wie der, der gleich aus der Tür kommen wird, dachte er.

Der Ring

»Ick kenne Sie, Sie sind doch der mit den Nieren. Erinnern Sie sich? Ick hab Sie schon öfter gefahren.«

Rafael versuchte, die Taxitür zu schließen.

»Sie müssen se richtig zuschlagen.« Der Fahrer drehte sich zu ihm um. »Hier klemmt fast allet.«

Beim zweiten Mal klappte es, und sie fuhren los.

»Komische Straßennamen haben Sie hier.«

Rafael hätte dem Mann das wiederholen können, was er schon dutzenden von Taxifahrern gesagt hatte: Dass es eine Privatstraße war, die nur deshalb diesen Namen trug, weil die Leute vom Bezirksamt bis heute keinen passenderen gefunden hatten. Eine Straße mit ansteigenden Hausnummern, die bei 160 begannen und scheinbar endlos weiterliefen. Er sparte sich die Erklärungen, zu oft hatte er diese Geschichte erzählt.

»Die meisten finden das Haus nicht«, murmelte er und verzog sich in seinen Mantel.

In der Taxe roch es nach abgestandenem Rauch. Rafael blickte in die Dunkelheit. Es war noch nicht sieben. Der Nieselregen ging in Schneegriesel über. Frühaufsteher waren mit ihren Beuteln unterwegs, Leute, die er nie zuvor gesehen hatte. An der Havel schaukelten Boote an ihren Stegen.

An der Ampel bogen sie in den Ritterfelddamm und

fädelten sich in den Frühverkehr ein. Es ging nur langsam voran.

»Ick hab Sie mal nach Tegel und mal nach Moabit gefahren, stimmt's? Wo darf's denn heute hingehen?«

»Richtung Kaiserdamm.«

»Verstehe.«

Der Typ muss eine Kartei führen, dachte Rafael. Jetzt erinnerte er sich wieder an ihn. Er hatte ein Toupet getragen, ein billiges Ding aus dem Kaufhaus. Auf den ersten Blick hatte er ihn für einen der vielen iranischen Taxifahrer gehalten, aber als er den Mund aufmachte, war ihm klar, dass der Mann Berlin nie verlassen hatte. Dem hatte schon immer die Sonne gefehlt.

Beim letzten Mal hatte er zu Doktor Wurlitzer, seinem Urologen, fahren wollen. Da war es noch Sommer gewesen, aber sie kamen nie dort an. Sie hatten einen Umweg zur Havelklinik machen müssen, weil Rafael die Schmerzen nicht mehr ertragen konnte. Die Koliken waren so schlimm, dass er den nächstbesten Arzt aufsuchen musste. Krampfartige Zustände, die immer nachts begannen und ihn für den ganzen Tag lahm legten. In der Klinik hatten sie ihn sofort auf den Kopf gestellt, während der Taxifahrer gewartet hatte.

Rafael sah hinaus auf die Straße. Die Felder waren noch nicht zu erkennen.

Sie hatten Nieren, Leber und Galle untersucht, aber nichts gefunden. Ein ägyptischer Arzt hatte ihn nach seinen Lebensgewohnheiten befragt. Sie hatten sich auf Anhieb gut verstanden, obwohl Rafael es vor Schmerzen kaum noch aushielt. Er hatte nicht mehr still stehen können, war wie ein Stummfilmkomiker auf und ab gelaufen, und der ägyptische Arzt war ihm nicht von der

Seite gewichen. Dann hatten sie ihm eine Beruhigungs-spritze verabreicht und ihn gebeten sich hinzulegen. Auch die Ultraschalldiagnose ergab nichts. Sie hatten noch ein bisschen herumgealbert, auch über Jordanien, Israel und Palästina gesprochen, und irgendwann hatte Rafael die Krämpfe nicht mehr gespürt.

Der Taxifahrer hatte ihn noch am selben Tag ins Jüdi-sche Krankenhaus nach Moabit gefahren, in die Spe-zialklinik für Radiologie und Nuklearmedizin. Dort ließ man ihn eine dickflüssige Lösung trinken, die nach Erdbeer und Schwefel schmeckte, und schob ihn in eine überdimensionale Röhre. Er lag ganz still und hielt es aus, obwohl er befürchtet hatte, in der engen Röhre er-sticken zu müssen. Zwischen den Untersuchungen war er auf die Straße gelaufen und hatte sich auf einem Wo-chenmarkt ein paar künstliche Blumen gekauft, die aus Taiwan stammten. Er erinnerte sich an die Blumen, weil er sie später als Glücksbringer in seinen Jaguar gestellt hatte. Er war fröhlich und aufgekratzt durch den Kiez gerannt, dankbar, noch am Leben zu sein. Bei einem Bäcker hatte er einen Pott Kaffee getrunken und war dann wieder ins Krankenhaus zurückgekehrt, um das Ergebnis der Röhrenarbeit zu erfahren.

»Nichts, wir haben partout nichts gefunden.« Der Oberarzt hatte ihm in der Empfangshalle gegenüberge-standen und ihm alles in Ruhe erklärt.

Rafael hatte auf jedes Wort geachtet. »Trotz der Koli-ken?«

»Im Augenblick haben Sie nichts.«

Das war im Sommer gewesen. Nun fuhr derselbe Typ mit ihm die Potsdamer Straße hinunter.

»Geht's Ihnen wieder besser?«

»Routineuntersuchung.«

»Na dann, frohes Fest.«

Rafael sah aus dem Fenster. Beim letzten Mal hatte der Fahrer ihm diese furchtbare Geschichte von dem Studenten erzählt, der sich in der Gatower Heide umgebracht hatte. Da, wo die Rieselfelder beginnen, hatte er seinem Leben ein Ende gesetzt. Er hatte die Auspuffgase seines Autos ins Innere geleitet.

»Erinnern Sie sich noch an den Jungen?« Der Fahrer wies mit der Hand in die Dunkelheit. »Da hat er sein Leben beendet.«

Glücklicherweise ersparte er ihm weitere Einzelheiten, aber Rafael erinnerte sich noch genau: Zwei Frauen auf Pferden hatten den Jungen gefunden und alles getan, um ihn wiederzubeleben. »Wie das Frauen eben so tun«, hatte der Fahrer damals triumphierend nach hinten gerufen. »Aber ohne Erfolg.«

Der Typ hatte ihn mit seinen Geschichten fertig gemacht.

Rafael starrte auf seine Knie. »Ist Ihre Heizung in Ordnung?«, fragte er.

»Ick stell sie höher. Wir wollen Sie doch nich krank werden lassen, wa?« Der Fahrer schaltete das Radio ein. Nat King Cole erklang. »Wollen Sie det?«

»Jaja, lassen Sie es nur.« Rafael war froh, nicht allein zu sein.

Sie bogen in die Heerstraße und fädelten sich in die Schlange ein. Rafael sah durch die beschlagene Scheibe zum Himmel hinauf. Krähen flogen in Scharen über die Dächer und drehten fröhlich ihre Runden. Es wurde langsam hell. Die Stadt erwachte. Mit Nat King Cole war es in der Taxe erträglich.

Rafael warf einen Blick in die anderen Fahrzeuge, die neben ihm in der Schlange fuhren. Frühaufsteher, alte, junge, Frauen und Männer. Hinter den Windschutzscheiben sahen sie aus wie Fische im Aquarium.

Gestern Nacht hatte er einen Traum gehabt. Er war jung, stand auf dem Gang eines alten, mondänen Hotels und sprach mit einem älteren Mann im Safarianzug. Der Mann hielt eine Flinte in der Hand. Plötzlich kam eine Elefantenkuh, gefolgt von ihrem Jungen, den Gang herunter. Sie trugen rote Samtwesten und riesige blaue Pluderhosen. Wie Clowns. Sie sollten zu einer Strafaktion zu dem Großwildjäger ins Zimmer. Der Großwildjäger sagte: »Ich schieße einen Elefanten auf neun Meter ins Herz. Wenn sie weiter entfernt sind, treffe ich nicht.« Dann brach der Traum ab.

Rafael beobachtete im Nachbarauto einen Mann, der sich im Rückspiegel betrachtete.

Sie fuhren an den ehemaligen Siedlungen der Alliierten und am Soldatenfriedhof vorbei. Dann weiter zum Scholzplatz, Richtung Theodor-Heuss-Platz. Als sie in den Kreis einfuhren, rissen die Wolken auf. Rafael blinzelte durch die nasse Scheibe in den Himmel hinauf, der blauer und blauer wurde.

»Sei gegrüßt, Vogel des Tages, wohin du auch fliegst. Sei gegrüßt, Stadt meiner Träume. Ich bleibe bei dir. Für immer. So wie es meine Väter taten. Ich trage noch immer den Ring als Zeichen meiner Treue. Heute ist kein Tag wie jeder andere, denn das Fest der Liebe und der Besinnung steht bevor, und ich fürchte, es wird hart werden. Während du dich irgendwo auf einem Dach verborgen hältst, blauer Vogel, werde ich die alten Wege gehen, denn das ist mein Tagwerk. Ich bin arbeitslos und zu nichts nütze. Ich lasse alles gehen und geschehen. Flieg, blauer Vogel, ich werde an dich denken. Jeden Tag. Immer.«

»Haben Sie det aus'm Buch? Damit können Se ufftreten.«

Rafael sah, wie ihn der Fahrer aufmerksam im Rückspiegel beobachtete.

»An der Ecke können Sie halten«, sagte er.

»Genug!«, schrie Rafael und biss die Zähne aufeinander. Er sah zum Fenster hinaus, während Dr. Wurlitzer zwei Finger in Rafaels Anus schob.

»Geht's noch?«

Rafael schüttelte den Kopf. Der Schmerz war hell und stechend. Es schien ihm unmöglich, etwas zu erwidern.

»Entspannen Sie sich.« Wurlitzer hatte ihn wie einen Fisch am Haken.

Rafael sah in den graublauen Himmel, die Hände hatte er in die Gummimatte gekrallt. Er versuchte sich auf ein paar Mülltonnen im Hinterhof zu konzentrieren. Seit er denken konnte, hatte er sich vor Ärzten gefürchtet. Mutig war er zu den Sprechstunden gegangen und als gebrochener Mann wieder herausgekommen. Er presste die Zähne stärker zusammen.

»Geht's noch?«, fragte Wurlitzer wieder.

»Ja«, stöhnte Rafael. Eine glatte Lüge. Annemarie, seine Mutter, fiel ihm ein. Mit über achtzig ließ sie sich noch immer die Zähne ohne Narkose ziehen. »Was willst du, ich gehe gern zum Arzt.«

»Na denn los!«

Rafael versuchte, sich an der Wand abzustützen.

59

Wurlitzer schnaubte vor Anstrengung. Je tiefer er sich in Rafaels Anus vergrub, desto schlimmer wurde der Schmerz. Rafael starrte durch das Fenster. Schneeregen rutschte an der Scheibe herunter, zwei Frauen mit Kopftüchern gingen über den Hof.

»Sehr unangenehm, ich weiß. Aber es ist gleich vorbei«, sagte Wurlitzer und drückte sich mit aller Kraft gegen Rafaels Rücken. Mit sicherem Griff quetschte er die Prostata zusammen.

»O Gott!« Rafael glitt an der Wand herunter, Wasser schoss ihm aus den Augen. Warum liege ich nicht in der Sonne, so wie alle Arbeitslosen?

Wurlitzer drehte Rafael zu sich um, hielt ein Plättchen unter den Penis und machte einen Abstrich.

»Sie können sich wieder anziehen«, sagte er. »Ihre Prostata ist so groß wie eine Erbse.«

»Was heißt das, so groß wie eine Erbse?« Rafael versuchte seiner Stimme etwas Männliches zu geben.

»Sie sind vollkommen gesund«, antwortete Wurlitzer. »Sie haben eine leichte Entzündung der Prostata. Mehr nicht.« Er beugte sich über das Rezept.

Er schaut nicht einmal auf, dachte Rafael und angelte nach seinem Jackett. Der wievielte Arztbesuch war das in diesem Monat? Wurlitzer, Klöten, Brady? Urologen, Internisten, Chirurgen, was kommt noch?

Annemarie hat vollkommen Recht. Alle Zähne auf einmal, und dann gleich noch um die Ecke zum Chirurgen. Er sah zu Wurlitzer, der über die Gegensprechanlage um den »Urin von Herrn Engelmann« bat.

Er betonte: »Engelmann.«

Wurlitzer schob ihm das Rezept hin. »Nehmen Sie

das Antibiotikum dreimal am Tag und trinken Sie viel Wasser.«

Die Sprechstundenhilfe kam herein und übergab Wurlitzer ein Reagenzglas. Er stellte es zu den anderen. Hoffentlich verwechseln sie es nicht, dachte Rafael.

»Kommen Sie in vier Wochen wieder«, sagte Wurlitzer und sah Rafael zum ersten Mal freundlich an. »Und danach hoffe ich Sie hier nicht mehr zu sehen.«

Auf der Straße fiel leichter Schneeregen. Der Wind kam von vorn. Rafael hatte mit der Sprechstundenhilfe keinen neuen Termin vereinbart. Er war so erleichtert über das Ergebnis gewesen, dass er Hals über Kopf aus der Praxis gestürmt war. Er wusste ohnehin, dass er Wurlitzer in den nächsten Tagen unter irgendeinem Vorwand wieder anrufen würde.

Rafael schlug den Mantelkragen hoch und lief den Kaiserdamm hinunter, mit gesenktem Kopf, als wollte er nicht an dieser Welt teilnehmen. Er lief wie blind, ließ sich mit den anderen treiben. Er kannte die Muster auf dem Gehweg, jeden Quader, jeden Stein. Er brauchte nicht auf seine Füße zu achten, sie fanden den Weg von selbst.

Am Witzlebenplatz bog er in die Wundtstraße, Richtung Lietzensee. Vor der Treppe, die zu den Grünflächen führt, blieb er stehen und blickte zu den Häusern der anderen Straßenseite hinüber. Die Dachwohnungen hatten ihn schon als Kind fasziniert. Allein über der großen Stadt und dem Himmel so nah zu sein, das hatte er sich immer gewünscht. Einen Moment überlegte er, ob er sich auf eine Bank setzen sollte, wie es die Rentner tun, die im Frühling den anderen beim Schachspiel zusehen. Er gab den Gedanken auf und lief weiter Richtung Sophie-Charlotte-Platz. Immer dicht an den Häusern entlang, so wie er es als Junge getan hatte. An der Suarezstraße stellte er sich in einen Hauseingang. Der Regen hatte zugenommen. Menschen drängten sich vor dem U-Bahn-Eingang. Ein Skater flitzte über die Kreuzung, elegant nahm er die Bordsteinkanten. Rafael sah zum alten Bosch-Haus hinüber. Sein Blick flog von einem Fenster zum anderen. Er sah durch die Wände hindurch lederne Garnituren, Sessel und Couchen, wuchtige Schränke und kristallene Lampen. Er fuhr sich mit den Händen über das Gesicht, löste sich aus dem Hauseingang und lief weiter.

Vor dem Schaufenster des Rahmenmachers blieb er stehen. Im Sommer hatte er sich hier einige Bilder rahmen lassen. Meeresansichten, ein paar Inseln und dahinter der weite Horizont. Der Inhaber, ein rechter Eigenbrötler, hatte mit ihm gemeinsam die Farbe und Maserung der Hölzer bestimmt, und sie hatten sich für hauchdünne Holzrahmen mit silberner Verzierung entschieden. Während der Mann an seinen Rahmen gearbeitet hatte, war er ungeduldig vor dem Laden hin und her gelaufen, weil er plötzlich das Gefühl hatte, etwas Wesentliches aus der Hand gegeben zu haben. Wie zwischen Himmel und Erde hatte er sich gefühlt, wie im freien Fall. Als er die Bilder endlich wieder in den Händen hielt, ging es ihm besser.

Er überquerte die Bismarckstraße. Jeden Hauseingang, jedes Fenster nahm er wahr, und er wusste, dass seine Erinnerungen ihn für den Rest des Tages nicht mehr loslassen würden. Er lief bis zum Schustehruspark, die Treppe hinunter zu den Grünanlagen und dann den Kiesweg entlang, so wie er es jeden Tag als Junge gemacht hatte. Er sah zu dem efeubewachsenen Mäuerchen hinüber, und plötzlich füllte sich der Park mit Gesichtern von Jungen und Mädchen, die er kannte. Bilder legten sich übereinander, er wurde wieder Kind. Alles schien grenzenlos weit und doch in sicherer Nähe.

Ein Hut trudelte den Rasen herunter. Der Wind hatte ihn ein paar Meter durch die Luft getragen und dann fallen lassen. Wie von Zauberhand gelenkt, bewegte er sich auf Rafael zu und blieb direkt vor seinen Füßen liegen, ein zerknautschter, verdreckter Herrenhut mit braunem Seitenband, wie man ihn auf jedem Trödelmarkt kaufen konnte. Minutenlang starrte er auf den Hut, der die Farbe der Erde anzunehmen schien.

Die Glocken der Luisenkirche schlugen zwölf. Rasch nahm er den Hut auf und lief zum Ausgang des Parks. Vor der Treppe saßen zwei Jungen auf einer Bank. Sie rauchten und achteten nicht auf ihn.

»Wie ist die Vorwahl von China?«, sagte der eine, und der andere lachte, als Rafael vorbeiging.

Am Ausgang des Schustehrusparks konnte er sich für keine Richtung entscheiden. Er blickte zu den Häusern der Nithackstraße hinüber. Wie viele Tage hatte er hier früher vertrödelt, immer einen Fuß vor dem anderen, immer seiner Eingebung folgend. Er bog in die Nithackstraße ein, wieder an der Wand entlang, mit gesenktem Kopf und hängenden Schultern. Er vermied es, zu den Fenstern hinaufzusehen. Er wusste ja auch so von den Mauern und Steinen, die er zeit seines Lebens in italienischen Marmor verwandelt hatte, von den Türen, den Portalen, den Gittern und schmiedeeisernen

Zäunen. Wozu also noch hinschauen? Der Hut schlug gegen sein Knie.

Als er an der Schule vorbeikam, hörte er Stimmengewirr, das aus den Steinen zu kommen schien. Rafael sah zu den Fenstern der Erstklässler hinauf. Hier werde ich nie wieder herkommen, dachte er, nie mehr. Heute lösche ich die alten Bilder aus. Ich gehe noch einmal diesen Weg, und morgen wird alles vergessen sein.

»Kindertagesstätte« las er auf einem Schild. Er spähte ins Fenster hinein. Nichts hatte sich verändert. Die bemalten Scheiben, die bunten Gardinen. Ein paar Strohmännchen hingen am Fensterkreuz. Zwei Jungen und ein Mädchen saßen an einem langen Tisch und schnitten Papier in Streifen. Eine ältere Frau beugte sich über das Mädchen. Er ging schnell weiter. Ich bin ein sentimentaler Idiot, dachte er, was suche ich hier?

Er sah zur ehemaligen Feuerwache hinüber. Die antiken Krieger standen noch immer in den Fenstern, helm- und lanzenbewehrt, Leihgaben der Gipsmanufaktur. Blätter wirbelten über die Straße. Rafael hob den Kopf, wie ein Hund schnupperte er in den Wind und machte einen Schritt nach vorn, dann wieder einen zurück, wie ein Tänzer. Und dann rannte er los, wie er es als Junge getan hatte: einfach geradeaus und immer die Straße im Blick.

Als er den Spandauer Damm überquerte, folgte ihm der Hut. Er sprang ihm vor die Füße oder trudelte hinter ihm her, aber immer war er an seiner Seite.

»Ich wollte dir Sprotten mitbringen. Ich wollte sie bei ›Rogacki‹, dem Fischhändler aus der Wilmersdorfer Straße, kaufen und sie stellvertretend für dich essen. Ich hätte mich in der Schlange angestellt. Sie kaufen im Moment wie die Verrückten schon für die kommenden Feiertage. Dabei ist doch noch November. Ich hätte dir sechs Sprotten mitgebracht, frisch geräuchert, direkt aus dem Ofen. Erinnerst du dich? Hinten links, wo sie die lebenden Forellen und Karpfen halten. Ja, den Räucherofen gibt es immer noch. Ich gehe oft zu ›Rogacki‹, letzte Woche war ich wieder da. Keine Sorge, es bleibt alles beim Alten.«

Rafael sprach mit sich selbst. Den Hut in der Hand, lief er über den Parkplatz vor dem Schloss Charlottenburg. Im Ehrenhof fotografierten sich Liebespaare. Sie alberten herum, drückten sich kichernd gegen den Zaun, dessen Speerspitzen in der Sonne glitzerten. Die Kuppel mit der Fortuna glänzte im Herbstlicht. Rechts und links auf den Torhäuschen die nackten Krieger mit Schwert und Schild. Ein schönes Foto, dachte Rafael und sah zur Kuppel hinauf. Die Fortuna drehte sich im Wind, mit einer Hand berührte sie die Wolken.

Er lief durch den Seiteneingang und nahm aus den Augenwinkeln die Tafeln wahr, die Warnungen vor Glätte und Schnee, die Hinweise »auf eigene Gefahr«. Er folgte dem alten Kiesweg, den er schon als Kind gegangen war und der bis zur großen Orangerie führte. Der Orangeriegarten war mit Laub übersät. Sie hatten die Flora und Pomona für den Winter verpackt. Kies knirschte unter seinen Schuhen.

Alles war ihm hier vertraut, die Grünanlagen, die alten Bäume, sogar das Licht, das auf Fenster und Türen fiel. Er warf den Hut in die Luft, fing ihn im Laufen wieder auf oder ließ ihn um seine Finger kreisen. Hinter dem Museum für Vor- und Frühgeschichte bog er zum Pavillon ab. Auf der anderen Seite sah er zwei Gartenarbeiter am Steinkistengrab stehen. Sie befreiten die Platten vom Laub und winkten Rafael lachend zu.

Er bog in die Tannenallee, die zum Mausoleum führt. Eine große Stille lag über dem Park. Nur ein paar Äste knackten im Gehölz, und hin und wieder hörte er das Gekrächze der Krähen, die in Scharen auf den Grünflächen hockten. Er ging zügig, als habe er ein Ziel. Parallel zur Tannenallee verlief der Königsweg. Durch die Sträucher konnte er das Rondell mit der Athena erkennen, dahinter die Blumenrabatten, die Holzbänke, das Achteck. Er fühlte sich frei.

»Wenn es nicht so albern gewesen wäre«, murmelte er, »hätte ich dir wirklich Sprotten mitgebracht. Ich hätte sie in braunes Papier einwickeln lassen, damit du sie frisch bekommst, mit Gräten und allem Drum und Dran.«

Vor ihm lag das Mausoleum. Vier Säulen stützten das mächtige Dach. Über der Tür die Zeichen Alpha und Omega. Zwei Stufen auf einmal nehmend, sprang er die Treppe hinauf, rüttelte an der Tür. Sie gab nicht nach. Er versuchte es immer wieder. Dann lehnte er sich erschöpft mit dem Rücken an die Wand. Steine spüren, hatte er das als Junge genannt. Stundenlang hatte er so an der Wand des Mausoleums gestanden. Einmal war ein mächtiger Regen herniedergegangen, und der Junge hatte Schutz unter dem Vordach gesucht. Bis in die Nacht hinein hatte er dort ausgeharrt, so lange, bis der Regen vorbei war, und die ganze Zeit mit seinem Vater gesprochen. Von dem Tag an war er immer wieder hierher gekommen.

Rafael sah zum Schloss hinüber. An der breiten Allee standen die Tannen wie Soldaten nebeneinander.

»Sie bewachen meinen Weg«, sagte er leise. »Vater, was tue ich hier?«

Er löste sich von der Wand, hockte sich auf die oberste Stufe der Treppe und stützte den Kopf in die Hände.

»Ich war am Wochenende bei Annemarie«, sagte er leise. »Sie freut sich immer, wenn ich komme. Wenn es nach ihr ginge, könnte ich sie jeden Tag besuchen. Ich habe dir doch erzählt, dass sie zusammen mit Heinrich in einem Altenheim lebt. Seit ihrem Schlaganfall hat sie sich sehr verändert, du würdest sie nicht wiedererkennen. Es geht ihr besser, aber der Rollstuhl macht ihr zu schaffen. Sie hat ihre ganz eigene Sprache. Sie sagt Heinrich und meint mich und sagt Rafael und meint ihn. Es klingt verrückt, aber ich verstehe sie. Jedes Wort.« Er lachte. »Mutter und Sohn verstehen sich ja immer.« Er sah durch die Bäume zur Luiseninsel hinüber. »Nein, sie singt nicht mehr.«

Er stand auf, klopfte sich den Mantel ab und stieg langsam die Treppe hinunter. Er beschloss, sich in die Büsche zu schlagen, nahm die erstbeste Schonung und lief dann querfeldein, an den Tannen und Fichten vorbei, an den Sträuchern und Hecken bis zum Karpfenteich. Er schaffte es, durch jede Lücke zu kommen, ohne sich an Ästen und Dornen zu verletzen. Vor der Sumpfzypresse fand er wieder heraus. Ruhig ging er weiter, nahm den Weg, der zur Puttenallee führt, und wandte sich zum Belvedere.

Licht lag auf den Wiesen, die Bäume knarrten im Wind. Er hatte die Hände in den Manteltaschen vergraben, der Kragen verbarg sein Gesicht. Auf der Hohen

Brücke standen Touristen, die zum Schloss hinübersahen. Malerisch, wie sich die Kuppel gegen den Himmel abhob. Er bog nach links ein und schlug sich vor dem Teehaus seitlich ins Gebüsch, lief am Kinderspielplatz vorbei, sah kurz zum kleinen Wassergraben hinüber und stürmte den Hügel hinauf, fand die Bank, die er so liebte.

Er zog den Mantel über die Knie und legte den Hut neben sich. Vor ihm war freies Feld. Auf der Wiese spielte ein Mädchen mit ihrem Hund, dann verschwanden sie hinter den Bäumen.

»Ich habe Annemarie noch im vorigen Jahr in ihrer Wohnung besucht«, murmelte er. »Sie hat auf dem Balkon gesessen. Sie wollte, dass ich bleibe, war unruhig, lief immer hin und her. Ich habe mich zu ihr gesetzt, und wir haben auf die Straße geschaut. Ein schöner Spätsommertag. Sie hatte auf mich gewartet und war gut gelaunt.« Er fuhr sich mit der Hand übers Gesicht. »Sie wartet ja immer auf mich, das wird sich nie ändern. Hinter ihr an der Wand hing die Einkaufstasche, die sie immer benutzte. Erinnerst du dich? Die mit den großen Henkeln.«

Er schwieg einen Moment, dann sagte er leise: »Ich hatte im selben Moment eine Vorahnung. So als würde sie bald nicht mehr gebraucht werden.« Er sah auf den Hut. »Wir haben miteinander gelacht, und sie hat auch über dich gesprochen. Drei Tage später hat sie den Schlaganfall bekommen, die ganze rechte Körperhälfte war gelähmt.« Er stockte. »Heinrich hat sie gefunden. Sie lag hinter der Tür, und er hat den Krankenwagen geholt.«

Rafael blickte zum Teehaus hinüber. »Ich muss verrückt sein«, sagte er, »ich spreche schon mit mir selbst.«

Er stand auf und lief den Hang hinunter. Auf der Wiese angekommen, ließ er den Hut los. Der flog empor, drehte ein paar Runden, vom Wind getragen wie von Geisterhand. Rafael sah ihm nach, versuchte erst gar nicht, ihn einzuholen. Irgendwann kehrte er zu ihm zurück.

Wiener Café

»An der Art und Weise, wie ich mit meinen Sachen umgehe, merke ich es.« Rafael räumte die Gläser zur Seite.

Kopp hörte ihm mit geschlossenen Augen zu.

Auf dem Tisch lagen der Hut, ein Notizbuch und ein Bleistift. Mit den Gläsern und Wasserkaraffen hatten sie die Dinge zu einem Stillleben drapiert. Es war ihr Lieblingstisch, direkt am Fenster. Von den bequemen Sesseln aus konnten sie die Straße überblicken. Im Sommer saßen sie immer draußen und beobachteten die Nutten, wie sie von den Tischen aus die Freier anlockten. Jetzt hatten die Kellnerinnen alle Stühle hereingeholt, doch sobald sich die ersten Sonnenstrahlen zeigten, stellten sie ein paar wieder hinaus und schoben mächtige Heizsonnen zwischen die Tische.

»An der Art, wie ich meinen Schreibtisch aufräume, dieselben Dinge wie er benutze.« Rafael starrte auf sein Glas.

Kopp rauchte. Ab und zu linste er zu den Frauen hinüber, die an der Bar saßen.

»Meinen Füller zum Beispiel oder das Tintenfässchen, die kleinen Dinge, die mir wichtig sind. Mir fällt auf, wie sehr ich meinem Vater ähnele. Sag bloß, du bemerkst keine Ähnlichkeit mit deinem Vater?«

Kopp hustete geräuschvoll und drückte die Zigarette

aus. Mit dem Handrücken schob er Aschereste vom Tisch.

»Vielleicht habe ich nur Angst, ihm ähnlich zu sein.« Rafael sah Kopp an. Kopp trug immer die gleichen Sachen: den weißen Schal, das graue Jackett, das blaue Hemd, die Mütze. Zu jeder Jahreszeit.

Kopp lachte. »Du bist ein Angsthase. Du hast nur Angst, zu werden wie dein Vater und zu sterben, ohne dass du gelebt hast.« Er schnalzte mit der Zunge. »Du würdest dich an eine Laterne klammern, damit du nicht in Freiheit leben musst.« Er lehnte sich zufrieden zurück. »Übrigens, schon mal bemerkt, dass du der einzige Mensch bist, der älter wird?«

»Idiot«, sagte Rafael.

»Doch, doch.« Kopp lachte. »Wir anderen bleiben stehen und sehen dir nach, bis du am Horizont verschwunden bist.«

Er schlug mit der flachen Hand auf die Tischplatte. Bei dem Lärm im Café fiel nicht weiter auf, dass die Gläser tanzten. Alle Tische waren besetzt, die Kellnerinnen hatten Mühe, an den Gästen vorbeizukommen.

»Ich bin so müde, ich könnte nur noch schlafen«, sagte Rafael.

»Oje.« Kopp tätschelte ihm die Hand.

»Ich würde mir am liebsten die Decke über den Kopf ziehen.« Rafael sah Kopp beunruhigt an. »Kann ein Mensch so viel Angst vor dem Leben haben?«

»Ist das jetzt eine rhetorische Frage?« Kopp lächelte amüsiert. »Um Angst zu haben, ist es sowieso zu spät. Beruhige dich, es kommt alles ganz von selbst.«

Sie schwiegen und sahen auf die Straße. Der Feierabendverkehr hatte eingesetzt. Passanten hetzten zur Bushaltestelle, Autos quälten sich über die Kreuzung.

Rafael mochte Kopp. Wie er jede Geste inszenierte, sich seine Jugendlichkeit bewahrte. Vor Jahren war er ein etablierter Schauspieler gewesen, hatte mit berühmten Regisseuren zusammengearbeitet, sich dann aber zurückgezogen. Je weniger es von den alten Meistern noch gab, desto mehr Gründe fand er, mit dem Theater aufzuhören. Irgendwann entschloss er sich, Schriftsteller zu werden. Ich schreibe mir ab heute den Text selbst, hatte er erklärt. Seitdem schlug er sich durch.

»Ich hatte mal zu hohen Blutdruck«, sagte Kopp und zündete sich eine Zigarette an, »der aber sofort sank, wenn es mir gut ging. Ich habe sogar mit dem Saufen und dem Sex aufgehört. Ich habe mein Innenleben beobachtet, meine Prostata, meinen Darm, meine Galle, einfach alles. Aber ich habe nichts Bemerkenswertes gefunden.« Er lachte. »Dann habe ich das Heil woanders gesucht. Bei Lehrern, Gurus und Schamanen. Es hat auch nichts genutzt.«

Sie blickten zum Eingang. Ein Tross langbeiniger Mädchen schob sich durch die Tür. Rollo, der Fotograf, im Schlepp ein paar Jungschauspieler. Rafael kannte die Gruppe von einer Fotosession, die er vor einem halben Jahr aus purer Neugierde mitgemacht hatte. Aufgekratzt drängten sie zur Tanzfläche.

»Freiheit ist nicht außen, Freiheit ist innen.« Kopp tippte sich auf die Brust. Dabei fiel etwas Asche auf sein Jackett. Umständlich klopfte er sie ab. »Gib den Tieren im Zoo die Freiheit, und sie gehen ein. Ich war mal dort, interessehalber. Ein Tierpfleger fragte mich: Was heißt schon Freiheit? Es geht ihnen doch gut.« Er kämpfte mit seinem Jackett. »Die Tiere machten wirklich einen gesunden Eindruck. Also frag ich dich: Freiheit wovon und Freiheit wozu? Du tust ja gerade so, als wüsstest du nicht, wie du überleben sollst.« Er sah auf die Straße. »Scheißwetter«, sagte er.

Im Hintergrund begann Kleinert mit einem Bossa nova von Jobim, seinem Lieblingskomponisten. Er spielt gut, dachte Rafael, schön leise. Der Nachmittag war im Wiener Café für die Brasilianer reserviert, am Abend kamen Bach und Händel.

Rafael blickte zu den Nachbartischen hinüber. Fast alle waren besetzt. Er sah zum Fenster hinaus. Es hatte zu schneien begonnen. An einem Ecktisch entdeckte er eine gute alte Bekannte. Sie hielt sich an ihrem Rotweinglas fest und starrte mit entzündeten Augen zu ihnen herüber. Rafael sah schnell wieder auf die Straße. Sie war bekannt dafür, dass sie täglich zwei Flaschen Rotwein trank und bis zum Morgengrauen in ihren Erinnerungen versank. Sie hatte ihn einmal in ihre Villa eingeladen. Es war ein furchtbarer Abend gewesen. Sie hatte im Vollrausch versucht ihn zu verführen, in den Kleidern ihres Mannes, der schon vor Jahren das Zeitliche gesegnet hatte. Spät in der Nacht fiel sie volltrunken von einer Leiter, und Rafael kam noch einmal davon.

»Weißt du, mein Lieber«, dozierte Kopp, »durch Verhaltensregeln und Gesetze sind wir Menschen zu einer gewissen Unfreiheit verdammt, und das ist auch gut so.« Er lachte. »Aber keine Angst, es bleiben uns ja noch die Träume.«

Sie schwiegen. Kleinert intonierte Jobim. Rafael drehte sich um und winkte ihm zu. An einem der hinteren Tische entdeckte Rafael den Schauspieler B. Stanski. Er erkannte ihn an seinem Hut, den er zu jeder Gelegenheit trug, ein Ungetüm mit Schlapprand.

Vor ein paar Tagen war er ihm am Grunewaldsee begegnet. Stanski hatte ihn aber nicht erkannt. Grußlos waren sie aneinander vorbeigelaufen, obwohl sie in Hamburg im selben Stück gespielt hatten. Stanski, im Bayernjanker, den Hut im Nacken, hatte versucht, eine kleine Frau von seinen Fähigkeiten als Pianist zu überzeugen, laut und mit großen Gesten. Er übe immer am Küchentisch, hatte er in den Wald hineingeschrien. Note für Note. Stanski hatte Mühe, sich auch den entgegenkommenden Spaziergängern verständlich zu machen.

Rafael lehnte sich zurück und starrte wieder auf die Straße.

An jenem Tag war er zu einer Ausstellung für Kinder ins Jagdschloss Grunewald gegangen. Er war der einzige Besucher, der sich für die Basteleien interessierte. Als die Sonne herauskam, war er vor die Tür gegangen, und das Mädchen, das an der Kasse gesessen hatte, war ihm gefolgt. Er hatte zugeschaut, wie sie mit einer zahmen Drossel sprach, die ihr auf die Hand geflogen war. Die Schließer des Jagdhauses hatten sich im Hof versammelt und sahen ebenfalls schweigend zu. Daran erinnerte er sich jetzt, während er die Leute auf der Straße beobachtete.

»Ich habe meinen Vater eher gefürchtet als bewundert«, sagte Kopp unvermittelt. »Er hat mir ein paar Rätsel hinterlassen. Aber im Gegensatz zu dir«, er lachte meckernd, »habe ich mein Erbe Gewinn bringend angelegt.«

»Ich ahne, dass du ganz schön was verbockt hast, sonst würdest du nicht so reden.« Rafael sah Kopp misstrauisch an. »Kann es sein, dass du alles verloren hast?«

»Nicht alles, nur ein Drittel.« Kopp lachte und schlug wieder mit der flachen Hand auf den Tisch. »Ich habe das Geld angelegt.« Er konnte sich kaum mehr beruhigen.

»Unglaublich«, sagte Rafael. »Du musst total verrückt sein. Du hast die ganze Kohle angelegt?«

»Ja, alles.« Kopp hing fast über dem Tisch. Es war das übliche Spiel, das sie beide spielten.

»Was für ein Albtraum.« Rafael packte Kopp bei den Ohren. »Ich glaube, du hast das Geld absichtlich verballert.«

»Die Anlageberaterin machte einen so netten Eindruck«, sagte Kopp und lehnte sich erschöpft zurück. Tränen liefen ihm über die Wangen. Eine Weile schwiegen beide.

»Ich war heute in meinem alten Viertel.« Rafael fuhr sich mit der Hand durchs Haar. »Die Zeit scheint dort stehen geblieben zu sein. Könntest du nochmal in deinem alten Viertel leben? Ich werde achtundvierzig, fühle mich aber wie dreißig und denke oft wie ein Siebzehnjähriger.«

»Dann wohnst du ja in einem Mehrgenerationenhaus.« Kopp schlug sich aufs Knie. »Das ist doch prima.« Er griff nach dem Stift und begann ein paar Notizen zu machen.

»Es ist vorbei«, sagte Rafael und sah resigniert in sein leeres Wasserglas. »Ein paar Shops gibt es noch für die Touristen. Der Rest ist verbrannte Erde.« Er seufzte.

»Kreuzberg haben die Linken totsaniert, und Zehlendorf ist völlig überaltert.«

»Das ist gut, das ist gut, weiter so.« Kopp sah nicht hoch. »Das ist der perfekte Anfang.« Er schrieb wie verrückt in sein Notizbuch. »Ich beginne mit der Beschreibung eines Mannes, der im achtundzwanzigsten Stock eines Hotels sitzt und Panik bekommt, weil es in seiner Etage brennt und er fürchtet, dass der Aufzug nicht mehr funktionieren könnte.« Er sah Rafael erwartungsvoll an. »Einer, der sich schließlich mit der Situation abfindet und weiß, dass es zu spät ist, um zu fliehen, und der sich im Folgenden an all das erinnert, was in seinem Leben einmal von Bedeutung war.«

Rafael blickte zur anderen Straßenseite. Bei der Pizzeria gingen die Lichter an.

»Wir werden langsam ranzig, findest du nicht?«, sagte er leise. »Statt unser Leben selbst in die Hand zu nehmen, schauen wir nur noch zu. Ich habe gestern versucht, für Marianne ein Weihnachtsgeschenk zu besorgen. Ein Gartenbuch, dachte ich.«

»Wir schenken uns schon lange nichts mehr.« Kopp schrieb noch immer.

»Ich habe es nicht gekauft«, sagte Rafael. »Ich hielt es in dem Kaufhaus nicht mehr aus. Hast du schon mal bemerkt, dass die Leute stinken? Entweder waschen sie sich nicht, oder sie lassen sich gehen und furzen, was das Zeug hält.«

Kopp warf den Stift auf die Tischplatte und schlug sich wiehernd aufs Knie.

»Wir sind innerlich verarmt«, fuhr Rafael fort. »Jeden Monat bringt irgendein Narr einen Ratgeber heraus: mein Buch, mein Bild, mein Glied. Wer will so was, könnte man fragen. Die Leute brauchen es, antworte ich. Gestern blieb bei ›Dussmann‹ die Rolltreppe stehen. Und was soll ich dir sagen: Die Leute gingen einfach nicht weiter. Sie standen so lange auf der Rolltreppe, bis das Ding wieder anlief.«

»Du übertreibst.«

»Wer braucht nicht jemanden, der einem sagt, wie es weitergeht?«

»Sei nicht so schrecklich fatalistisch. Nimm die Beine in die Hand.« Kopp steckte Stift und Notizbuch ein und stand auf.

»Wir vereinsamen immer mehr, wir schauen nur noch zu. Ich bin mit Marianne seit zweiundzwanzig Jahren zusammen, aber wir leben nebeneinanderher. Jeder wohnt in seinem eigenen Haus. Sie schläft in ihrem Bett und ich in meinem. Vielleicht würden wir gern etwas daran ändern, aber wir wissen nicht, wie wir es anstellen sollen. Also tun wir lieber nichts und warten. Ist das nicht furchtbar?«

»Das ist eher gut so.« Kopp legte Rafael väterlich die Hand auf die Schulter. »Pass auf dich auf«, sagte er im Weggehen.

Nach ein paar Schritten kam er wieder zurück.

»Ich habe mich übrigens für ein Musical beworben. Habe ich dir davon erzählt?«

»Setz dich gefälligst.« Rafael deutete auf den freien Sessel.

»Vierzig Vorstellungen hätte es gegeben. Ein kleines Theater, dreihundert Plätze, mit angrenzendem Kurpark, nicht schlecht.«

»Ist das dein Ernst?« Rafael sah ihn vorwurfsvoll an. »Ich wusste nicht, dass du wieder spielen willst.«

»Ich auch nicht«, erwiderte Kopp. »Ein junger Intendant, intelligenter Mann, gar nicht so übel. Ich habe fürs Vorsingen Gesangsstunden genommen.«

»Kannst du mir mal sagen, in welchem Ort sich dieses Drama abgespielt haben soll?«

»In Bad Salzuflen.« Kopp lachte verlegen.

»Das ist nicht dein Ernst!« Rafael schlug sich an die Stirn.

»Es war lustig. Ich bin mit der Bahn hingefahren, habe in einer Pension übernachtet und dem Mann am nächsten Morgen vorgesungen.« Er klatschte in die Hände.

»Erst verballerst du dein Erbe und jetzt willst du nach Bad Salzuflen«, sagte Rafael und starrte auf die leeren Gläser. »Ich verstehe dich nicht, Manuel, ich verstehe dich wirklich nicht.«

»Ich hab es einfach nochmal versucht«, erwiderte Kopp und wandte sich zur Tür. »Aber es klang furchtbar. Ich habe Nein gesagt.«

Rafael sah auf seine Armbanduhr. Sie war vor ein paar Tagen stehen geblieben. Wenn er sich beeilte, könnte er noch den Uhrmacher antreffen, der seinen Laden in derselben Straße hatte. Aber er wollte nicht hetzen, winkte der Kellnerin und blickte sich um. Alle Tische waren besetzt, fast ausschließlich mit alten Damen, die ihr Frühstück bis zum Nachmittag ausdehnten. Auf der Tanzfläche stand Rollo, schob die Mädchen wie Puppen hin und her und gab ihnen lautstark Anweisungen. Sein Assistent hantierte mit Scheinwerfern und Schirmen und ließ hin und wieder probeweise Licht aufblitzen. Zwei hagere Modelle mit Audrey-Hepburn-Sonnenbrillen standen gelangweilt auf der

Tanzfläche herum. Kellnerinnen waren damit beschäftigt, Tische und Stühle durchs Restaurant zu tragen. Nichts hatte sich über die Jahre im Wiener Café verändert. Die Gäste waren so alt wie die Stellagen und Vitrinen.

Rafael drückte sich tiefer in seinen Sessel, und dann entdeckte er sie, die alte Schauspielerin. Sie kam jeden Tag ins Café, saß immer am selben kleinen Tisch an der Treppe, die zu den Toiletten führt, nippte stundenlang an ihrem Tee und sah den Leuten auf der Tanzfläche zu. Sie muss einmal sehr schön gewesen sein, dachte er und versuchte nicht allzu auffällig hinüberzusehen. Stolz und ein wenig abweisend saß sie da, wie auf ihrer eigenen Insel. Rafael erinnerte sich: Sie hatten an jenem Abend über den Tod gesprochen, die Schauspielerin und ihr Mann. Sie waren die letzten Gäste gewesen, und Rafael hatte sie belauscht. Zwei Gaukler, die nicht mehr gebraucht wurden, und er, der versuchte, seine Erinnerungen zu ordnen. Ihr Mann, jünger als sie und von kleiner Statur, mit dem Gesicht eines ewig lachenden Trolls, streichelte unentwegt ihre Hände. Sie antwortete mit sparsamen Gesten. Sie redeten bis spät in die Nacht. Seitdem hatte Rafael sie nicht mehr zusammen gesehen.

Er starrte vor sich auf den Tisch. In den Glanzzeiten des Cafés hatte auf jedem Tisch ein rosafarbenes Telefon gestanden, und an jedem ersten Dienstag im Monat spielte eine Zigeunerdamenkapelle.

Am Tresen wurde es lauter, und aus dem Hintergrund erklang Musik. Kleinert spielte einen alten Westernsong aus den Sechzigern, »Greensleeves«. Rafael mochte sentimentale Lieder. Ihm fiel das letzte Telefonat mit Annemarie ein.

»Ich bin immer bei dir«, hatte sie gesagt, obwohl es völlig aus dem Zusammenhang gerissen schien. »Annemarie«, hatte er mit Nachdruck gesagt, »du bist nicht ans Telefon gegangen, wo warst du?« Aber sie hatte nur gelacht und geantwortet: »Ich bin immer bei dir.« Und jetzt spielte Kleinert dieses gefühlvolle »Greensleeves«, und er bekam ihren Satz nicht mehr aus dem Kopf.

Sie waren an einem dieser furchtbaren Tage nach Vaters Tod in ein kleines Kino am Bahnhof Zoo gegangen, um sich einen Vierstundenfilm anzusehen: »Das war der wilde Westen«. Rafael hatte an Annemaries Seite gesessen und sich Mühe gegeben, den Film zu verstehen. Das mit den Siedlern und dem harten Leben und den bedrohlichen Flussfahrten und den grünen Wiesen. Annemarie hatte abwechselnd geseufzt und geweint und sich im Großen und Ganzen an das Leben mit seinem Vater erinnert. Vier Stunden lang hatte er das Lied gehört. Als Hintergrundmusik zu den Flussfahrten, den saftiggrünen Wiesen, der Mühsal der Siedler, den Kutschfahrten und der Landschaft, die postkartenschön war.

Rafael hatte das Lied gemocht. Und mit ihm hatten es noch ein paar andere Leute gemocht, die nachmittags ins Kino gegangen waren, um etwas Wesentliches aus ihrem Leben zu vergessen.

Draußen wurde es dunkler.

»Ich bin immer bei dir«, hatte Annemarie beim letzten Telefonat gesagt. Rafael fühlte sich unwohl bei dem Gedanken, dass sie es womöglich ernst gemeint hatte.

Er stand auf und ging zur Treppe. Als er an Kleinert vorbeikam, rief der ihm zu: »Rafael, einen Moment bitte.«

Er unterbrach sein Klavierspiel und rieb sich nervös die Hände, weil er nicht wusste, wie er anfangen sollte.

Rafael wollte weitergehen. Es war ihm unangenehm, von Kleinert angesprochen zu werden. Er ahnte, dass er ihn anwerben wollte.

»Sie müssen mir einen Gefallen tun«, begann Kleinert vorsichtig.

»Sagen Sie nicht, Sie wollen mich wieder engagieren?«

»Vorausgesetzt, es ist Ihnen nicht zu unbedeutend.« Rafael sah ihn fragend an.

»Vielleicht erinnern Sie sich.« Kleinert blickte auf seine Hände. Obwohl er weit über vierzig sein musste, waren sie zart und schmal wie Kinderhände. »Ich habe wie jedes Jahr in den Weihnachtstagen Geburtstag.«

»Ist es mal wieder so weit?« Rafael lachte. Obwohl er sich zu Kleinert hingezogen fühlte, war es ihm peinlich, von ihm für eine Familienfeier angeworben zu werden. Jedes Jahr sprach Kleinert ihn darauf an, und jedes Jahr sagte Rafael zu, obwohl er eigentlich ablehnen wollte.

»Wir feiern im kleinen Kreis. Vielleicht könnten Sie diesmal etwas anderes vortragen, ein Gedicht von Benn oder ein Couplet von Glasbrenner.« Kleinert hob beschwörend die Hände. »Aber es liegt ganz bei Ihnen. Sie sollen in Ihrer Entscheidung vollkommen frei sein. Ich will Ihnen da nicht reinreden.«

»Tun Sie es ruhig«, sagte Rafael und wollte gehen.

»Darf ich das als Zusage auffassen?«

Rafael war längst an der Treppe. »Lassen Sie uns noch einmal darüber sprechen, Herr Kleinert«, rief er ihm zu. »Es wird mir schon etwas einfallen.«

Er floh die Treppe hinunter.

»Danke. Es soll ja ein schöner Abend werden«, hörte er Kleinert rufen. Dann erklang ein Präludium von Bach.

Rafael ging zu den Toiletten. Er fühlte sich unwohl. Wieder hatte er für etwas zugesagt, was er im Grunde überhaupt nicht machen wollte. Warum hatte er das nur getan?, fragte er sich, während er sein Wasser ließ. Das letzte Mal hatte Kleinert ein selbst verfasstes dreizehnstrophiges Gedicht vorgetragen und Rafael gebeten, die Textblätter an alle Anwesenden zu verteilen. Ein Wunder, dass er ihn nicht gebeten hatte, vor dem Familienclan zu steppen.

Rafael ging in den Vorraum und wusch sich die Hände. Er erinnerte sich an eine Zeit, als es hier noch einen Klomann gegeben hatte, Herrn Haffner, einen netten kleinen Herrn, der ungemein belesen war. Er sah auf den leeren Stuhl, der neben dem Waschbecken stand. Wahrscheinlich hätte er auch ihm eine Familienfeier zugesagt. Er besah sich im Spiegel. »Dann hast du ja eine Menge zu tun«, sagte er halblaut und ging rasch hinaus.

Die Kellnerinnen verteilten die Abendkarte. Berliner Originalküche mit Eisbein, Sauerkraut und Erbspüree. Nachmittags musste man sich mit englischen Sandwiches und süßen Törtchen begnügen.

Rafael zwängte sich durch die Stuhlreihen und erreichte seinen Tisch am Fenster. Kaum hatte er sich gesetzt, spürte er eine Hand auf seiner Schulter.

»Rafael, mein Süßer.«

Er sah in ein rundes Gesicht. »Sonja«, murmelte er erstaunt.

Sie war über ein Meter achtzig groß und fett. Alle nannten sie »die Zarte«. Noch ehe Rafael ihr einen Platz anbieten konnte, hatte sie sich schon einen freien Stuhl gesucht. Wie die meisten Russinnen trug sie eine Pelzimitation. Sie warf den Mantel lässig über die Lehne.

»Was sitzt du hier so traurig herum?«

»Möchtest du etwas trinken?« Rafael schielte zu den Nachbartischen hinüber. Es war ihm unangenehm, mit der Hure gesehen zu werden. Aber niemand nahm von ihnen Notiz.

Die Zarte schüttelte den Kopf. »Nein, danke.«

Rafael schwieg und lächelte sie an. Sie hatte einen blauen Eyeliner aufgelegt, und trotz ihrer Fülle war sie sehr schön. Wenn sie lachte, bekam sie das Gesicht eines Engels.

»Machen wir es wie die Elefanten.« Sie sah ihn spitzbübisch an.

Sie unterhielten sich prinzipiell in alten Filmdialogen. Aber ihre Konversation beschränkte sich immer auf dieselben Sätze. Im Grunde war das Spiel, das sie vor Jahren erfunden hatten, zur Farce geworden.

Die Zarte war zu klug, um Rafael mit dem üblichen »Ich hab dir einen Pflaumenkuchen gemacht und warte nun auf deine Sahne« anzumachen.

»Bist du unglücklich?«, fragte sie ihn geradeheraus.

Er schüttelte den Kopf.

»Du musst mehr Sex haben«, sagte sie sachlich. »Du vertrocknest mir ja sonst.«

Sie versuchte es immer wieder, obwohl sie wusste, dass sie bei ihm kein Glück hatte.

Rafael schwieg.

»Für jeden hast du Zeit, nur nicht für mich. Jedem bietest du deine Hilfe an, und was tust du für mich?«

Rafael wollte sie nicht verletzen. »Ich habe eben viel zu tun«, sagte er.

»Aus welchem Film ist das nun wieder?« Sie hatte genug, das Spiel war vorbei. »Du bist ein Kind«, sagte sie vorwurfsvoll und griff nach ihrem Mantel.

Rafael blickte ihr nach, wie sie zum Ausgang schaukelte.

Es war noch zu früh, um nach Hause zu gehen. Rafael stand unschlüssig vor dem Café. Der Verkehr hatte nachgelassen. Rafael lief die paar Meter durch den Schneematsch bis zur Bushaltestelle. Vor dem Laden des Uhrmachers blieb er stehen und blickte ins Schaufenster. Drinnen brannte noch Licht. Er klopfte an die Scheibe.

»Kommen Sie, kommen Sie, Herr Engelmann.« Der alte Mann hatte ihn schon gesehen und öffnete die Tür.

Rafael trat ein. Es war warm in dem kleinen Laden, und es roch nach Sesam. Er schüttelte sich den Schnee von den Schultern.

»Es ist kalt draußen, Herr Engelmann. Ja, so ist das«, sagte der alte Mann und schloss hinter ihm die Tür. Er war kleiner als Rafael, ging leicht gebeugt und hatte weißes schütteres Haar. Er trug eine wollene Jacke über einem ehemals weißen Hemd und altmodische Hauspantoffeln. Nachdem er die Tür umständlich verschlossen hatte, geleitete er Rafael zum Tresen.

»Ich wusste nicht, dass Sie noch aufhaben«, sagte Rafael. Er nahm seine Uhr ab und legte sie auf den Ladentisch. »Sie ist stehen geblieben.«

»Na, dann lassen Sie mal sehen«, sagte der Alte leutselig.

Er trug einen Stirnreif, auf den eine kleine Lampe montiert war. Jedes Mal wenn er den Kopf zur Seite drehte, fiel der Schein der Lampe auf die Vitrinen, die an den Wänden standen, und beleuchtete eine Vielzahl von Uhren.

»Natürlich«, sagte der Alte und besah sich die Uhr. »Ein schönes Stück. Eine deutsche Wehrmachtsuhr, wenn ich es richtig sehe.«

»Ein Erbstück«, antwortete Rafael leise.

»Ein schönes Stück«, wiederholte der Alte und konzentrierte sich auf die Uhr. »Diese Dinger haben sie nach zweiundvierzig für die Front hergestellt. Sie haben versucht, Schweizer Uhren nachzubauen, aber sie konnten es nicht. Sie wollten die ganze Welt kontrollieren, schafften aber nicht einmal den Nachbau einer Uhr.«

Der Alte legte die Uhr auf den Tresen zurück, bückte sich, holte eine Kiste hervor und entnahm ihr ein paar Pinzetten und Zangen. Mit spitzen Fingern begann er an der Rückseite der Uhr herumzuwerkeln.

»Ein Erbstück, sagten Sie?«

Der alte Mann öffnete den Deckel.

»Die Kindheit ist vorbei«, sagte er leise. »Wenig werden Sie davon herüberretten können. Ein paar Träume vielleicht und ein paar schöne Dinge wie diese Uhr zum Beispiel. Hier, sehen Sie.«

Rafael beugte sich über den Tresen.

Der Alte tippte auf ein winziges Zahnrad. »Dieses

kleine Ding ist stehen geblieben, der Himmel weiß, warum, und jetzt geht nichts mehr. So ist es nun mal. Ich kann nichts weiter tun, als zu versuchen, es ein wenig anzuschubsen, damit es sich wieder in den Lauf der Zeit fügen kann.«

Er wählte eine Zange aus.

»Sie können die Zeiger nicht zurückdrehen«, sagte er nachdrücklich. »Es geht immer weiter, glauben Sie mir. Sie können sich vielleicht eine Zeit lang vor der Welt verbergen. Vielleicht schaffen Sie es sogar mit einigem Geschick, sich in eine andere Welt hinüberzuretten. Aber wie lange, frage ich Sie.« Er sah Rafael an. »Wenn Sie erwachen, ist alles wieder, wie es war.«

Er rückte seine Brille zurecht und begann an der Uhr zu arbeiten.

Rafael wusste, dass der Alte mehr konnte, als eine Uhr zu reparieren. Einige Male war er schon hierher gekommen und hatte mit ein paar anderen im Laden gestanden in der Hoffnung, von dem Uhrmacher eine Antwort auf eine Frage zu bekommen, die niemand gestellt hatte.

»Vielleicht sollte ich sie umtauschen«, sagte Rafael vorsichtig. »Sie ist uralt, eine, die man noch mit der Hand aufziehen muss.« Er sah den Uhrmacher erwartungsvoll an.

»Meinen Sie wirklich, Sie könnten die Zeit überspringen, wenn ich Ihnen eine neue Uhr anbiete?« Der Alte lachte, ohne aufzublicken. »Eine gefälligere, eine buntere, vielleicht eine stärkere, was meinen Sie?« Er tippte auf das Deckelglas. »Nur Kinder glauben, wenn man eine Uhr anhält, vergeht auch die Zeit nicht mehr.« Er blickte Rafael nachdenklich an. »Die hier nahm man den gefallenen Soldaten ab, als Erinnerung an eine Zeit, die nie vergehen wollte. Wer das hier mitgemacht hat, für den stand allerdings die Zeit still.« Der Alte schüttelte den Kopf. »Wenn ich Ihnen einen Rat geben darf: Lassen Sie sich nicht durch die Schnelllebigkeit unserer so genannten modernen Zeit verunsichern. Wir sind nicht modern, wir tun nur so. Ein kleiner Trick, den wir Erdenbewohner brauchen, um uns unserer scheinbaren Überlegenheit zu vergewissern. Aber je schneller wir laufen, desto schneller vergeht die Zeit. Hören Sie auf, sich selbst hinterherzurennen. Sie holen sich doch nur ein, wenn Sie sich völlig vergessen. Machen Sie es wie diese Uhr: Bleiben Sie mal stehen. Es geht schon irgendwie weiter. Glauben Sie mir.« Er lächelte und sah Rafael über den Rand seiner Brille hinweg an. »Nur bei ihr hier müssen wir etwas nachhelfen. Aber dafür sind wir ja da.«

Zärtlich fuhr er mit den Fingern über die Uhr.

»Verzeihen Sie den philosophischen Ausflug eines alten Narren«, murmelte er, »der auch einmal jung war wie Sie und ... sich selbst auf der Spur.«

»Ich bin älter, als Sie denken«, sagte Rafael und lächelte verlegen.

»Ich glaube, so wird es gehen«, sagte der Alte, zog bedächtig die Uhr auf und legte sie wie ein Geschenk in Rafaels Hände.

Er hatte die S-Bahn bis zur Friedrichstraße genommen. Am »KulturKaufhaus Dussmann« kamen ihm Passanten entgegen. Einer trug eine Tüte mit der Aufschrift: »Sie werden eine Geschichte erleben.«

Er lief den Boulevard Unter den Linden hinunter, an

der Humboldt-Universität vorbei und weiter bis zum Zeughausmuseum. Er liebte diese Straße, weil ihre Unbegrenztheit etwas Befreiendes hatte. Die Kuppel des Doms hob sich mächtig gegen den Himmel ab. Linker Hand, auf der großen Freitreppe, die zum Alten Museum hinaufführte, lagerten im Sommer Touristen. Jetzt war kein Mensch dort zu sehen. Nur ein Schwarm Krähen zog in den nachtschwarzen Himmel hinauf, vom Museum hinüber zum Dom.

Ihm fiel das Telefonat mit Werner ein, das er im Sommer hier geführt hatte. Damals war Werner noch der Arzt seines Vertrauens gewesen. An diesem lauwarmen Sommerabend aber hatte er ein für alle Mal mit ihm gebrochen. Dort, unter dem Vordach des Alten Museums.

Er hatte Werner übers Handy angerufen, obwohl es schon nach neunzehn Uhr gewesen war, und ihn um ein paar Informationen zu seinen Blutwerten gebeten. Er hatte die Ungeduld in seiner Stimme bemerkt, sich aber nicht abwimmeln lassen.

»Mach dir keine Sorgen, es ist alles in Ordnung«, hatte der Arzt ihn beruhigt. »Ein paar Werte sind leicht erhöht, aber das ist in keiner Weise bedenklich. Vergiss es und genieße das Leben.«

Er aber hatte befürchtet, dass Werner ihn belügen könnte. Damals hatte er genau denselben Weg genommen, an der Treppe vorbei, über die Brücke und dann weiter bis zu den Hackeschen Höfen. Auf der Brücke an der kleinen Steinmauer hatten ein paar Musikanten gesessen und zu Akkordeon und Balalaika gesungen, russische Musiker, die viel zu schade für die Straße waren. Er hatte Werner nicht mehr getraut. Jedes Mal, wenn er zu ihm in die Praxis gekommen war, hatte der ihn lächelnd angesehen und gesagt: »Das Leben ist schön.« Und jedes Mal hatte Rafael sich gefragt, ob es sich nur um eine grundsätzliche Aufmunterung handelte, und sich danach schlecht gefühlt.

Es hatte wieder zu schneien begonnen. Rafael schritt energisch aus, lief die Burgstraße hinunter, Richtung Bahnhof Hackescher Markt. Ein paar Jugendliche kamen ihm von den Höfen entgegen. Er sah zur Hochbahn hinüber. Keine hundert Meter von ihm entfernt fuhr ein Zug durch die Nacht.

»Wie findest du mich?«, hatte er Werner ganz zu Anfang einmal gefragt. »Wie aus der Welt gefallen«, hatte der ihm geantwortet. Wochenlang hatte er an dem Satz herumgekaut.

Rafael lief unter der Hochbahn hindurch zur Rosenthaler Straße. Es stank nach nassem Zement und Katzenpisse. Aus jedem Hauswinkel tönte das Gurren von Tauben, dicht gedrängt hockten sie in den Ecken und suchten Schutz vor der Kälte.

»Wie aus der Welt gefallen«, hatte Werner gesagt ... Ihm waren die vielen Flugreisen eingefallen, auf denen er verängstigt und angespannt aus dem Fenster gestarrt hatte. Einmal hatte er einen Fremden, der neben ihm im Flugzeug gesessen hatte, gefragt, wie man diese Angst abstellen könne, und der Fremde hatte wie aus der Pistole geschossen geantwortet: »Je früher, desto besser.« An diesem Tag hatte er mit dem Satz nichts anfangen können, weil er viel zu verspannt gewesen war, um sich auf irgendetwas anderes als auf sich selbst zu konzentrieren. So verloren hatte er sich gefühlt, dass er jede Klofrau zu seiner Person befragt hätte, immer mit dem

Risiko, ein paar dämliche Antworten zu bekommen. »Wie finden Sie mich? Sagen Sie es nur geradeheraus. Bin ich der liebenswerte, kerngesunde, nette Rafael Engelmann, der noch ein bisschen weiterleben darf? Was meinen Sie, seien Sie ehrlich. Ist mit mir alles okay?«

Aber vielleicht hätte er lieber direkt und ohne Umschweife fragen sollen: »Was meinen Sie, habe ich Krebs? Steht ein Schlaganfall bevor, droht ein Gallendurchbruch, Milzbrand?« Aber wer hätte ihm darauf eine Antwort geben sollen?

Er wartete, dass die Ampel auf Grün sprang. Zwei Straßenbahnen fuhren aus entgegengesetzten Richtungen an ihm vorbei. Mit ein paar Rucksackträgern überquerte er rasch die Straße. Vor dem Eingang zu den Hackeschen Höfen saß ein Junge, in sein Bettzeug gewickelt. Aus einer braunen Tüte aß er nasse Pommes frites. Neben ihm stand ein Mädchen mit schönen Lippen und hoher Stirn, in der Hand eine Bierdose. Sie wollen frei sein, dachte Rafael, ihre Flügel entfalten, das Leben spüren. Aber wer gibt ihnen die Basis dafür?

Als Achtzehnjähriger war er nach Frohnau gefahren, zum Buddhatempel. Er hatte einen Zenmeister aufgesucht, der vorgab, auf alle Fragen dieser Welt eine Antwort zu haben. Auch er hatte damals nach irgendetwas gesucht.

Er hatte die alten Meister studiert: Suzuki, Harada Roshi, Bü Jen Lu. Er hatte viel über innere Werte und Wege gelesen, über Zen und achtsame Versenkung und inneren Halt. Bis nach Paris war er getrampt, um einen Zenmeister aus Japan zu sehen, hatte ihn aber nicht angetroffen und war noch am selben Tag frustriert wieder nach Berlin zurückgekehrt. Von diesem Tag an hatte er

sich nur noch von Naturreis und grünem Tee ernährt.
Weil keiner da war, der ihm eine Antwort gab auf Fragen, die ihm selbst nicht klar waren. Bis auf 50 Kilogramm hatte er sich heruntergehungert, nur um nicht zu sein wie die anderen. Mit hohlen Augen war er durch eine Welt gestolpert, die er als fett und satt und feindselig angesehen hatte. Er hatte fast alle Gesetze und Weisungen der alten Meister auswendig gekonnt und ihre Mantren im Herzen getragen, das Tor ohne Tür, das Koan Mu, das Nichts, das Rätsel vom Klatschen der einen Hand.

Er schloss sich einem Pulk von durchnässten Jugendlichen an, die sich zur Oranienburger Straße schoben. Die Garküchen und Pizzaläden waren noch geöffnet, obwohl es lange nach Ladenschluss war. Trotz der Nässe und Kälte fühlte er sich wohl in seiner Haut. Er dachte an seinen Lieblingsbuddha Bü Jen Lu, der seine Verse in die Steine schlug, in einer Tonne schlief und über alles lachte, auch über den Tod. Der sich laut Überlieferung eines schönen Tages vor den Teich seines Dorfes hockte und verkündete, er werde nun sterben. Und das tat er dann auch, lachend. Rafael sah auf die klitschnassen Haare und die gebeugten Rücken der Jungen, die vor ihm liefen. Er war genau wie sie gewesen, genauso arm, genauso verloren, genauso auf der Suche nach sich selbst, Hermann Hesse im Herzen, Miller, Céline, Rimbaud und Villon. Alles hatte er verschlungen, alles, was sie sagten, was sie rieten, was sie taten. Wie ein Verhungernder war er ihnen gefolgt.

Auf der Straße roch es nach nassen Mänteln und altem Fett. Aus den Pizza- und Gyrosläden fiel mattes Licht auf den Asphalt. Er spürte den Schneematsch, der in seine Schuhe drang. Er hatte Kontakt mit der Straße, war eins mit seinen Gedanken.

An einem kühlen Morgen um fünf Uhr früh war er wie so oft mit dem Rad nach Frohnau gefahren, hatte es am Fuß der Treppe festgemacht und war die zweihundert Stufen hinauf und in die Meditationshalle des Buddhatempels gestürmt. Er hatte sich neben zwei ceylonesische Mönche gesetzt, die ihn erstaunt beäugt und sich gefragt hatten, was er um fünf Uhr früh dort zu suchen hätte, im Buddhatempel, bei Paul Dahlke, dem Arzt aller Ärzte, wo die Welt friedlich war und alles durch die Kraft der Liebe geheilt wurde. In der kleinen Meditationshalle hatte er an der Seite von ein paar anderen Gleichgesinnten, Beatnicks und Heimatlosen gesessen. Neben einer uralten Frau, die vor Anstrengung schnaufte, bis der Baso ihr mit seinem Rechen auf die Schulter hieb, »zur Entspannung«, wie der Zenmeister sagte, und damit »das Blut wieder zirkulieren« konnte. Stundenlang war er in das Koan Mu, das Nichts, eingetaucht, so lange, bis er nicht mehr aufrecht sitzen konnte, bis ihm Beine, Füße und der Rücken so wehtaten, dass er es fast nicht mehr aushielt und schließlich akzeptieren musste, dass seine Suche wohl nie enden würde. Er war aufgestanden und hatte sich mit einer leichten Verbeugung von den Dahlke-Buddhisten verabschiedet, nicht aber von seinen Buddhas und ganz gewiss nicht von Bü Jen Lu. Er hatte sein Fahrrad genommen und war zurückgeradelt, hatte an Beckett gedacht und all die anderen Überväter, die er brauchte, bewunderte und liebte, obwohl er sie gar nicht kannte. An diesem Tag hatte er beschlossen, Schauspieler zu werden.

Rafael drehte sich abrupt um. Zur Spätvorstellung im

Theater in den Hackeschen Höfen würde er gerade noch rechtzeitig kommen. Er lief die Oranienburger Straße zurück und fand den Aufgang zum Theater im ersten Hof. Auf der Treppe bemühten sich ein paar geschminkte Typen mit künstlichen Bäuchen, die Besucher auf die Vorstellung einzustimmen.

Rafael setzte sich an einen freien Tisch und blickte sich um: Ein Tanzsaal aus den Dreißigern, abgeblätterter Putz, ein paar Bistrotische und wackelige Stühle, die Decke mehr als zehn Meter hoch. Vorn an der kleinen Bühne hatten sie die Brandmauer unverputzt gelassen. »Hey, fick nicht die Trainerin«, war auf die Wand gesprüht. Am Bühnenrand stand ein zusammengewürfelter Haufen von Jongleuren, Tänzern und Akrobaten, alle in abgetragenem Trainingszeug. Eine grell geschminkte Sängerin mit Kirschmund führte die Gruppe an.

Die Handlung war simpel. Es ging um die ersten Gehversuche in einer Ballett- und Gauklerschule mit Vorführungen auf dem Drahtseil und ein paar Kraftakten auf der Matte. Rafael staunte über die Musik, die aus alten Filmmelodien zusammengestellt war. Zwei russische Clowns traten auf, der eine vielleicht siebzehn, der andere kaum älter. Sie steckten in zu weiten, ehemals blauen Jacketts und trugen große gelbe Fliegen. Der Kleine schwang einen Geigenbogen, aus dem ein Luftballon herauswuchs. Sie machen es gut, dachte Rafael, sie profitieren von den Alten und gehen trotzdem ihren eigenen Weg. Er starrte auf die Bühne. Dem größeren Clown traten zwei Luftballons aus den Augen, und die Frau mit dem Kirschmund sang die traurige Ballade »Living forever«. Sie spielen sich die Seele aus dem Leib, dachte er, und ich, ein Mann in den besten Jahren, lebe wie ein Erbsenzähler. Dabei ist es ganz gleichgültig, was man tut, man muss es nur lieben.

Nach zwei Stunden ging die Vorstellung zu Ende, mit einem Riesenapplaus für die jungen Akteure und Getrampel und Pfiffen für die Erwachsenen. Rafael warf noch einmal einen Blick auf die Bühne, holte seinen Mantel und eilte die Treppe hinunter.

Es hatte aufgehört zu schneien. Er lief denselben Weg zurück, den er gekommen war. »You want to live forever?«, hatte das dicke Mädchen gesungen. »Ja, ich will für immer leben«, sagte er laut und stieß eine leere Dose vor sich her. »Ja, ich will die Uhr zurückstellen und noch einmal von vorn anfangen.« Er lief schneller, an den Mauern und Gewölben der Hochbahn vorbei – wieder der modrige Geruch, wieder das Taubengegurre.

Leben, ohne zu sterben? Doktor Weber hatte ihm vor einiger Zeit ein Belastungs-EKG verordnet. Rafael hatte auf dem Fahrrad gedampft wie die Clowns auf der Matte. Die Schwester hatte aufmunternd auf ihn eingeredet: Sein EKG sei doch fabelhaft, ein Blutdruck von 130 zu 80 – wie er darauf käme, sich Sorgen zu machen. »Unterschreiben Sie mir, dass ich für immer leben werde.« Hätte er das von Weber verlangt, hätte der ihn einsperren lassen. Stattdessen hatte er ihm eine Überweisung für den Urologen Wurlitzer ausgestellt. Heute Morgen hatte er bei Wurlitzer ein paar Fragen zu seiner Person beantworten müssen. Und wie er es jetzt, am Ende des Tages, sah, war er sich um einige Meter näher gekommen.

Rafael überquerte den Domplatz. Kein Mensch außer ihm war noch unterwegs. In diesem Moment liebte er seine Stadt, er liebte sie wirklich, mit allem Dreck, den Tauben und dem Gestank.

Er lief durch die Dunkelheit, und die Straße trug ihn wie in Kindertagen. Plötzlich fiel ihm der Hut ein. Irgendwo hatte er ihn liegen lassen. Ich werde ihn wiederfinden, dachte er. Oder er wird mich finden. Er war sich mit einem Male sicher.

Sie tanzten. Gogo, der Kellner aus der Trattoria, hatte Renato Carosone aufgelegt, »Tu vuò fa l'americano«, das Lied, das Sophia Loren in einem Farbfilm der Fünfzigerjahre gesungen hatte. Es war fast ein Uhr gewesen, als Rafael Mariannes Auto vor der Trattoria stehen sah. Sie wollten gerade schließen, aber er hatte Gogo gebeten, noch eine halbe Stunde dranzuhängen.

Nach seinem nächtlichen Spaziergang hatte er Unter den Linden eine Taxe angehalten und den Fahrer gebeten, im Autoradio seine Lieblingssendung »Allein in einer großen Stadt« mit Alf Hönig einzuschalten.

»Wie stellen Sie sich den Mann Ihrer Träume vor?«, hatte Hönig eine Hörerin gefragt. »Nur keine Hemmungen. Es hört uns keiner zu.«

»Er muss treu sein.«

»Ist das alles?«

»Und eine feste Anstellung sollte er haben.«

»Was denn? Keine Romantik, keine Liebe? Nur einen festen Job und ewige Treue?«

»Das ist doch wichtig«, hatte die Frau geantwortet. »Trinken sollte er aber auch nicht, und vor allem muss er pünktlich sein.«

»Wozu das denn?« Hönig hatte hämisch gelacht. »Er ist doch sowieso immer zu Hause.«

Dann hatte Hönig einen deutschen Schlager aufgelegt, in dem ein Mädchen behauptete, ohne seinen Schatz nicht leben zu können.

Es war dunkel in der Trattoria, nur ein paar Kerzen brannten noch. Sie tanzten, und Gogo und Franco sahen ihnen von der Theke zu.

»Du tanzt doch gut«, sagte Marianne, zog ihre Schuhe aus und schleuderte sie schwungvoll hinter sich ins Lokal.

»Wir haben seit Jahren nicht mehr miteinander getanzt«, sagte Rafael. Er hatte seine Wange an ihre Schulter gelegt. »Kann es sein, dass du immer noch größer wirst?«, fragte er mit geschlossenen Augen.

»Ja, ich habe mir vorgenommen, noch ein wenig zu wachsen. Nächstes Jahr schaffe ich die eins achtzig.«

Sie drehten sich im Kreis, stießen dabei aber immer wieder an die Tische. Im Halbdunkel sah Rafael an den Wänden die Bilder aus der Gegend von Rimini und Cattolica.

»Wir haben das letzte Mal vor anderthalb Jahren getanzt, weißt du das nicht mehr?« Marianne zupfte Rafael am Ohr. »Los, erinnere dich!«, sagte sie streng. »Das war, bevor deine Mutter ins Heim kam.«

Sie zog ihn zu sich heran, er drückte sie von sich weg.

»Ich führe, und du hast das zu akzeptieren«, sagte Rafael.

»Das ist mir neu.«

Gogo hatte ein paar Stühle weggeräumt, um für ihre Drehungen und Schwenks Platz zu schaffen. Dann hatte er mit Franco zu streiten begonnen. Sie stritten immer, wenn sie müde waren.

»Wie lange kennen wir uns schon, Gogo?« Mariannes Hand lag auf Rafaels Rücken, damit er nicht aus der Kurve flog.

»Zwanzig Jahre«, antwortete Gogo. Er schubste den kleinen Franco zum Tresen. Sie sahen beide müde aus. Hinter dem Tresen stand Maria und besah sich ihre Finger.

»Können Sie mich nicht mitnehmen?« Franco rang theatralisch die Hände.

»Ja, nehmen Sie ihn bloß mit.« Gogo tat erleichtert. »Er könnte für Sie arbeiten. Er macht alles. Oder fast alles.«

Rafael hörte Maria im Hintergrund lachen.

»Ja, ich mache, was Sie wollen.« Franco verzog das Gesicht. »Als Koch, als Fahrer, aber bitte ... nehmen Sie mich mit. Ich halte es hier nicht mehr aus.« Er knuffte Gogo in die Hüfte und zog an seiner Schürze.

Sie alberten ein bisschen herum und balgten sich wie die Kinder. Dann rief Gogo: »Noch drei Minuten.« Er nahm die Schürze ab und warf sie Franco ins Gesicht, ging an den Tresen und legte eine letzte CD ein.

Sie tanzten mit kleineren Schritten.

»Ich bin müde«, flüsterte Marianne und wollte sich von ihm lösen.

»Hör noch nicht auf.« Rafael hielt sie fest. »Was hältst du davon, wenn wir Weihnachten zusammen feiern?«

»Ogottogottogott.« Sie verdrehte die Augen. »Das wirst du sowieso nicht tun, ich kenne dich, Engelmann. Du verziehst dich, bevor es richtig losgeht.«

»Wir könnten uns ein Video mit Stan und Ollie ansehen, so wie früher.«

»Wir sind doch längst selber Stan und Ollie. Hast du das noch nicht bemerkt?«

Gogo hatte die Musik abgestellt. Franco räumte ein paar Gläser fort.

Rafael drehte Marianne noch einmal im Kreis.

»Franco, wie tanzen Italiener?«, rief er und wollte nicht aufhören.

»Sie tanzen nicht«, antwortete Franco und begann die Tischtücher einzusammeln. »Ein Italiener zieht nach Rom, wenn er es schafft, sich von seiner Mama zu lösen. Dann fährt er ein Leben lang Auto und lässt sich zwischendurch von seiner Frau bekochen. Das ist alles.« Er lief von Tisch zu Tisch. »Ach ja, irgendwann stirbt er. Italiener tanzen nur in Filmen.« Er drehte sich um und ging mit dem Wäscheberg zu Gogo an den Tresen.

»Feierabend!«, riefen beide gleichzeitig.

Rafael ließ Marianne stehen und nahm seinen Mantel vom Haken. Sie fuhr ihm mit der Hand durchs Haar. Er drehte sich um, und sie nahm ihn in den Arm.

»Kann ich heute bei dir schlafen?«, fragte er leise.

»Ach Rafael.« Sie sah ihn ernst an.

Er blickte an ihr vorbei zum Fenster hinaus.

Weiße Flocken glitzerten in der Dunkelheit. Rafael lehnte seinen Kopf an Mariannes Schulter. Es war ihm, als stünde die Zeit still.

Das verlorene Paradies

»Du schaffst es, du musst es nur wollen. Teil dir deine Kraft ein.« Der Junge rannte um sein Leben. »Schneller, schneller«, stieß er zwischen zusammengebissenen Zähnen hervor. Mit jedem Meter grummelte es heftiger in seiner Magengegend. So laut, dass er sicher war, die Leute, die ihm entgegenkamen, könnten ihn hören.

»Spring nicht über die Quader, dann wird es nur schlimmer. Versuch die Steine zu zählen, das lenkt ab.«

Die Angst, sich in die Hosen zu machen, wurde immer größer. Er spürte sein Herz in den Schläfen pochen. In seinem Kopf dröhnten mehrere Stimmen gleichzeitig.

»Du schaffst es«, schrien die einen. »Wetten, dass nicht?«, schrien die anderen. Das waren die Stimmen der Angst, die waren ihm vertraut. »Du musst es schaffen.« Das war die Stimme seiner Mutter. Seine eigene hörte er nicht mehr. Die Angst machte ihm Beine. Er lief wie ein Hase am Blumengeschäft vorbei, um die Ecke herum und dann ... »Nur noch ein paar Minuten, und du bist zu Hause.«

Wenn er nicht schnell genug wäre, würde er sich garantiert in die Hosen machen oder sich an einen Baum oder eine Hauswand hocken müssen und unter dem

Gespött der Nachbarn seine Notdurft verrichten. Der Gedanke daran machte ihn noch kopfloser. Die Nachbarn würden es ihr erzählen. Und sie würde ihn dafür bestrafen. Das Bambusrohr würde auf ihn niedergehen, wegen der Hose und der Nachbarn und allem.

Der Junge hetzte am Buchladen vorbei. Ein paar Leute kamen ihm entgegen. Er versuchte, ihnen nicht in die Augen zu sehen. Er konzentrierte sich auf die Steinquader vor seinen Füßen. Wenn er sich nicht beeilte, würde sie ihn ohne viel Federlesen ins Badezimmer zerren und ihn mit dem Bambus bestrafen. Und er würde nichts weiter tun können, als sich ihr zu ergeben. Nicht fliehen können, das war das Schlimmste für den Jungen, und jetzt floh alles in ihm. Aber noch größere Angst hatte er vor dem, was nach dem Bambus kam. Denn wenn er wieder mit sich allein war, würden die Worte kommen, die immer blieben, und die Bilder. Die Bilder waren das, was er am meisten fürchtete. Sie tauchten auf, wann immer sie wollten.

Er rannte an der Apotheke vorbei. Schweiß sammelte sich auf seiner Stirn. »Eins, zwei, eins, zwei«, zählte er, während er mechanisch die Füße hob. Keiner sollte ihm die Angst ansehen. »Du schaffst es.«

Er lief am Park vorbei, an den Büschen und Bänken, wo nach Einbruch der Dämmerung die Jungen und Mädchen saßen; er glaubte ihr Lachen und die spitzen Schreie zu hören, wenn sie sich neckten und jagten. »Schneller, schneller. Konzentrier dich.«

Er kam am Krämerladen vorbei, bog um die Ecke und lief weiter geradeaus, am Zeitungsladen vorbei, dann am Geschäft des Schusters.

Er hätte sich besser für den Nachhauseweg vorbereiten und vorher auf die Toilette gehen sollen, so wie sie es ihm immer wieder aufgetragen hatte.

Ein paar Männer kamen ihm lachend entgegen. Sie trugen Mappen, wie Vater eine besaß. Vater, dachte er, Vater würde ihn nicht bestrafen. Sein Herz schlug wild. »Schneller, schneller. Sonst schaffst du es nicht.« Für einen Moment sah er die Bucklige an der Tür der Drogerie. Jetzt nur noch der Kaufmann. »Bitte, lieber Gott, lass ihn nicht herauskommen.« Da war er schon fast an der Haustür. Vor ihm der Baum, die große Linde. Ein paar Frauen warteten vor dem Laden. »Hallo, da ist ja unser kleiner Rafael.« Er rannte grußlos an ihnen vorbei. Dann sah er Herrn Holberger. Der Kaufmann kam aus dem Laden und winkte ihm zu.

Sie lachen mich aus, dachte der Junge. Wie konnten sie alles, was mit ihm passierte, wissen? Er biss sich auf die Lippen. Jetzt war er an der Haustür. Das Licht spiegelte sich in der Scheibe. Eine Sekunde lang sah er sein Gesicht, die verschwitzte Stirn, die klitschnassen Haare, das offene Hemd. So kann ich nicht nach Hause kommen, dachte er. Am liebsten hätte er sich absichtlich die Knie aufgeschlagen, dann würde sie ihn nicht bestrafen. Er hängte sich an die Klinke, die Tür gab nach. Jetzt nur noch durch den Hausflur und über den kalten Steinboden. Er nahm die Treppenstufen, gleich drei auf einmal, hinauf ins zweite Stockwerk. Die Krämpfe kehrten wieder. Dann stand er atemlos vor der Wohnungstür, sie war angelehnt, seine Mutter hatte ihn schon gehört. Er stürzte hinein, angstverloren und aufgelöst. Licht fiel in den Flur. Er sah ihr Gesicht.

»Rafael!«, rief sie.

»Muttimuttimutti.« Er heulte los, hippelte von ei-

nem Fuß auf den anderen. Zu spät, es drang ihm warm
in die Hose.

»Was machst du?«, schrie sie.

»Muttimuttimutti, liebste Mutti.«

Sie streckte die Hand nach ihm aus. Er ergab sich,
hing in ihren Armen.

»Beruhige dich, es ist doch alles gut.«

Diesmal zerrte sie ihn nicht durch den Flur wie sonst
immer, wenn er zu spät kam oder etwas Verbotenes getan hatte. Sie brachte ihn ins Bad und zog ihm dort die
Hosen herunter. Elender Gestank, dachte er, aber wenigstens kein Bambus. Nicht den Rücken gebeugt, den
bloßen Hintern ihr zugewandt, jeder Schlag nachhaltig
und dazu ihre Worte, die bleiben würden. Wenigstens
das nicht.

Die Angst fiel von ihm ab. »Muttimuttimutti, liebste
Mutti.«

»Rafael, es ist doch gut«, sagte sie leise.

Dann war Stille. Ruhig stand er vor dem Waschbecken und überließ sich ihren Händen.

»Ein Glück, dass es erst hier passiert ist«, sagte sie
und wusch ihm das Gesicht. »Wenn die Nachbarn das
mitbekommen hätten. Ach Rafael, was du nur immer
machst.«

Alles war vergessen, wenn sie ihn küssend durch den
Flur trug, die Angst, die Bilder, alles war vergessen und
vorbei. Sie ließ den Jungen in seinem Zimmer zurück
und ging singend in die Küche.

Rafael stellte die Schultasche ab, nahm Federhalter,
Hefte und Buntstifte heraus und legte sie auf den Tisch,
dort, wo sein Vater jeden Abend mit den Schreibarbei-

ten begann. Er hoffte, dass er bald nach Hause käme. Einen Moment schloss er die Augen und hörte die Worte seines Vaters, die er immer sagte, wenn er über seiner Arbeit saß: »Die Leute sind ärmer als Kirchenmäuse. Hast du das nie bemerkt, Annemarie? Aber immerhin können sie noch lachen und weinen. Wer hätte das gedacht?«

Sorgfältig legte Rafael die Dinge auf den Tisch. Eines neben das andere. Sorgsam wie seinen Augapfel sollte er sie hüten, das hatte ihm die Singer empfohlen: das Etui mit dem Federhalter, das kleine Fässchen mit der Tinte, das Lineal. Er hörte seine Mutter in der Küche singen und sah sofort ihr Gesicht vor sich. Er musste nicht einmal die Augen schließen. Ihr Gesicht war immer da. Sie war wunderschön, wenn sie sang.

Der Junge stellte die Tasche auf den Boden neben das Buffet. Er hütete alle Dinge wie seinen Augapfel, die Bücher, die Lampe, mit der er unter der Bettdecke lesen konnte, den Lederbeutel mit den Murmeln und Buckern, den Alten Fritz, seinen Bären, dessen Kopf nur noch an einem Faden hing, und natürlich den Bilder-Apparat, der unten im Buffet stand. All diese Dinge hütete er, aber vor allem die Sachen, die sie ihm jeden Morgen zum Anziehen rauslegte.

»Rafael, was habt ihr heute gegessen?«, rief sie aus der Küche.

Der Junge ließ alles stehen und liegen und ging zu ihr. Sie kam ihm mit Eimer und Schrubber entgegen. Er folgte ihr ins Badezimmer.

»Linseneintopf«, antwortete er.

»Was?« Sie lachte und begann den Boden aufzuwischen. »Du magst doch Eintopf.«

103

Der Junge stand in der Tür und sah ihr zu. »Doch, doch«, sagte er, »aber es schmeckte heute alles so wässrig.«

»Du hättest die Tanten bitten sollen, dir etwas mehr Zucker zu geben.«

»Ich mag aber nicht so viel Essig und Zucker, und außerdem habe ich sie ja gefragt.«

Seine Mutter nahm sich das Handwaschbecken vor, wo sein Vater morgens Toilette machte, sich schnäuzte, wusch, rasierte, kämmte und wo er auf dem Beckenrand seine Zigarrenstumpen liegen ließ.

»Wann kommt Vati?«, fragte der Junge.

»Er müsste gleich da sein. Es ist doch bald fünf, oder?« Sie blickte ihn erwartungsvoll an.

»Noch nicht ganz«, sagte Rafael.

Sie wrang den Lappen aus und wischte sich mit dem Handrücken die Haare aus dem Gesicht.

Er sah seiner Mutter gern bei der Arbeit zu. Dann trug sie immer die blaue Schürze. Nicht die Sachen, die sie anzog, wenn sein Vater von der Arbeit kam, das feine Kleid und die seidenen Strümpfe, die weißen Schuhe mit den hohen Hacken oder das Kleid aus dem Stoff, den sie Brokat nannte. Wenn sie die blaue Schürze trug, war sie ganz anders. Jeden Tag stand er bei ihr in der Küche oder im Badezimmer. Und während sie putzte, erzählte sie ihm etwas von seinem Vater und von den Nachbarn und wurde dabei immer gelöster und heiterer.

Sie schob den Jungen zur Tür hinaus und ging singend in die Küche. Der Junge hüpfte fröhlich hinter ihr her. Vor dem Klingelkasten blieb er stehen, stellte sich auf die Zehenspitzen und drückte auf den ersten Knopf. Das Kärtchen »Zimmer eins« erschien. Es klingelte.

»Rafael, lass das bitte!«, rief sie aus der Küche. »Die Singer wird noch völlig bekloppt von deiner Klingelei.«

Er machte es noch einmal. Diesmal erschien ein anderes Kärtchen, und es klingelte wieder.

»Bitte, lass das. Die Singer denkt, wir bekämen Besuch.«

Er hörte die Tür der alten Singer klappen und war mit sich zufrieden. Er ging zu seiner Mutter in die Küche. Es roch nach Kassler und Sauerkraut. Seine Mutter hantierte am Herd, stellte die Flammen mal größer und mal kleiner und schob die Töpfe hin und her. Und da war es wieder, das Licht, das er so mochte, weiß, grau, fast silbern. Es kam vom Hof und fiel in seidenen Strähnen auf den Herd. Es glitzerte auf den Töpfen und brach sich in den Gläsern, die auf dem Küchenregal standen.

»Kann ich nachher noch zu Waldi?«, fragte er und versuchte aufs Fensterbord zu klettern.

»Rafael, lass das bitte, komm herunter. Wenn du pünktlich zurück bist, meinetwegen. Bis sieben Uhr und nicht später. Hörst du?«

Er sprang herunter. Für einen Moment hatte er über den Hof zum Nachbarhaus hinübergesehen, wo Waldi wohnte, der Junge der Hausmeisterfamilie von nebenan. Er ging zum Herd und hängte sich an die goldene Messingstange, die er so liebte. Er konnte an der Stange baumeln, ohne dass seine Füße den Boden berührten. Wenn seine Mutter den Eimer nahm und mit einem einzigen Schwung Wasser auf das Linoleum schüttete, krähte der Junge vor Vergnügen. Kein Tropfen kam an ihn heran.

»Ich verstehe nicht, wieso du immer bei den Müllers sitzt«, sagte sie. »Was machst du da die ganze Zeit?«

»Sein Bruder darf doch nicht raus«, antwortete er atemlos.

»Wieso das denn nicht?«

»Sein Bruder darf kein Licht sehen«, sagte der Junge und schwang an der Stange hin und her.

»Was, überhaupt kein Licht?«

»Nein«, antwortete er. »Sein Bruder ist doch ein Mondscheinkind.«

»Ein Mondscheinkind? Was du nur wieder sagst.« Sie strich sich das Haar aus der Stirn.

»Mondscheinkinder sind die, die bei Tageslicht nicht raus dürfen«, sagte er. »Die den ganzen Tag zu Hause bleiben müssen, weil ihnen sonst das Licht so wehtut.«

Sie sah ihn misstrauisch an.

»Doch, wirklich. Waldi geht jeden Abend mit ihm spazieren. Immer die Straße rauf und runter. Manchmal darf ich mit, aber ich gehe nur bis zur Ecke und dann schnell wieder zurück.«

Seine Mutter strich sich die Schürze glatt. Dann nahm sie ihn in den Arm und drückte seinen Kopf gegen ihren Bauch.

»Armer kleiner Kerl«, sagte sie. Sie gab ihm einen Klaps und schob ihn zur Tür hinaus. »Aber wirklich nur bis zur Ecke, hörst du.«

Rafael ging ins Zimmer zurück. Er hörte seine Mutter in der Küche singen. Vom Hof erklangen Stimmen. Aus dem Zimmer der Singer kamen Geräusche. Sie hantierte an der Nähmaschine. Vor ihm auf dem Tisch lagen die Dinge, die sein neues Leben bedeuteten, die

106

Bücher und die Hefte, das Tintenfass und das Etui mit dem Federhalter. Die Federn hatte er mit seinem Vater vor der Einschulung in dem Schreibwarenladen gegenüber der Schule gekauft. »Für die Zukunft«, hatte sein Vater gesagt.

Sie hatten dem Verkäufer zugesehen, wie er eine Feder in den Halter steckte, sie in ein Fässchen mit blauer Tinte tunkte und dann auf einem Stück Papier einen Jungen mit einem Fahrrad zeichnete. »Aus der Lameng«, wie sein Vater sagte. Dann hatte sein Vater eine Laterne gemalt und einen großen Mond, der lachen konnte, und danach hatten sie Rafael aufgefordert, auch etwas zu malen. Der Junge hatte ganz schnell das Gesicht des Verkäufers gezeichnet, ohne einmal vom Papier aufzusehen, haargenau und perfekt.

Der Verkäufer war über die Zeichnung so glücklich gewesen, dass er sie behalten wollte und Rafael dafür eine Feder zusätzlich schenkte. Dann hatten sie über Geld gesprochen, über die harten Zeiten und wie schwierig alles geworden war und dass sich niemand mehr auskennen würde. Und sein Vater hatte das Fläschchen aus dem Mantel geholt und einen tiefen Schluck genommen und dem Verkäufer auch davon angeboten. Im Laden war es mittlerweile ganz gemütlich gewesen, und bis sie die Flasche leer hatten, war es draußen stockdunkel, und Rafael hatte Angst gehabt, zu spät nach Hause zu kommen. Aber er hatte nichts gesagt, weil sein Vater ja bei ihm war.

»Arm wie die Kirchenmäuse sind hier die Leute.« Das hatte sein Vater auch an diesem Tag gesagt, daran erinnerte er sich jetzt. Er erinnerte sich an alles, wenn er die Augen schloss. An den Laden, an die Zeichnung, an den

Verkäufer und sein Gesicht. Er konnte diese Bilder an-
knipsen, wann und wie er wollte. Er musste nur die Augen schließen, dann sah er, was er sehen wollte, und jedes
Mal war es, als würde die Zeit stehen bleiben. Rafael
blickte zur Uhr, fünfmal sprang der kleine Vogel heraus,
und da wusste er: Gleich würde sein Vater kommen.

Er lief, so schnell er konnte, ins vordere Zimmer. Alle
Türen standen offen. Er rannte schnurstracks auf den
Balkon. Die Äste der Linde hingen bis über die Balkonbrüstung. Er blickte zur anderen Straßenseite hinüber,
konnte in die Fenster der gegenüberliegenden Häuser
hineinsehen. In der Mitte der Straße war ein Grünstreifen. Der Himmel war hellblau und wolkenlos. So wie
das Meer, von dem sein Onkel ihm erzählt hatte. Er
blickte die Straße hinunter. Durch die Zweige der Linde konnte er ein paar Autos sehen. Hinter der Kreuzung, wo manchmal ein Schupo stand, begannen die
Grünanlagen vom Schlosspark. Und jetzt sah er seinen
Vater, langsam kam er die Straße herauf, groß wie ein
Berg, die Tasche in der Hand, den Hut auf dem Kopf,
lachend.

Der Junge hüpfte auf der Stelle, er schrie und winkte.
»Vati kommt«, rief er ins Zimmer.

Sein Vater hatte den grauen Anzug an, den er immer
trug, wenn er zur Arbeit ging. Das Jackett spannte über
dem mächtigen Bauch, die Hosenbeine wedelten über
den Schuhen.

»Vati, Vati.« Der Junge beugte sich über die Brüstung. Das Herz floss ihm über. Er winkte und schrie so
lange, bis sein Vater nach oben sah und zurückwinkte.

»Rafael, pass um Gottes willen auf.«

Sie war hinter ihm auf den Balkon getreten und hielt

ihn mit beiden Händen fest. Von der Brüstung mit den Blumenkästen aus sahen sie erwartungsvoll auf die Straße, sahen, wie der dicke Mann im Hauseingang verschwand. Noch zwei, drei Minuten, dann würde er bei ihnen sein. Der Junge hippelte von einem Bein auf das andere. Seine Mutter strich sich nervös über die Schürze. Vergessen, was vorher war. Vergessen für immer und immer. Wenn er nur nach Hause kam, wenn er nur wieder da war.

Seine Mutter lachte, während sein Vater sie durch den Flur wirbelte.

»Karl-Friedrich«, rief sie, »nicht so schnell. Ich bekomme ja keine Luft.«

Er hielt sie an den Hüften. Ihre Schürze war verrutscht.

»Karl-Friedrich, du bringst mir ja alles durcheinander.«

Der Junge hängte sich an die Hand seines Vaters. Sie war warm und dick.

»Komm, Rafael, wir tanzen mit Mama.«

Sein Vater warf den Hut hinter sich, ließ die Mappe fallen und schob sie beide lachend durch den Flur. Sie wehrte sich nicht, ließ sich von ihm führen, hing erschöpft in seinen Armen. Er hielt sie fest, küsste sie auf den Hals, die Hände und immer wieder auf den Mund, sodass ihr vor Lachen die Luft wegblieb. Der Junge sprang um seine Eltern herum, immer an der Hand seines Vaters. Er konnte gar nicht genug bekommen. So stolperten sie durch den Flur ins vordere Zimmer, da, wo das Licht von der Straße herkam.

»Was für ein Frühling«, seufzte sein Vater und ließ sie los. Er nahm eine Streichholzschachtel aus dem Jackett

und hielt sie dem Jungen hin. »Da, ein Maikäfer«, sagte
er und schob das Schächtelchen auf.

Ein dicker Käfer versuchte herauszukrabbeln.

»Wo hast du ihn her?«, fragte der Junge.

»Er ist mir zugeflogen. Witsch – und schon war er
da.« Er gab dem Jungen die Schachtel. »Im Nu hatte ich
ihn da drin, und jetzt ist er bei dir.« Er kniff den Jungen
in die Seite und jagte ihn durchs Zimmer, hinaus auf den
Balkon.

Sie folgte ihnen. Dann standen sie zu dritt an der Balkonbrüstung und sahen auf die Straße.

»Er krabbelt«, sagte der Junge und starrte ungläubig
auf den Käfer. Mit spitzen Fingern nahm er ihn heraus
und legte ihn auf seine Hand. »Vielleicht fliegt er
weg?«, flüsterte er.

Noch nie zuvor hatte Rafael so ein Tier in der Hand
gehalten. Der Käfer hatte einen braunen Panzer und einen schwarzen Kopf mit kleinen Scheren, die sich bewegten.

»Kann er überhaupt fliegen?«, fragte er und sah seinen Vater an.

»Wenn du ihn festhältst, nicht.« Er streckte die Arme
zum Himmel, als wollte er ihn berühren. »Fliegen!«,
rief er. Sein Bauch wölbte sich unter dem Anzug.

Rafael sah, wie erschöpft sein Vater war, sah seine
Augen, die müde ins Sonnenlicht blinzelten.

»Zieh dich um, Karl-Friedrich«, sagte seine Mutter.
»Oder hast du schon im Amt gegessen?«

»Ja«, antwortete er, »es gab Kassler.«

»Ich habe auch Kassler gemacht«, sagte sie ganz aufgeregt. »Du hättest mir doch gestern etwas sagen können.« Sie fuhr sich nervös durch das Haar.

110

»Dann hatten wir eben Leber, was, Rafael?«

Er lachte und wollte sie in den Arm nehmen, aber sie machte sich von ihm los und ging ins Zimmer zurück.

»Er kann fliegen«, sagte sein Vater. »Und wenn er will, macht er das auch.«

Er zog sich das Jackett aus, krempelte die Ärmel seines Hemdes hoch und lockerte die Krawatte.

»Wenn er will, fliegt er weg, ehe du dich versiehst«, sagte sein Vater noch einmal und ging ebenfalls ins Zimmer zurück.

Rafael stand an der Balkonbrüstung und betrachtete den Käfer, der auf seiner Hand hin und her krabbelte. Einen Moment überlegte er, ob er ihn in einen der Blumenkästen umsiedeln sollte. Dann entschied er sich anders. Er hielt den Käfer in die Höhe. Der verhielt sich zunächst ruhig, aber plötzlich breitete er die Flügel aus, stellte sich auf und schwirrte mit lautem Brummen in den Baum hinauf, direkt auf den Ast, der über Rafael hing.

»Vati, Vati!«, schrie der Junge. »Er kann wirklich fliegen!« Er sprang in die Höhe, griff in die Blätter und hängte sich an den erstbesten Ast, aber das Tier war längst fort.

»Er ist weg«, sagte er leise und begann zu weinen. »Weg.« Mehrmals sprach er das Wort aus, als wollte er sich Gewissheit verschaffen, dass der Käfer nicht wiederkommen würde. Dann ging auch er ins Zimmer zurück.

Rafael hörte, wie sie in der Küche aufgeregt miteinander sprachen. Das Jackett seines Vaters hing über dem Stuhl, die Schuhe hatte er sorgfältig nebeneinander gestellt. Rafael nahm das Jackett, legte es sich über den

Arm, ging ein paar Schritte und hängte es dann rasch über die Stuhllehne zurück. Die Stimmen aus der Küche klangen immer aufgeregter.

»Du musst ihn zurückgeben, Karl-Friedrich.« Seine Mutter war verärgert. »Du musst ihn wieder zurückbringen.«

»Nein, das kann ich nicht«, hörte er seinen Vater sagen.

»Herrgott, wie kannst du einen Staubsauger für hundert Mark kaufen! Wie kommst du bloß auf diesen Blödsinn!« Ihre Stimme überschlug sich. »Geh sofort herunter und gib ihn zurück.«

»Ich geh nicht jetzt und auch nicht morgen. Ich demütige mich doch nicht vor allen Leuten.«

Einen Moment herrschte Stille, dann kippte die Stimmung. Rafael kannte das. Es begann mit Geschiebe und Geschurre von Stühlen und Tischen, dann würden sie immer lauter miteinander reden, und dann – er hippelte von einem Fuß auf den anderen –, dann schrien sie sich wirklich an.

Der Junge nahm die Schuhe seines Vaters und trug sie in sein Zimmer. Er wusste, was jetzt folgen würde, und er spürte, wie die Angst in ihm wuchs. Er versuchte, alles, was er hörte, auszuschalten. So wie er jeden Abend die Lampen ausknipste. Aber es gelang ihm nicht. Er wusste, in kürzester Zeit würden Teller und Tassen fliegen, und dann würde das ganz große Theater losgehen. Er stellte vorsichtig die Schuhe vor den Ofen. Dann ging er zum Tisch zurück.

»Herrgott, Karl-Friedrich«, hörte er seine Mutter schreien. »Sei doch nicht so kindisch. Du kannst dem Mann doch sagen, dass wir das Geld nicht haben. Karl-

Friedrich, hörst du mir eigentlich zu? Du sagst ihm einfach, du hättest dich geirrt. Sei doch einmal konsequent, verdammt nochmal!«

Dann hörte Rafael, wie ein Teller zu Bruch ging. Ein paar Tassen folgten, dann wieder ein Teller. Endlich war Stille. Er stand wie erstarrt vor dem Tisch und konzentrierte sich auf das, was folgen würde.

Jetzt hörte er seine Mutter weinen. Sein Vater stand wahrscheinlich am Fenster und blickte in den Hof hinunter. Der Junge zitterte am ganzen Körper. Am liebsten wäre er in die Küche gegangen und hätte ihnen von dem Maikäfer erzählt. Aber der war ja fort, er hatte ihn nicht halten können. Nun hörte er seinen Vater etwas sagen, was er nicht verstehen konnte. Seine Stimme klang so traurig wie die von Großmutter, wenn sie ihm sonntags aus der Bibel vorlas. Seine Mutter weinte immer noch, und die Stimme des Vaters wurde lauter: »Ich geh nicht hin, da kannst du dich auf den Kopf stellen.«

Rafael begann um den Tisch zu laufen. Er wusste, wenn sein Vater so böse klang, würde das losgehen, wovor er am meisten Angst hatte.

»Du bist gar nicht zur Arbeit gegangen?«, hörte er seine Mutter fragen. »Das stimmt doch.« Ihre Stimme klang jetzt auch furchtbar böse. »Karl-Friedrich, stimmt es oder stimmt es nicht? Herrgott«, schrie sie, »sag mir doch einmal die Wahrheit!«

Sie schrien durcheinander, und der Junge drehte seine Runden.

»Immer, immer«, murmelte er und lief wie aufgezogen um den Tisch. Es waren immer dieselben Worte, vor denen er sich fürchtete. Sie kamen, wenn er nicht schlafen konnte. Immer ging es um Geld, um seinen

Vater und die Frage, was er denn wirklich den ganzen Tag tat. In letzter Zeit hatten sie sehr oft gestritten, über Vaters Fläschchen, aber auch darüber, dass er immer woanders aß. Manchmal hörte Rafael ihn nachts weinen. Es gab Tage, da weinte er schon morgens, wenn er am Küchentisch saß und nicht zur Arbeit gehen wollte und sie hinter ihm im Morgenmantel stand.

Der Junge lauschte angestrengt auf das, was aus der Küche zu hören war, aber da war alles still. Vom Hof kam das dumpfe »Topptopp« eines Teppichklopfers. Die Singer kramte hinter ihrer Tür. Ohne anzuklopfen, ging er hinein.

Sie stand über die Nähmaschine gebeugt und hielt eine winzige silberne Spule in der Hand. Im Zimmer roch es nach frischem Kaffee.

»Na, mein Junge«, sagte sie, ohne von ihrer Arbeit aufzusehen.

Rafael setzte sich in den einzigen Sessel, der neben dem Tisch vor der Schlafcouch stand, und versuchte sich etwas kleiner zu machen, denn wenn sie wie jetzt auf ihren Zähnen herumkaute, war sie hoch konzentriert.

Sie mümmelte und mümmelte, wie seine Mutter es nannte, und drehte mit spitzen Fingern die Spule hin und her. Auf dem Tisch lag eine angefangene Stickarbeit. Rafael lehnte sich im Sessel zurück und ließ die Beine baumeln. Die Singer hatte dem Jungen den Rücken zugewandt, das Haar hatte sie zu einem Knoten zusammengebunden.

»Dein Vater macht manchmal komische Sachen«, sagte die Singer. »Er ist eben ein besonderer Mann.«

Die Singer sprach sehr leise, aber Rafael verstand je-

114

des Wort. Er sah zum Fenster hinaus. Es war ganz still in dem kleinen Zimmer. Bei der Singer war alles klein, klein und uralt wie sie selbst. Das Radio, das auf der Anrichte stand, die Teller und Unterteller, die blaue Kaffeekanne, die Tassen. Sogar das Waschbecken gleich neben der Tür war klein und auch der Ofen. Wenn Rafael im Winter die Kohlen aus dem Keller holte, brachte er ihr regelmäßig zwei Briketts mit. Zwei Briketts reichten ihr aus, um den Ofen zu heizen. Sie packte die Kohlen einfach in Zeitungspapier und heizte damit den ganzen Tag. Die Singer war die klügste alte Frau, die er kannte. Rafael sah auf ihren Rücken. Sie hatte Mühe, mit der Spule zurechtzukommen. Die Singer war uralt, jeden Tag trug sie dieselben Sachen, ein Kleid, das schwarz wie die Nacht war, dazu einen blütenweißen Kragen, der von einem perlmuttfarbenen Medaillon zusammengehalten wurde.

»So ist das eben.« Die Singer drehte sich zu ihm um. »Sie spielen ein bisschen Theater, weißt du.«

Rafael sah, wie sie an der Nähmaschine hantierte, ein Türchen in der Bodenplatte öffnete und die Spule versenkte. Das Garnende zog sie wieder heraus. Es war ein Wunder, wie sie es schaffte, dass alles an seinen Platz kam. Ihre Hände waren knorrig wie Baumrinde. Am liebsten hätte er ihr bei der Arbeit geholfen, aber er wusste, dass die Singer niemals Hilfe annahm, höchstens von seiner Mutter, und das auch nur sehr selten.

»Was ist Theater?«, fragte er nach einer Weile.

»Theater ist, wenn zwei Menschen sich lieben und die ganze Welt ihnen dabei zusehen kann«, antwortete die Singer und lachte meckernd.

»Mir ist der Maikäfer weggeflogen.«

115

»Ach, dir ist ein Maikäfer zugeflogen? Na sieh mal an!«

»Nein, er ist weggeflogen. Vati hat ihn mir mitgebracht.«

»Er sollte lieber arbeiten gehen, anstatt Käfer zu klauen.« Sie sah ihn belustigt aus den Augenwinkeln an.

»Es war ein schöner Käfer«, sagte der Junge. Er beugte sich vor, um etwas Wichtiges mitzuteilen. »Vati und ich waren am Sonntag im Zoo.«

»Ach ja«, sagte die Singer. Sie führte den Faden zum Mund, feuchtete ihn an und versuchte, ihn in die Nadel einzufädeln.

»Er hat mir die Tiere gezeigt, die dort bei ihren Pflegern leben«, erklärte der Junge stolz.

»Welche Tiere waren das denn?«

»Wir haben den dicken Affen gesehen, den mit den langen Armen.«

»Den gibt's noch?« Sie sah Rafael erstaunt an. »Nach fünfundvierzig haben sie ihn wieder zurückgebracht«, murmelte sie. »Der Zoo war ein Inferno, die ganze Stadt hat gebrannt.«

Rafael kannte das. Zum Schluss eines Gesprächs sagte die Singer immer: »Die ganze Stadt hat gebrannt.« Egal, worüber sie sprachen.

»Er heißt Knorke«, sagte Rafael und musste lachen.

»Nein, Knorke heißt doch das Flusspferd. Der Affe heißt ...«

Ihr fiel der Name nicht ein. Endlich hatte sie den Faden in die Nadel geführt und atmete erleichtert auf. »Aber wo du Recht hast, hast du Recht.« Sie zog den Stuhl heran und setzte sich vor die Maschine.

»Vati sagt, Elefanten vergessen nichts. Überhaupt

nichts. Egal, wie lange es schon her ist. Elefanten können sich an alles aus ihrem Leben erinnern. Weil sie so
große Ohren haben. Glaubst du das, Oma?«

»Unter uns gesagt, ich glaube deinem Vater überhaupt nichts, Jungelchen. Aber in diesem Fall stimmt
es. Elefanten vergessen nichts.«

»Wegen die Ohren?«

»Wegen der Ohren, mein Junge.«

Sie setzte ihre Füße geräuschvoll auf das Trittbrett
und schob mit der rechten Hand das Rad an.

»Dann sind wir zum Kurkonzert gegangen«, schrie
der Junge. Er versuchte sich gegen das Rattern der
Nähmaschine durchzusetzen. »Und haben eine Weiße
mit Schuss getrunken.«

»Grün oder rot?« Die Singer schrie nun auch.

»Grün«, rief Rafael, so laut er konnte.

Die Singer hielt die Maschine an, nahm die Schere
vom Haken und schnitt den Faden durch. Dann knallte
sie die Schere wütend auf den Tisch.

»Dein Vater ist auch so ein Elefant. Er sollte langsam
erwachsen werden«, sagte sie und fädelte den Faden
wieder in die Nadel. »Deine Mutter arbeitet sich die
Finger wund, und dein Vater geht den lieben langen Tag
spazieren.« Sie warf erneut das Rad an und summte dazu:

»Det is 'n Ding, det is 'n Ding, det kannste drehen
                                                oder weben.
Ach Jungelchen, es bleibt wie et is, da wirste einiget
                                                erleben.«

Sie sang nicht schlecht, aber seine Mutter sang viel
besser. Sie hatte die schönste Stimme von allen.

Obwohl es noch heller Tag war, knipste die Singer

die Lampe an der Wand an. Dann trat sie wieder aufs Pedal, und das Rad lief wie der Wind. Der Junge sprang aus dem Sessel und stellte sich neben sie. Niemand wäre an ihnen vorbeigekommen, so nah waren sie beieinander.

»Nimm dir den Apfel dort, wenn du gehst«, sagte die Singer und wies auf einen verschrumpelten Apfel, der in einem Schälchen lag. Es war für ihn das Zeichen, dass er verschwinden sollte. »Und hab keine Angst, sie kriegen sich schon wieder ein. Sie spielen nur ein bisschen Theater, glaub mir, Jungelchen.«

Das Rattern der Nähmaschine erfüllte den kleinen Raum. Rafael nahm den Apfel, der so verknittert war wie ihr Gesicht, und ging hinaus.

Sein Vater sah traurig aus. Nie hätte Rafael es gewagt, ihn anzusprechen oder ihn zu berühren. Er wartete einfach so lange ab, bis sein Vater ihm ein Zeichen gab. Das konnte eine flüchtige Bewegung sein, ein Stirnrunzeln, ein beiläufiges Wort. Es war ein ungeschriebenes Gesetz: Wenn sein Vater traurig war, hatten alle in der Wohnung auf Zehenspitzen zu gehen. Rafael wusste die Zeichen zu deuten.

Der große Mann saß am Tisch und blätterte in Papieren. Seine Mappe lag neben ihm. Sie hatte zwei messingfarbene Schlösser und einen langen Schulterriemen. Ihr Leder schimmerte speckig. Sie war dem Jungen so vertraut, dass er sie unter Tausenden wiedererkannt hätte.

Rafael saß an der Ecke des Tisches und beobachtete seinen Vater, wie er immer wieder über die Akten strich. An einer Hand fehlten zwei Finger. Die hatte er

118

im Krieg verloren, das hatte ihm seine Mutter erzählt. Die Uhr, die sein Vater trug, war auch aus dem Krieg. Fast alles hatte mit dem Krieg zu tun. Jedenfalls sagte das die Singer. Aber Rafael war nicht sicher, ob es die Wahrheit war, denn sein Vater sprach selten über den Krieg.

Zwei Stunden sah der Junge seinem Vater bei der Arbeit zu. Der schrieb schweigend in Bücher und Kladden, machte Häkchen oder Ausrufezeichen hinter die Zahlen. Rechnete und schwitzte, öffnete den Hemdkragen, setzte die Brille auf und ab und wischte sich immer wieder mit dem Taschentuch über den Hals. Zwischendurch hatte er das Fläschchen aus der Mappe geholt und daraus getrunken. Jetzt saß er müde vor den Aktenbergen und starrte auf einen unsichtbaren Punkt an der Wand.

Es war still im Zimmer, das auch sein Zimmer war. Von irgendwo erklang leise Musik. Rafael hörte, wie seine Mutter einen Schlager sang.

»Sie singt glockenrein«, sagte sein Vater.

Rafael schwieg. Sicher saß seine Mutter vor der Musiktruhe und hörte die Schlager der Woche. Sie konnte alle Lieder auswendig. Jetzt sang sie: »Am Tag, als der Regen kam.« Rafael hätte das Lied auch mitsingen können, aber weil sein Vater so traurig war, tat er es lieber nicht.

Sein Vater stand auf und ging zum Buffet. Er öffnete die untere Tür und holte den Apparat heraus. Laterna nannten sie ihn. Es war ein uralter Projektor, mit dem man Bilder an die Wand werfen konnte. Vorausgesetzt, es war dunkel im Zimmer und die Wand »von allen Ablenkungen objektiv befreit«.

Das waren stets die Worte seines Vaters, bevor er am Abend mit der Installierung des Apparates begann. Rafael hippelte von einem Fuß auf den anderen.

Sein Vater stellte den Projektor auf den Tisch, das Objektiv war zur Wand gerichtet. Dann ging er noch einmal zum Buffet zurück und kramte in den Schubladen. Rafael hatte seinen Vater oft beobachtet, wenn er in den Schubladen herumwühlte, irgendwelche Dinge herausnahm, sie einen Moment in der Hand hielt und wieder zurücklegte. Er wusste, dass sein Vater viel darüber nachdachte, was er tun und was er nicht tun wollte. Endlich hatte sein Vater die Kiste mit den Bildern gefunden und stellte sie neben den Projektor.

Rafael sah zum Fenster. Bald würde es dunkel genug sein, um die Bilder an die Wand zu werfen.

Sein Vater setzte die Brille wieder auf, nahm ein Foto aus der Kiste und hielt es prüfend gegen den Deckenleuchter.

Rafael hätte ihm gern bei der Auswahl geholfen, wartete aber ab, ob er ihn bitten würde.

»Hol mir ein paar Bücher«, sagte sein Vater nach einer Weile. Er war mit den Vorbereitungen fertig und rieb sich den Bauch.

Der Junge sprang auf. »Die ganz dicken oder ein paar von den dünnen?«, fragte er aufgeregt.

»Nimm, was du kriegen kannst. Aber presto, mein Lieber.«

Der Junge holte einen Stapel Bücher aus dem Regal, das neben seinem Bett stand, und wuchtete ihn auf den Tisch. Mit den Fingerspitzen prüfte sein Vater, ob die Buchrücken eine Linie bildeten.

»Ordnung muss sein«, sagte er und stellte den Projektor obenauf. »Sie fallen sonst auf die Anrichte.«

Er ergriff das Ende des Kabels und bückte sich, um unter den Tisch zu gelangen, schaffte es aber nur bis knapp unter die Tischplatte.

»Gib mir das, Vati«, sagte der Junge, nahm ihm den Stecker aus der Hand, verschwand damit unter dem Tisch, tauchte auf der anderen Seite wieder auf und steckte ihn in die Dose.

»Lösch das Licht, Lieber.«

Rafael rannte zum Schalter. Gleichzeitig knipste sein Vater den Projektor an. Im goldgelben Lichtstrahl glitzerten Staubpartikel zuhauf. Rafael hielt sich an der Tischplatte fest und starrte an die Wand. Ein Bild erschien, gleich darauf ein zweites und ein drittes. Alle waren an den Rändern ausgefranst und hatten dunkle Flecken.

Das erste Bild zeigte zwei alte Männer mit Schnauzbärten. Dann sah man zwei Frauen, die große Hüte trugen und in einem Zug am Fenster saßen.

»Trudels Mutter«, sagte sein Vater. Rafael wusste, dass er seine Oma meinte.

Auf dem dritten Bild standen Leute vor einer Maschine und gaben sich lachend die Hand.

»Das haben wir schon x-mal gesehen, nicht wahr, mein Lieber?« Sein Vater lachte. »Der Witz ist doch, dass sich alles wiederholt. Man schlägt sich ein Leben lang mit seinen Verwandten herum und kommt doch in die Gruft.«

Er lachte wie verrückt und wischte sich mit dem Handrücken über die Augen. Dann zog er das silberne Etui aus der Mappe und nahm sich eine Zigarre.

121

»Aber keine Angst, mein Lieber, man entkommt ihnen nicht. Spätestens im Himmel beginnt alles wieder von vorn.«

»Gehören die alle zu unserer Familie?«

»Ja«, antwortete sein Vater. »Fast alle. Die meisten, die du auf den Fotos siehst, waren schon da, bevor du geboren wurdest. Das erleichtert die Sache ein wenig.« Er lachte glucksend und biss die Spitze der Zigarre ab. »Und auf den anderen Fotos sind Leute, die auch schon vor denen gelebt haben. Und immer wieder welche, die vor ihnen da waren.«

Er atmete schwer und kramte in seiner Hose nach Streichhölzern. Der Junge schwieg.

»Ist doch verrückt, nicht? Wir kleben über Generationen zusammen und machen uns das Leben schwer.« Er kicherte.

Rafael mochte es, wenn sein Vater lachte. Er verstand nicht alles, was er ihm erzählte, aber die Bilder verstand er. Sein Vater besaß viele dieser Bilder, und der Junge kannte sie alle. Die Züge, die Bahnhöfe, die Frauen mit den langen Kleidern und die Männer mit den Hüten – alles Leute aus der Familie seines Vaters. Jeden Abend sah sich sein Vater die Bilder an, und jeden Abend erfand er dazu andere Geschichten. Mal zu einem Bahnhof, mal zu einer Lok, mal zu einem Liebespaar, das vor einer Kirche stand. Und jeden Abend, bevor Rafael einschlief, fielen ihm die Bilder wieder ein. Und er hörte die Stimme seines Vaters sagen: »Alles kommt wieder. Alles beginnt von vorn.«

Jetzt erschien das Bild, das sein Vater am meisten mochte. Es zeigte einen jungen Soldaten auf einem Bahnhof.

»Das ist Rafael«, sagte er, »und du trägst seinen Namen.«

Rafael wusste, dass der Soldat auf dem Foto der beste Freund seines Vaters gewesen, dass er im Krieg gefallen war und dass sein Vater ihm deshalb den Namen gegeben hatte.

»Wir haben ja unseren Namen nicht umsonst erhalten«, sagte sein Vater und suchte auf dem Tisch nach Streichhölzern. »Wir drehen nur ein wenig am Rad der Erinnerung und sehen zu, dass sie nicht verblasst, nicht wahr, Lieber. Hol Er mir Feuer.«

Der Junge lief zum Buffet. Er duckte sich unter den Lichtstrahl. Auf der Anrichte fand er die Streichholzschachtel, rannte um den Tisch und gab seinem Vater Feuer. Das waren die Momente, die der Junge so liebte. Sein Vater blies dicke Wolken an die Decke. Der Rauch ließ die Bilder an der Wand verschwimmen.

Sie standen hinter dem Tisch und starrten auf einen Bahnhof, der im Nebel verschwand.

Rafael war sicher, wenn er mal groß wäre, würde er auch Geschichten erfinden. Würde aus allem, was er sah, etwas anderes machen. Einfach »aus der Lameng«. Und abends würde er alles in dicke Kladden schreiben, so wie sein Vater es tat, wenn die Singer und seine Mutter schon längst schliefen, Rafael aber vor Aufregung nicht einschlafen konnte, weil er das Ploppen des Fläschchens hörte und seinen Vater beobachtete, wie er, in Selbstgespräche vertieft, am Tisch saß und in die Dunkelheit starrte. Auch wenn sein Vater selten mit ihm sprach und nie an sein Bett kam, dem Jungen war es egal, wenn er nur da war. Und er würde all das tun, was sein Vater tat. Das wusste er.

Sie räumten den Apparat in die Anrichte zurück. Rafael machte Licht, und sein Vater beugte sich wieder über seine Papiere. Der Junge versuchte so leise wie möglich zu sein. Er leerte den Aschenbecher, holte ein Glas Wasser aus der Küche und machte sich nützlich.

»Wir saugen uns gegenseitig das Blut aus dem Körper.« Sein Vater schlug mit der Hand auf den Tisch. »Sind wir denn so dämlich, dass wir denken, mit Zahlen und Paragraphen die Welt retten zu können?« Er schob ein letztes Blatt in einen Deckel und warf die Akte zu den anderen. »In meinem nächsten Leben, da werd ich einen heben«, sang er leise.

Sein Vater sang nicht oft und auch nur am Feierabend. Meistens saß er nach der Arbeit stumm am Tisch und starrte vor sich hin. Oder er furzte laut und sagte: »Oh, Verzeihung, meine Herren, da lag wohl etwas quer.«

Rafael beobachtete seinen Vater, der auf die Tischplatte starrte. Obwohl er noch nicht alt war, hatte er schon schlohweißes Haar. Rafael wusste, dass er ein Loch im Herzen hatte und viel zu süßes Blut. Seine Mutter musste für ihn eine spezielle Diät kochen. Jeden Morgen und jeden Abend spritzte er sich etwas in den Oberschenkel, das er Insulin nannte. Er musste das manchmal sehr schnell tun, sonst drohte er innerhalb kürzester Zeit zu sterben. Das hatte ihm die alte Singer erzählt, und deshalb waren alle in der Wohnung auch so vorsichtig, denn keiner wollte, dass sein Vater starb.

»Es reicht.« Sein Vater stand auf. »Sollen sie sich doch ihre Zahlen in den Hintern stecken.« Mit einer

Handbewegung fegte er sämtliche Papiere vom Tisch und sah Rafael erschrocken an. »Das ist erlaubt, nicht wahr, mein Freund. Auch wenn der liebe Gott mal weint.« Er lachte.

Sie begannen, die Akten gemeinsam wieder einzusammeln.

»Vati, warum ist der Käfer weggeflogen?«

»Er ist nicht weggeflogen. Er ist dir im Moment nur aus den Augen. Wenn du sie zumachst, ist er noch da. Versuch es mal. Mach die Augen zu, dann siehst du ihn.«

Der Junge schloss die Augen. »Ja, es stimmt«, sagte er. »Er sieht aus wie vorhin auf dem Balkon.«

»Mit der Zeit wirst du lernen, damit umzugehen. Das ist von Vorteil. Dann bist du nie allein.«

Sie hatten alle Papiere wieder auf dem Tisch geordnet.

»Lass uns deine Mutter fragen, ob sie Lust hat, ins Kino zu gehen«, sagte sein Vater und streckte sich, als wollte er die Decke erreichen.

Der Junge flitzte ins vordere Zimmer. Seine Mutter saß vor der Musiktruhe. Das Abendlicht kam vom Balkon und fiel in Streifen über das Parkett. Rafael lief zu ihr und legte seine Arme um ihren Hals.

»Vati fragt, ob wir ins Kino gehen«, flüsterte er atemlos.

»Karl-Friedrich, das geht doch nicht. Er ist noch nicht mal acht.«

»Komm, lass uns gehen, Annemarie. Er wird es schon verstehen.«

Sein Vater stand in der Tür. Der Junge drehte sich um, lief zu ihm und dann wieder zu seiner Mutter zurück. Aufgeregt rannte er hin und her.

»Was spielen sie denn?« Ein Lächeln huschte über ihr Gesicht.

»Das ist doch egal«, antwortete sein Vater. »Komm schon, Annemarie, wir leben nur einmal.«

»Ja, Karl-Friedrich«, sagte sie leise, »aber wer garantiert uns das?«

Der Junge flog. Zwei Meter über dem Boden. Die Arme hatte er weit nach vorn gestreckt, als wollte er ein imaginäres Ziel erreichen. Beine, Füße, der ganze kleine Körper hing schwerelos in einer gestreckten Geraden. Er flog im Zeitlupentempo durch den Raum, mal vorwärts, mal zur Seite, mal quer. Mit der Bewegung eines kleinen Fingers oder eines Fußes konnte er die Richtung bestimmen. Nichts zog ihn hinunter. Er fühlte sich leicht wie eine Feder.

Obwohl es stockfinster war, erkannte er alle Gegenstände. Unter ihm war der Tisch. Er sah die Tischplatte, auf der die Akten seines Vaters und die Mappe lagen. Ihre Messingschlösser blinkten. An der Wand stand das Buffet. Von oben sah es nicht mehr so mächtig aus. Links davon sein Bett und gleich daneben das Bücherregal. Ein Lichtstrahl fiel vom Hof ins Zimmer.

Der Junge schwebte zum Fenster. Kurz davor hielt er an und berührte mit den Fingerspitzen die Gardinenstange. Das Holz fühlte sich kalt an. Er tastete nach dem Fensterkreuz und stieß sich ab. Wenn er mit dem kleinen Finger nach vorn wies, kam er dem Fenster wieder näher. Er machte das ein paarmal, um seine Flugfähigkeit zu testen. Ein wunderbares Gefühl vollkommener Schwerelosigkeit. Dann verharrte er in einer Art Ruhestellung und sah aus dem Fenster. Der

Mond hing am Himmel, kein Stern weit und breit. Der Junge blickte zur Mauer hinunter, die das Nachbarhaus begrenzte, und konnte die abgebrochenen Flaschenhälse erkennen, die im Mauersims einbetoniert waren. Sie glitzerten im Mondlicht. Eine Mülltonne stand offen. Er sah kurz den Rücken einer Katze, die hinter einem Strauch verschwand. Alles war ruhig und friedlich. Und obwohl ihm der Hinterhof bei Tag unbewohnt erschien, tanzten jetzt in der Dunkelheit alle Dinge.

Er stieß sich erneut vom Fensterkreuz ab und flog in die Mitte des Zimmers. Gemächlich drehte er eine Runde über dem Tisch, stieg dann etwas höher und schwebte weiter bis zum Ofen. Mit beiden Händen klammerte er sich an den obersten Vorsprung, die Kacheln fühlten sich noch warm an. Er bewegte den kleinen Finger und stieg noch höher. Fast stieß er mit dem Kopf an die Zimmerdecke. Stickig war es da oben, und es roch muffig, ein paar Spinnenfäden baumelten ihm ins Gesicht. Er bewegte seinen rechten Fuß und krümmte die Zehen. So verlor er an Höhe.

Jetzt flog er rückwärts, die Hosenbeine seines Pyjamas flatterten. Weil er zu schnell flog, waren sie ihm bis zu den Knien hochgerutscht. Sein Pyjama war das Einzige, was ihn ein wenig hinunterzog. Aber mit Händen und Füßen hielt er sich im Gleichgewicht. Es war vollkommen still im Zimmer. Nicht einmal von der Tür der Singer kam ein Laut. Alle schliefen.

Er flog schon seit Stunden, hatte jegliches Zeitgefühl verloren. Wenn die alte Singer jetzt herauskommt, dachte er, wird sie der Schlag treffen. Er stieß sich vom Türrahmen ab und flog über den Tisch zur gegenüberliegenden Wand, dorthin, wo die Uhr hing. Vor ihrem

Zifferblatt verharrte er. Seine Nasenspitze berührte beinahe das Türchen über der Zwölf. Gestern Abend hatte sein Vater das Pendel angehalten. Also würde der Vogel nicht herauskommen und alles kaputtmachen. Er drehte sich einmal um sich selbst. Unter sich sah er die Stühle. Sie standen noch immer in Zweiergruppen zusammen, so wie er sie gestern Abend verlassen hatte. Sie hatten verrückt gespielt, weil er nicht da gewesen war. Nach seiner Rückkehr hatte er sie zusammengeschoben und mit ihnen gesprochen. Den ganzen Film hatte er ihnen erzählt. Als Wiedergutmachung, weil sie die halbe Nacht auf ihn gewartet hatten. Er war doch das erste Mal im Kino gewesen und hatte den »Tiger von Eschnapur« gesehen.

Rafael hatte neben seiner Mutter und seinem Vater auf der Holzverkleidung einer Heizung gesessen. Er hatte das größte Glück erlebt, das man sich nur vorstellen kann. Das hatte ihm sein Vater an der Kasse vorausgesagt. Die Bucklige aus der Parfümerie war auch da gewesen, der Kaufmann mit seiner Frau und der Zahnarzt Kusch, fast alle Leute aus seinem Viertel.

Sie hatten sich vor dem Kino begrüßt und leise miteinander gesprochen. Dreimal fünfzig Pfennig hätte sein Vater bezahlen müssen, aber die Frau an der Kasse hatte ihm nur zwei Karten berechnet. Rafael war umsonst hineingekommen.

Dann hatte die Frau den schwarzen Vorhang geöffnet, und einer nach dem anderen war hineingegangen. Sein Vater hatte sich bei seiner Mutter eingehängt, und die Männer hatten ihre Hüte abgenommen und nicht gewusst, wo sie sie hinlegen sollten. Sämtliche Reihen waren noch frei gewesen, und sie hatten sich in der sechsten

Reihe drei Plätze ausgesucht, direkt an der Wand. Rafael hatte sich auf die Heizung gesetzt, weil er ja keinen Sitzplatzanspruch hatte. Seine Mutter und sein Vater waren von diesem Moment an nicht eine Minute mehr unruhig gewesen. Sie hatten sich wie die anderen Leute aus der Straße auf etwas Unbekanntes gefreut. Das hatte Rafael gleich gespürt, als sie den Raum betraten.

Das »Amor« war das kleinste Kino der Welt, so groß wie ein Schuhkarton. Die Leute hatten ihre regennassen Mäntel auf die freien Sitze gelegt. Der Kaufmann saß mit seiner Frau direkt vor ihnen, er drehte sich zu ihnen um und sagte: »Ein leichter Frühlingsregen, nicht wahr?« Seine Mutter lächelte freundlich zurück und erwiderte: »Ja, ein leichter Frühlingsregen. Der erfrischt immer.« Sein Vater lächelte ebenfalls freundlich, was er selten tat, wenn er den Kaufmann traf. Überhaupt sahen alle Leute friedlich und entspannt aus.

Rafael hatte auf der Heizung gesessen und sich größer gemacht, um möglichst viel mitzubekommen. Und nach ein paar Minuten war die Frau von der Kasse nach vorn gegangen und hatte die Lampen ausgeknipst, die rechts und links neben der Leinwand hingen. Es war stockfinster, aber sehr gemütlich. Nur das Rascheln der Kleider und das Knistern von Bonbontüten hatte er noch wahrgenommen und diesen Geruch. Der Geruch, den er seit dem Tag nicht mehr vergessen sollte, der so eigenartig und wunderbar war, dass er ihn später immer als Erstes wahrnahm, wenn er in ein Kino ging, der Geruch von nassen Kleidern und Hartgummiecken, die wie Sterne aussahen und auf denen man stundenlang herumkauen konnte.

Nach einer Minute wurde die Leinwand hell, und es

erklang eine wundervolle Musik, und Rafael verließ an
der Seite seiner Eltern die Erde.

Der Junge schwebte über dem großen Tisch. Er hatte
gestern die Geschichte von dem »Tiger von Eschnapur« gesehen, und sein Vater hatte Recht behalten: Er
hatte das größte Glück erlebt, das man sich nur vorstellen kann.

Der Junge spürte keinerlei Müdigkeit. Er sah auf die
Stühle. Den kompletten Film hatte er ihnen erzählt und
sämtliche Personen und Tiere vorgespielt, den Urwald
und die Sache mit den beiden, die sich ineinander verliebt hatten. Er hatte von der Frau berichtet, die eine In-
derin war, und von dem Mann, der ein Krankenhaus
bauen wollte. Auch die Geschichte mit dem Tiger und
dem Maharadscha. Und natürlich hatte er ihnen die Reaktionen der Leute vorgemacht, wie sie gelacht und geweint hatten. So lange, bis er ein Geräusch vernommen
hatte und zur Decke hinaufgeflogen war.

Rafael sah auf den Tigerstuhl, mit dem er gestern
Abend gekämpft hatte. Er hatte ihn mit dem Kleider-
stuhl bändigen müssen. Mit den Stuhlbeinen voran war
er auf den Tiger zugelaufen. Und der war vor ihm zu-
rückgewichen. Er musste lachen. Als die Szene im Kino
gezeigt wurde, waren alle von ihren Sitzen aufgesprungen, nur Rafael war ruhig auf der Heizung sitzen geblieben.

Der Junge bewegte seinen kleinen Finger und drehte
nach rechts ab. Die Stühle hatten ihm sein Wegbleiben
nicht verübelt. Er hatte ihnen erzählt, dass man ihn wie
einen Erwachsenen behandelt hatte. Das hatte Eindruck auf sie gemacht.

In der Pause waren sie in den Vorraum gegangen,

sein Vater hatte eine Zigarre geraucht, und seine Mutter hatte ganz kleine Augen gehabt. Sie hatten mit den Leuten aus der Straße zusammengestanden und über Indien und die fernen Länder und die fehlenden Krankenhäuser und die wilden Tiere gesprochen. Und Rafael hatte sich vorgenommen, alles, was er auf der Leinwand gesehen hatte, irgendwann einmal selbst zu erleben.

Der Junge sank langsam herab und kehrte ins Bett zurück. Am Montag würde er den Kindern im Hort davon erzählen. Vielleicht nicht von seiner Fliegerei, das würde ihm sowieso keiner glauben, aber von dem Tiger und dem Kerker und der schönen Frau und dem starken Mann. Sie würden staunen, denn er würde ihnen alles haargenau so vorspielen, wie er es gestern im Kino gesehen hatte. Rafael schloss die Augen. Er erinnerte sich an die Zeit, als er mit anderen Kindern auf eine Nordseeinsel verschickt worden war. Es war das erste Mal, dass er von zu Hause fort war. Auch damals hatte er den Leuten etwas vorgespielt.

Es war der letzte Tag. Er hatte sich wahnsinnig auf seine Eltern gefreut und darauf, alles hinter sich lassen zu können, was ihm in den vierzehn Tagen so viel Angst gemacht hatte. Nur die Dünen und das Meer, die hatte er sehr geliebt. Aber die Dunkelheit in den Zimmern und die Stimmen und Schatten, die ihm fremd waren, die hatten ihm Angst gemacht. Nächtelang hatte er geweint und war bei den anderen Kindern schon als Heulsuse verschrien. Aber an diesem letzten Abend hatten sie ihn von einer anderen Seite kennen gelernt.

Es hatte eine kleine Feier für die Kinder und die Tanten gegeben. Zum Schluss hatten sie ein paar Lieder ge-

sungen. Und plötzlich war er aufgesprungen, einfach
»aus der Lameng«, hatte sich aufgeplustert und war mit
einer leeren Pulle in der Hand immer im Kreis gelaufen.
Vor all den Kindern. Hatte einen betrunkenen Seemann
gespielt, war getorkelt und hingefallen, aber immer
wieder aufgestanden. So wie es sein Vater oft tat. Hatte
dazu ein Seemannslied gesungen und laut gelacht. Und
alle Kinder hatten über ihn gestaunt und auch gelacht,
so laut sie konnten.

Rafael öffnete die Augen und sah zur Decke. Noch
vor ein paar Minuten hatte er von da oben auf sein Bett
hinuntergesehen. So oder ähnlich würde er es am Montag vor den Kindern machen. Den »Tiger von Eschnapur« würde er ihnen vorspielen. Und zu guter Letzt
würde er mit der Bewegung eines kleinen Fingers den
Boden verlassen. Er würde zur Decke hinauf- und dann
ein wenig hin und her fliegen. Und alle Kinder würden
sehen, was er gestern gesehen hatte: das größte Glück,
das man sich nur vorstellen kann.

Die Stille umfing den Jungen wie ein Mantel. Sie hatte
sich auf den Häusern, den Dächern, in den Türen und
Fenstern breit gemacht. Sie lag auf der Straße und in
den Hauseingängen. Rafael kannte die Stille, sie machte
ihm ein wenig Angst, aber an der Hand seiner Mutter
war sie auszuhalten.

Es war früher Morgen. Sie liefen die Straße hinunter.
Von der Luisenkirche erklang das monotone Bimbam
der Glocken.

»Soll ich dir was sagen: Ich wette, es kommt eine
weiße Kutsche.« Sein Vater hatte sie längst gesehen.
Der Junge blickte zur anderen Straßenseite. Da rollte

wirklich eine weiße Kutsche heran mit schwarzem Dach und riesigen Rädern. Zwei Schimmel legten sich mächtig ins Zeug. Die Kutscher trugen schwarze Zylinder und saßen teilnahmslos auf dem Bock. Rafael sah ihnen nach, bis sie in der Schustehrusstraße verschwanden.

Er wäre ihnen so gern hinterhergelaufen, aber an der Hand seiner Mutter wagte er es nicht. Sie würde nie so etwas tun, das wusste er. Überhaupt würde er niemals allein die gewohnten Wege verlassen. Vielleicht später einmal, aber zurückkommen würde er immer. Immer, immer. Der Junge sah seinem Vater hinterher. Der stürmte voran und schwenkte seinen Mantel.

»Sie machen den Fehler ihres Lebens«, rief er der Kutsche nach.

»Karl-Friedrich, bitte.«

»Warum haben die Pferde Schilder an den Augen?«, fragte der Junge.

»Damit sie nicht die Richtung verlieren, die armen Gäule«, rief sein Vater über die Schulter. »Damit sie wissen, wohin sie laufen, und nicht nach rechts oder links ausscheren.« Er drehte sich zu ihnen um. »Nicht wahr, Annemarie?« Er lachte. »Das stimmt doch? Immer schön den Blick nach vorn.« Er hüpfte wie ein Kind über die Steinquader. Seine Mutter erwiderte nichts, aber Rafael wusste, dass es ihr unangenehm war.

Sie hetzten die Straße hinunter, als würden sie von jemandem erwartet. Kein Mensch kam ihnen entgegen. Hin und wieder überholte sie ein Auto. Der Junge sah zu den Häusern hinauf. Sonntags schliefen die Leute länger, das wusste er: der Kaufmann, die Bucklige aus der Parfümerie, der Zahnarzt und Tante Emmi aus dem

133

Haus Nummer 4. Die Blätter der Linden raschelten im Wind.

Sein Vater lief einige Meter vor ihnen, den Hut im Nacken. Seine Hosenbeine schlackerten wie Segel. Alle Müdigkeit schien von ihm abgefallen, sie konnten ihm kaum folgen. Der Junge hing an der Hand seiner Mutter. Sie trug ihr gelbes Frühlingskleid, dazu die weißen Handschuhe. Ihre Absätze klapperten auf dem Gehsteig. Der Wind fuhr ihm in die Beine. Zum ersten Mal in diesem Jahr hatte er die kurzen Hosen an, dazu das weiße Hemd und die blaue Jacke, die ihm viel zu eng geworden war. Seine Schuhe drückten an den Zehen, das Leder war zu hart. Es waren die Sonntagsausgehschuhe. Während der Woche trug er die braunen Sandalen.

Bevor sie wach wurden, war er in die Kammer gerannt und hatte die Schuhe seines Vaters aus dem Regal geholt, die schwarzen, die sein Vater immer im Amt trug, und die braunen, mit denen er ausging. Danach die Schuhe seiner Mutter, die hochhackigen und die weißen Sandalen für den Sommer. Er hatte sie im Halbkreis vor sich aufgestellt, mit Schuhcreme sorgfältig eingecremt und blank gebürstet. Er hatte sich beeilen müssen, denn er wollte nicht, dass sie etwas bemerkten. Wie im Rausch hatte er die Schuhe poliert, bis sie glänzten wie das Licht, das auf den Fenstern lag. Jeden Sonntag machte er es so. Manchmal putzte er zehn, manchmal fünfzehn Paare. Auch die Schuhe von der Singer und natürlich seine eigenen. Bevor er die Stimme seines Vaters hörte, hatte er alles wieder ins Regal zurückgestellt und war noch einmal ins Bett geschlüpft. Gleich darauf war seine Mutter durch sein

Zimmer ins Badezimmer geeilt. Sie hatte schon die seidenen Strümpfe an und eine Zigarette in der Hand. Sein Vater war ihr gefolgt, unrasiert und verschwitzt, mit zerzaustem Haar und geröteten Augen. Rafael hatte unter der Bettdecke gelegen und so getan, als schliefe er noch.

»Rafael, steh auf!«, hatte seine Mutter aus dem Badezimmer gerufen. »Zieh dich an. Wir kommen sonst zu spät!«

Der Junge antwortete nicht, dabei war er doch jeden Morgen längst vor ihnen wach und konnte alles beobachten. Wie sein Vater die Medizin nahm und seine Mutter mit den Spritzen durch die Zimmer rannte, so lange, bis sein Vater mit allem fertig war.

Irgendwann war seine Mutter in ihrem gelben Kleid zu ihm ins Zimmer gekommen und hatte seine Sachen über den Stuhl gelegt. Sie hatte wunderschön ausgesehen und nach »Tosca«, ihrem Lieblingsparfüm, gerochen.

»Mach schon, Rafael. Vati braucht noch ein paar Minuten«, hatte sie gesagt und ihm einen Kuss gegeben.

Rafael war schnell aufgestanden, hatte seine Hosen und das weiße Hemd angezogen, und seine Mutter hatte ihm das Haar geglättet und den Kragen zurechtgezupft. Dann hatten sie gewartet, bis sein Vater fertig war.

»Wie sehe ich aus, Annemarie?«, hatte sein Vater am Morgen noch gefragt.

»Wie Graf Koks.«

Die Tür war hinter ihnen ins Schloss gefallen, und es war endlich »Schluss mit Stuss«. Kaum waren sie auf dem Treppenabsatz, hatte die Singer die Tür aufgerissen.

»Frau Singer, wir kommen ja wieder«, hatte sein Vater gerufen und hämisch gelacht, und die Singer hatte die Tür gleich wieder geschlossen. Sein Vater war die Treppen hinuntergestürmt, und Rafael hatte drei Stufen auf einmal nehmen müssen. Vor der Haustür empfing die Straße sie wie ein offenes Bilderbuch.

»Haben wir auch nichts vergessen?«, hatte sein Vater gefragt und besorgt ins Sonnenlicht geblinzelt.

»Das musst du doch wissen, Karl-Friedrich. Du hast doch nochmal nachgesehen.«

Sein Vater hatte alle Türen und Fenster kontrolliert, war zwischen Küche und Flur hin- und hergerannt. Er kontrollierte immer alles, bevor sie aus dem Haus gingen. Vor allem den Haupthahn vom Herd. Er hatte sich überhaupt nicht mehr losreißen können.

»Karl-Friedrich, du wirst noch verrückt von diesen Kontrollen.«

Sie hatten im Flur gestanden und auf ihn gewartet. Dann waren sie endlich losgelaufen. Rafael an der Hand seiner Mutter und sein Vater drei Schritte vorneweg.

»Karl-Friedrich, renn doch nicht so.«

In den Fenstern der Häuser spiegelte sich das Sonnenlicht.

»Er rennt, als wäre noch Winter«, seufzte seine Mutter und umklammerte Rafaels Hand. Sie überquerten die große Straße und bogen in die Schustehrusstraße ein. Über der Kirchturmspitze hingen ein paar Schäfchenwolken.

Als sie am Möbelladen vorbeikamen, sah Rafael ins Schaufenster. Hier hatten seine Eltern vor Weihnachten versucht, eine Couch, ein paar Stühle und einen Tisch zu kaufen.

»Die werden doch zweitausend Mark stehen lassen können«, hatte sein Vater gesagt, als sie von dem Möbelmann zurückgekommen waren. Seine Mutter hatte geweint, und sein Vater war noch spät am Abend in die Kneipe gegangen.

Vor dem Eingang zur Luisenkirche stand die weiße Kutsche. Auf der Treppe hatte sich eine Menschenmenge versammelt, die Herren in schwarzen Anzügen, die Damen in bunten Sommerkleidern. Rafael konnte zwischen den Beinen der Leute das Kleid der Braut schimmern sehen. Weiß war es, und an seinem Saum hingen ein paar silberne Schleifen. Sein Vater war längst in die Behaimstraße abgebogen. Rafael drehte sich noch einmal um und sah, wie die Schimmel wieder antrabten. Seine Mutter starrte vor sich hin. Die Leute verschwanden nacheinander in der Kirche.

Sie liefen am »Baldur«-Kino vorbei. In den Schaukästen hingen die Plakate für die kommende Woche.

»Das Kino mit Rang«, hatte sein Vater mal gesagt. Seitdem wusste Rafael, dass es noch größere Lichtspielhäuser gab als das »Amor«, mit einem Balkon und ausladendem Foyer. »Hier beginnt die Welt und draußen hört se uff«, hatte er gesagt. Rafael wäre gern mit seinen Eltern in die Mittagsvorstellung gegangen, die Kinder aus seinem Viertel taten es, das hatte ihm Waldi, der Nachbarsjunge, erzählt. Der war auch schon einmal mit seinem Bruder am Sonntag ins Kino gegangen. Obwohl sie es ja eigentlich nicht durften. Aber es war im Kino dunkel genug gewesen, und seinem Bruder war nichts passiert.

Sie bogen in die Wilmersdorfer Straße ein. Aus der Kneipe gegenüber torkelten zwei Männer heraus, einer hielt sich am anderen fest. Der kleinere musste sich plötzlich übergeben. Der andere hielt ihm, so gut es ging, den Kopf. Dann taumelte auch er, fiel fast vornüber und musste sich ebenfalls übergeben. Rafael drehte sich immer wieder nach ihnen um, aber seine Mutter zog ihn weiter.

Hier in der Wilmersdorfer war es nicht so still wie in seiner Straße. Von den Dächern pfiffen ein paar Spatzen, es roch nach Eintopf und Braten, aus allen Fenstern erklang Musik. Die Kneipen hatten geöffnet. Vor »Hoek«, der alten Destille, blieb sein Vater kurz stehen. Im Vorbeigehen sah Rafael in die offene Tür hinein. Ein paar Männer spielten Karten und tranken Bier, lachten und rauchten. Er sah einen, der hatte nur ein Bein. Im hinteren Teil tanzten zwei Frauen.

»Viel zu heiß für einen Apriltag!«, rief sein Vater.

Rafael wusste, dass sein Vater auch ohne sie in die Wilmersdorfer Straße gegangen wäre, wahrscheinlich in »Die Kanne« oder zu »Pohlmann«. Da gab es manchmal Freibier, das hatte ihm die alte Singer erzählt. Eine Molle hätte er getrunken und dann einen Korn. Danach noch eine Molle und wieder einen Korn. Einmal hatte sein Vater ihn in ein Gartenlokal mitgenommen. Rafael hatte sich zwischen all den Männern, die dicht gedrängt an den Tischen standen und Bier tranken, an seine Hosenbeine geklammert. Sie hatten ihn von ihrem Bier kosten lassen wollen, aber er hatte nichts getrunken. Er hatte Angst gehabt, dass sein Vater nicht mehr nach Hause gehen wollte, weil er ahnte, was ihn dort erwartete. Sein Vater hatte ein Glas Bier getrunken und seine Zigarre geraucht. Als zwei Männer miteinander zu streiten begannen, waren sie sofort gegangen.

An diesem Sonntag hatte Rafael das erste Mal nach der Hand seines Vaters gegriffen, hatte seine Finger, den Handrücken und den verknubbelten Daumen gespürt. Das hatte sich ihm für immer eingeprägt. Als sie wieder zu Hause waren, hatte es das übliche Donnerwetter gegeben: Weil sein Vater doch nicht trinken sollte, weil er sich dann ja gleich umbringen könne, hatte seine Mutter geschrien. Ob er denn völlig den Verstand verloren hätte. Den ganzen Vormittag hatten sie gestritten, und Rafael war unter den Tisch gekrochen und wäre am liebsten anstelle seines Vaters gestorben.

In der Nacht hatte es geregnet. An den Kanten der Pflastersteine bildeten sich kleine Rinnsale. Die Augen fest auf den Boden gerichtet, lief der Junge an der Hand seiner Mutter. Hier war ihm jeder Stein vertraut. Schon an den Gerüchen hätte er erkannt, wo er sich befand. Auf den Autodächern spiegelte sich das Sonnenlicht. Ein paar Meter vor ihnen schlurften zwei alte Leute. Die Frau hielt ein Einkaufsnetz in der Hand, der Mann ein paar Blumen. Sie trugen dicke Wintermäntel, obwohl es längst April war, und waren so krumm wie die Weiden im Schlosspark, die sich im Sommer zum Wasser neigten. Sein Vater zog den Hut, und seine Mutter sagte im Vorbeigehen: »Guten Morgen. Es ist doch ein schöner Tag, nicht wahr?« Die Alten nickten. Als Rafael der Frau in die Augen sah, lächelte sie ihm zu. Aus den Fenstern erklang die Vormittagssendung »Sinfonien und Melodien«.

Der Junge sprang über die Steine. Wenn er über eine

Kante trat, meinte er in einem anderen Land angekommen zu sein. Er machte es sehr geschickt, und seine Mutter half ihm dabei. Mit jedem Sprung hob sie ihn ein wenig höher. Im Flug beobachtete der Junge die Schritte seines Vaters.

Am U-Bahnhof Deutsche Oper stiegen sie in den Zug. Es waren viele Leute unterwegs, Sonntag war der Verwandtenbesuchstag. Nicht alle mochten das. Dicht gedrängt saßen sie auf den Bänken und starrten schweigend vor sich hin. Rafael liebte diese U-Bahn-Fahrten nicht. Niemand wusste, ob der Zug nicht irgendwann auf der Strecke zum Halleschen Tor stecken bleiben würde. Der Junge war noch nie irgendwo stecken geblieben, hatte aber eine Menge Geschichten darüber gehört. Von »Kurzschlussreaktionen«, von »Paniken« und »Rauchentwicklung« hatte die Singer erzählt. Rafael konzentrierte sich, so gut es ging, auf die Mitfahrenden und die Dinge, die sie bei sich trugen. Er fühlte sich dann wohler. Einige hatten Pappkartons und Blumensträuße auf den Knien, und bei einer dicken Frau entdeckte er eine Pralinenschachtel von Sarotti, der »Schokolade mit dem Mohr«. Niemand sprach, nur das Quietschen der Räder, wenn die Bahn in eine Kurve fuhr, unterbrach die Stille.

Sein Vater stand an der Tür, hielt sich an einer Stange fest und starrte in den dunklen Schacht. Er hielt sich immer in der Nähe einer Tür auf. Ihm wurde häufig schlecht, und es konnte vorkommen, dass er sich plötzlich übergeben musste. Deshalb schaute seine Mutter auch immer wieder zu ihm hin. Sein Vater wollte nicht, dass sie ihn ständig beobachtete, aber sie tat es trotzdem. Sie wusste, wann es so weit war, sie sah alles.

Hinter den beschlagenen Scheiben sah der Junge die Tunnelwand vorbeiflitzen, das unruhige Flackern der Lampen. Er rückte näher an seine Mutter heran. Wenn sie in einen Bahnhof einfuhren, war er erleichtert.

Ernst-Reuter-Platz, Zoologischer Garten, Wittenbergplatz. Der Junge beobachtete die Leute. Viele Frauen trugen Seidenstrümpfe und hochhackige Pumps und sahen aus wie seine Mutter. Aber seine Mutter war die Schönste von allen, auch wenn sie jetzt ein sorgenvolles Gesicht machte. Doch spätestens wenn sie bei Onkel Bruno und Tante Trudel angekommen waren, wusste der Junge, würde sie wieder lachen. Vielleicht aber auch schon früher, wenn der letzte Tunnel durchquert war und es schlagartig hell wurde. Wenn die Bahn wieder ans Tageslicht kam, würde sich alles ändern. Rafael schloss die Augen. Er war müde, er hatte letzte Nacht zu viel mit seinen Stühlen gestritten.

Das Erste, was er sah, als er um die Ecke bog, war die Gestalt seines Onkels. Er stand auf dem Balkon, eine Hand lässig in der Hosentasche, in der anderen hielt er eine Zigarette. Seine Glatze glänzte in der Sonne wie eine Diskusscheibe. Er schien an die Wolken zu stoßen. Das lag am Blickwinkel, es kam alles auf die Entfernung an.

Sie waren nach der letzten Trümmerkaserne um die Ecke gebogen, da, wo die Markgrafenstraße in die Lindenstraße mündete, gegenüber von dem ehemaligen Regierungsgebäude, dessen Fenster wie zahnlose Pferdemäuler aussahen.

Das Haus seiner Verwandten war das einzige in der

Straße, das noch bewohnt war. Die ganze linke Seite war zerstört, aber im anderen Teil lebten Leute.

Der Junge riss die Arme hoch, und Tante Trudel winkte zurück. Sein Vater schnaufte hinter ihnen heran. Vom U-Bahnhof Hallesches Tor waren sie die Lindenstraße hinuntergelaufen. Seine Mutter hatte sich so beeilt, dass sein Vater kaum Schritt halten konnte. Sie hatten die ganze Zeit kein Wort miteinander gesprochen. Rafael hatte zwischen ihnen wie ein Äffchen gehangen und versucht, sie zusammenzuhalten.

Sie waren fast nur an Ruinen vorbeigekommen. Der Häuserschutt türmte sich rechts und links der breiten Straße meterhoch. Rafael hatte es diesmal nichts ausgemacht, obwohl er sonst immer Angst bekam, wenn er an kaputten Häusern vorbeilief.

An einem Hinterhaus hatte er eine offene Hauswand gesehen. Die Zimmer, die Reste vom Mobiliar, alles hatte er sehen können, so als wären die Leute, die da gewohnt hatten, niemals ausgezogen. Überall lagen Steine herum. In einem Hinterhof hatte ein Blumenverkäufer gestanden, der zwischen zerbeulten Mülltonnen rosa Nelken anbot. Die Blumen leuchteten in der Sonne. Rafael hatte den ganzen Weg über so getan, als würde ihm das, was er sah, nichts ausmachen.

»Onkel Bruno, Onkel Bruno!«, rief der Junge.

»Na, mein Süßer.« Sein Onkel beugte sich über die Brüstung.

Sein Vater winkte nun auch zum Balkon hinauf.

»Na, Bruno, lebste noch?«, rief er atemlos.

Bruno und Trudel winkten zurück.

»Onkel Bruno, Onkel Bruno.« Der Junge war nicht mehr zu bremsen.

142

»Karl-Friedrich, Annemarie, schön, dass ihr kommt«, rief seine Tante.

»Fallt bloß nicht runter.« Seine Mutter strahlte über das ganze Gesicht.

»Kommt erst mal rauf.«

Sein Onkel schnippte den Rest der Zigarette über die Brüstung und verschwand.

Rafael war schon an der Haustür, hatte sich an die Klinke gehängt, wie er es bei jeder Tür machte, hatte sie aufgestoßen und war in den Hausflur gefallen. Nass roch es, feucht und schimmelig, und es war viel dunkler als bei ihnen zu Hause. Jetzt nur noch die paar Treppen hinauf, die Hände am Geländer und drei Stufen auf einmal.

Tante Trudel erwartete ihn auf dem Treppenabsatz. In ihrem blauen Sommerkleid, das ihr bis auf die Schuhe fiel, sah sie aus wie ein dicker Engel. Das Haar war sorgfältig onduliert, das Gesicht vor Aufregung gerötet.

»Wir haben schon auf euch gewartet«, sagte sie vorwurfsvoll.

Rafael wollte an ihr vorbei, aber sie hielt ihn an der Schulter fest. »Halt, mein Freundchen, erst einen Kuss zur Begrüßung.«

Er ließ es über sich ergehen. Dann schoss er in den Flur, an der Garderobe vorbei, wo die Sachen seines Onkels hingen, das Jackett, der Sommermantel, der komische Hut. Onkel Bruno stand in der Tür zum Wohnzimmer, Rafael umklammerte seine Beine.

»Na, mein Junge.« Seine Stimme, das Brummen, die warmen Hände, der vertraute Geruch, die unvermeidliche Strickjacke, die Hausschuhe, die wie Schiffchen an seinen Füßen hingen – der Junge war nicht in der Lage, etwas zu sagen.

»Du hechelst ja wie der Köter von Jüpermanns«, sagte sein Onkel und strich ihm über den Kopf. Er atmete schwer. Er hatte zum ersten Mal an diesem Morgen den Tisch verlassen, das wusste Rafael.

Der Junge war außer sich vor Freude, seinen Onkel wiederzusehen.

»Na, Onkel«, stammelte er und rannte ins Wohnzimmer.

Sie begrüßten einander im Flur. Rafael hörte, wie sie aufgeregt sprachen.

»Da seid ihr ja endlich. Wir dachten schon, es sei euch was passiert.«

»Trudel, Bruno ... Schönen Sonntag«, hörte er seinen Vater.

»Nun kommt erst mal rein«, sagte Tante Trudel.

»Ach, war das ein Theater.« Seine Mutter war ganz außer Atem.

Rafael hätte mit geschlossenen Augen gewusst, was sie im Moment taten. Sie hängten ihre Mäntel an die Garderobe, seine Mutter stellte sich vor den Spiegel, sein Vater umarmte seine Schwester, und dann würden sie ins Wohnzimmer kommen. Rafael trat auf den Balkon. Das Sonnenlicht umfing ihn wie ein Mantel. Er sah zur anderen Straßenseite hinüber. Da stand die alte Ruine, ein mächtiger Klotz, dessen Dach vollkommen abgetragen war. Es fehlte die gesamte Vorderfront. Er zählte fünf Stockwerke. Alle waren zur Straße hin offen. Bei Tageslicht machte ihm die Ruine keine Angst. Im Gegenteil, er wäre am liebsten hinübergerannt und hätte in den Zimmern herumgestöbert. Er zählte die

Stahlträger und verkohlten Balken, die Treppen, die Geländer, die Schränke, die kaputten Stühle und Tische. Die Dielen und das aufgerissene Parkett waren mit einer dicken Staubschicht überzogen, und überall lag Schutt und Asche. In den Mauern, die noch standen, sah man Einschusslöcher, die Fenster waren herausgebrochen. Stumm lag die Ruine da, wie ein totes Tier. Auf der Straße waren Backsteine fein säuberlich aufgeschichtet, zum Abtransport bereit.

Der Junge sah in den Himmel. Ein paar Wolken zogen vorbei. Er hatte das Gefühl, bis ans Ende der Welt schauen zu können. Er lehnte sich an die Hauswand, die von der Frühlingssonne schon warm war. Aus dem Wohnzimmer vernahm er die Stimme seines Vaters. Bald würden Tante Trudel und seine Mutter das Essen bringen, und alle würden wieder fröhlich werden. So viel wie bei Onkel Bruno und Tante Trudel lachte sein Vater sonst nie.

Rafael ging ins Zimmer zurück und stellte sich an den Tisch. Er versuchte sich so unsichtbar wie möglich zu machen, der Tisch gab ihm ein wenig Sicherheit. Sie unterhielten sich mit ernsten Gesichtern. Rafael kannte ihre Geschichten. Erst würden sie über das Amt reden, danach über Geld, dann über die Oma, und später würden sie essen und wieder lustig sein.

Sein Onkel klebte an der Rückenlehne seines Stuhls und rauchte. Er verließ selten seinen Platz. Vor ihm standen sechs halb volle Schnapsgläser, ordentlich aufgereiht, daneben mehrere Schachteln und Pillendosen, die er zu kleinen Türmen aufgeschichtet hatte, griffbereit der überquellende Aschenbecher. Sein Vater saß ihm gegenüber. Er hatte den Kopf in die Hände gelegt,

145

und es sah aus, als würde er gleich vornüberfallen. Sein Hemd war offen, die Krawatte gelockert, und aus den Jackettärmeln lugten die Manschetten hervor. Vom vielen Waschen waren sie an den Rändern aufgeräufelt. Der Junge hätte selbst in einem verdunkelten Raum sofort gewusst, welche Sachen sein Vater trug, ob er bekümmert war und woran er dachte.

»Was ist los, Karl-Friedrich, kommt ihr nicht mehr klar?«

Sein Vater zuckte mit den Achseln. »Das Haushaltsbuch sagt, still ruht der See. Ich rechne und rechne, und die Zeit vergeht trotzdem.« Er verbarg das Gesicht in den Händen. »Aber es gibt Schlimmeres.«

»Das geht allen so. So ist das nun mal.«

Bruno sah zu dem Jungen. »Süßer«, sagte er, »geh spielen.«

Rafael schüttelte den Kopf.

»Er ist ein stiller Junge«, sagte sein Vater und starrte auf die Serviette, die neben seinem Teller lag. Rafael fingerte an der Tischkante herum und blickte verstohlen zu seinem Onkel. Der langte nach einem Schnapsglas und trank es in einem Zug leer.

»Du musst die Kröte schlucken«, sagte sein Onkel.

Sein Vater schwieg. Gleich würde er noch kleiner werden, dachte der Junge, und irgendwann würde er verschwinden. Natürlich würde er noch da sein, aber man würde ihn nicht mehr richtig sehen. Das sagte die Singer immer, wenn sie wütend auf seinen Vater war.

»Ich schaff es nicht mehr«, murmelte sein Vater.

Rafael sah zu seinem Onkel, der kleine Wolken über den Tisch paffte.

»Was heißt das, du schaffst es nicht mehr?«

»Ich weiß es nicht.« Er wischte sich mit der Serviette den Schweiß von der Stirn. »Ich gehe morgens aus dem Haus und könnte auf der Stelle wieder umkehren.«

»Du bist krank, Karl-Friedrich«, sagte Bruno und zerdrückte die Zigarette im Aschenbecher. »Sei doch froh, dass du überhaupt eine Beschäftigung hast.« Er zündete sich eine neue Zigarette an. Asche fiel auf den Teller. »Büchs nicht andauernd aus«, sagte er und musste husten. »Du hast Annemarie gegenüber eine Verpflichtung, vergiss das nicht. Was soll aus dem Jungen werden, wenn du dich so gehen lässt?«

Rafael starrte auf die Tischplatte. Er wusste nicht, was er tun sollte. Am liebsten wäre er zu seinem Vater gegangen und hätte ihn getröstet. Aber er traute sich nicht. Verlegen sah er seinen Onkel an.

»Dein Vater ist nur etwas müde, Süßer. Nicht wahr, Karl-Friedrich?«

»Es ist alles so unübersichtlich geworden«, antwortete sein Vater. Er fuhr sich mit den Händen übers Gesicht. Plötzlich musste er lachen. »Siegmann bat mich vorgestern zu sich.«

»Siegmann, der alte Schlawiner.« Bruno lachte ebenfalls.

»Hängen Sie mal das Schild raus, Engelmännchen.« Sein Vater verzog das Gesicht. Rafael beobachtete entzückt, wie sein Vater die Unterlippe vorschob und die Stirn zerknautschte. Keiner konnte so gut seine Kollegen imitieren wie sein Vater. Er verzog einfach das Gesicht und verstellte die Stimme. Rafael kannte sie alle: Dr. Siegmann, Bollmann und Schweidnitzer.

»Ich häng also das Schild an die Tür: Vorübergehend nicht besetzt.«

Er verschluckte sich beinahe vor Lachen. Bruno stimmte mit ein. Wenn sein Onkel lachte, hüpfte sein Bauch, und der Tisch begann zu wackeln.

»Als ich wieder reinkomme, sehe ich, wie Siegmann auf dem Boden sitzt und Päckchen auspackt: Geflügel, Kaviar und ein Glas Mirabellen.«

»Das ist wirklich eine Steigerung. Mein lieber Herr Gesangverein.«

»Plus einer Flasche Sauvignon Zweiunddreißiger.« Sein Vater weinte fast vor Lachen. »Wer will da Nein sagen ...?« Mit dem Handrücken wischte er sich die Tränen vom Gesicht.

Es ging seinem Vater gut, Rafael war beruhigt. Wenn sein Vater vor Lachen weinte, ging es ihm immer gut.

»Wo hatte er denn das her? Aus der Zone ja wohl nicht«, sagte Bruno nach einer Weile.

Sie sahen sich an und schwiegen. Sein Onkel nahm ein Schnapsglas und schob es seinem Vater zu. Der fing es geschickt ab, trank es in einem Zug leer und schob es über den Tisch zurück. Es war warm im Zimmer. Zigarettendunst hing über dem Tisch. Im hereinfallenden Sonnenlicht sah Rafael kleine Staubpartikel durch die Luft schweben.

»Hast du 'ne Leiche bei ihm entdeckt?« Bruno sah ihn aus den Augenwinkeln an.

»Kann sein. Was weiß ich. Vielleicht wollte er ja auch nur reden.« Sein Vater starrte auf den leeren Teller.

»Sie hatten den vornehmen Dr. Siegmann bei der Übergabe nicht bemerkt«, fuhr sein Onkel fort. »Weißt du das nicht, Karl-Friedrich?«

»Vielleicht war er nicht registriert. Vielleicht ist er durch den Rost gefallen. Ist mir im Grunde auch

148

schnuppe, Bruno. Er hat mich bisher in Ruhe gelassen. Ob Nazi oder nicht, was willst du machen? Soll ich mir Heldenstiefel anziehen?«

Rafael sah, wie sehr er sich aufregte. Sein Vater regte sich immer schnell auf. Dann schrie er herum, wurde rot im Gesicht und drohte zu platzen.

Bruno lehnte sich zurück. »Siegmann ist in Ordnung. Es gibt Schlimmere. Und was geht es uns schließlich an? Ist doch so.« Er wischte ein paar Aschereste vom Tisch. »Sie stecken überall. Die kriegste nicht raus, die gehören zu uns wie Pickel. Wir sind eben die Weltmeister im Vergessen.« Er drückte seine Zigarette aus und zündete sich gleich eine neue an. »Lass man, Karl-Friedrich, das geht uns nichts an«, sagte er hustend. »Musst den ganzen Scheißkrieg einfach vergessen.«

Er sah zu dem Jungen hinüber.

»Das kriegen wir auch noch hin, nicht wahr, Süßer? Wäre doch gelacht, oder?« Seine Augen wanderten hin und her. »Bring mir mal die Flasche da.« Er deutete hinter sich auf die Anrichte.

Rafael lief um den Tisch und holte eine Flasche Dornkaat vom Buffet. Vorsichtig stellte er sie vor seinen Onkel. Der öffnete sie und goss die Gläser wieder voll.

»Was sagt denn dein Zucker?«, fragte er und schielte zu seinem Vater.

Der antwortete nicht.

»Und die Pumpe?«

Sein Vater sah zum Fenster. Bruno nahm ein Schnapsglas und schob es über den Tisch. Sein Vater kippte es mit einer schnellen Bewegung herunter, dann schickte

149

er das Glas wieder zurück. Er seufzte erleichtert. Sie schwiegen und sahen sich an.

»Ihr seid ja so still«, rief Trudel aus der Küche.

»Ja, wir beten«, grunzte Bruno. »Wir beten darum, dass euer Fleisch nicht verkohlt.«

Sie lachten, Rafael lachte mit.

»Nun komm mal, Karl-Friedrich«, sagte sein Onkel leise. »Das legt sich schon, wirst sehen, das wird wieder.«

Sein Vater schüttelte den Kopf.

Rafael ging zur Anrichte und zog die oberste Schublade auf. Er war erleichtert, dass sein Vater nicht weiter versinken würde. Versinken, das Wort hatte er von seiner Mutter aufgeschnappt. Er kramte in der Schublade herum. Zwischen Nägeln, Schrauben und alten Batterien fand er einen Kamm. Er kannte den Inhalt aller Schubladen seines Onkels, von denen in der Anrichte, im Glasschrank und unter der Musiktruhe.

Versinken. Rafael schob den Kamm hin und her. Es gab ein kratzendes Geräusch. Er hörte, wie sie über die Oma sprachen, die im Nebenzimmer lag. Es ist gut, dachte der Junge, dass sie die Oma nicht aus dem Zimmer holen. Sie würden nur wieder miteinander stänkern. Sie stänkerten immer, wenn sie die Oma aus dem Zimmer holten. Er schob ein paar Schrauben von hinten nach vorn, sie trudelten immer wieder zurück. Versinken. Das Wort wollte ihm nicht mehr aus dem Kopf. Er hörte seinen Vater lachen. Jetzt lacht er, dachte der Junge, aber nachher wird er wieder traurig sein. Er nahm den Kamm aus der Schublade und stellte sich hinter seinen Onkel. Sorgfältig begann er ihn zu kämmen.

150

»Ja, mein Süßer, das ist gut«, brummte Bruno und schloss die Augen. »Kämme deinem Onkel das glänzende Haupt.«

Er hatte kaum noch Haare, aber Rafael kämmte sie, so gut er konnte.

»Das machst du gut. Das machst du sehr gut.«

Rafael sah zu seinem Vater hinüber. Der versuchte sich die Schuhe auszuziehen. Er bückte sich und ächzte, als müsste er eine schwere Arbeit verrichten. Immer wieder kam er hoch, um nach Luft zu schnappen. Es sah komisch aus. Rafael musste sich beherrschen, nicht zu lachen. Seinem Vater gelang es einfach nicht, die Schuhe in einem Schwung auszuziehen. Als es endlich geschafft war, stand er auf und stellte sie an den Ofen.

»Was macht Muttchen?« Sein Vater setzte sich erschöpft wieder hin.

»Muttchen schläft«, antwortete Bruno. Er langte nach einer Pillendose und versuchte sie zu öffnen. »Wenn du meine ehrliche Meinung hören willst, es wäre mir manchmal lieber, sie würde sich verabschieden.«

Sein Vater sah ihn entsetzt an.

»Karl-Friedrich, deine Mutter ist über neunzig. Wie lange soll sie denn noch leben? Sei mal ehrlich.«

Er bekam die Dose nicht auf. Er legte sie auf den Tisch zurück und versuchte stattdessen, an die Zigaretten heranzukommen.

»Deine Mutter hatte einen Oberschenkelhalsbruch«, sagte er. »Vergiss das nicht. Trudel wird langsam verrückt. Mach mal hier was, mach mal da was. Sie scheucht sie den ganzen Tag herum.«

Rafael legte den Kamm weg und half ihm, eine Zigarette aus dem Päckchen zu nehmen. Er steckte sie seinem Onkel in den Mund und gab ihm Feuer.

Bruno paffte. »Danke, Meister«, sagte er. Und nach einer Weile: »Es ist für alle hier nicht gerade heiter.«

Sein Onkel musste husten. Sie sahen sich an.

»Vielleicht sollten wir sie in ein Pflegeheim geben«, murmelte sein Vater.

Rafael sah, wie er wieder kleiner wurde.

»Aber wer soll das bezahlen?«

»Süßer«, sagte Bruno, »geh jetzt mal in die Küche und frag die Damen, wann wir mit dem Schlimmsten rechnen können.«

Rafael ging hinaus auf den Flur.

»Wir kümmern uns schon um sie, Karl-Friedrich«, hörte er seinen Onkel sagen. »Mach dir bloß keine Sorgen. Wir geben deine Mutter nicht weg. Ist ja kein alter Mantel, den man einfach ablegt, wenn er nicht mehr gebraucht wird.«

Sie prosteten sich zu.

Im Flur roch es nach Soße. Trudel und seine Mutter kamen aus der Küche. Jede hatte einen Henkel der Kasserolle gepackt. Der Braten baumelte zwischen ihnen wie ein Kinderkoffer.

»Na, was ist, Rafael?«

Trudel hatte ein Handtuch um die Hüften geschlungen, und seine Mutter musste sich an der Wand entlangdrücken, weil Trudel so dick war.

»Ich soll die Damen fragen, wann wir mit dem Schlimmsten rechnen können.«

Sie lachten und drängten ihn ins Zimmer zurück. Sie schwitzten vor Anstrengung. Rafael kam nicht an ihnen vorbei.

Seine Mutter hielt den Braten, sein Vater das Messer. Sie waren sich im Weg. Sein Vater war zu dick, und ihr konnte es nicht schnell genug gehen.

»Stell dich nicht so ungeschickt an, Karl-Friedrich«, sagte sie. Mit dem Zeigefinger hielt sie das Fleisch an seinem Platz.

Sein Vater versuchte es in Scheiben zu schneiden. Immer wieder glitt er ab. Rafael hatte Angst, er könnte sich mit dem Messer verletzen.

»Du bist zu vorsichtig.« Seine Mutter lachte.

Tante Trudel verteilte das Besteck. Sorgfältig legte sie Messer und Gabeln neben die Teller und darüber die kleinen Löffel für das Kompott. Rafael faltete die Servietten zu Kronen, dreieckige Hütchen, die rechte Ecke in die linke geschoben, das hielt. Er machte es sehr geschickt. Fünf Kronen waren es, für jeden stellte er eine auf den Teller. Sein Onkel sah ihm dabei zu. Aus dem Radio erklangen die Mittagsmelodien.

»Er wägt erst mal alles ab, das hat er schon als Kind gemacht. Nicht, Karl-Friedrich, du warst unser Abwäger.« Trudel sah ihren Bruder von der Seite an.

Bruno erhob sich und goss den Wein ein. Zum dritten Mal hatte er an diesem Tag seinen Stuhl verlassen. Er hatte die Flasche geöffnet, und Rafael hatte ihm dabei geholfen. Er wusste ja, wo der Korkenzieher lag: in der untersten Schublade der Anrichte, wo die Nippesfiguren standen, die schwarze Frau mit dem langen Hals und den goldenen Ringen und die russische Puppe, die immer kleinere Puppen zum Vorschein brachte, wenn man sie auseinander nahm. Aufgeregt lief der Junge zwischen Tisch und Musiktruhe hin und her. Mal stellte

153

er das Radio lauter, mal leiser. Irgendwann war alles an seinem Platz.

»Na, dann guten Appetit.«

Sie aßen. Rafael liebte es, wenn es am Tisch ruhig wurde. Wenn sie sich über den Schweinebraten und das Sauerkraut und die Kartoffeln hermachten. Wenn sie aßen, zeigte sich ein Glitzern in ihren Augen.

»Nimm noch von den Kartoffeln, Karl-Friedrich.« Trudel schob ihrem Bruder die Schüssel mit den Kartoffeln zu.

»Karl-Friedrich isst am liebsten auswärts, nicht wahr, Karl-Friedrich?«

Sein Vater reagierte nicht. Er kaute und schluckte und nahm von allem gleichzeitig.

»Ich wiege ihm das Essen mit der Briefwaage ab«, sagte seine Mutter, »aber mein lieber Gatte isst mit Begeisterung außer Haus.«

»Nun lass ihn mal«, sagte sein Onkel. Er rührte nichts an.

»Bruno, wenn du nichts isst, hast du das Nachsehen.« Trudel wischte sich mit der Serviette über den Hals. Sie schwitzte wie sein Vater.

»Esst man, esst man. Ich hatte heut schon mal«, sagte Bruno und lachte.

Rafael sah seiner Tante zu. Sie aß so schnell wie niemand aus der Familie. Drei Bratenscheiben lagen eben noch auf ihrem Teller. Im Nu hatte sie die Kartoffeln in der Soße zerstampft, alles aufgegessen und das Fett mit den Fingern vom Tellerrand gewischt. Sie war die Schnellste.

»Möchte noch jemand vom Sauerkraut?« Trudel sah von ihrem Teller auf.

»Karl-Friedrich, denk an deine Diät«, sagte seine Mutter. Sie blickte immer wieder sorgenvoll zu seinem Vater.

»Nu lass ihn mal«, winkte Bruno ab. »Es ist Sonntag, Annemarie. Einmal muss der Mensch auch Mensch sein dürfen.« Verwegen blickte er in die Runde. Sein Kopf glänzte. »Allein mit meiner Harnsäure könnte ich Leder gerben.«

Sie lachten.

»Wer will noch Fleisch? Es ist ja noch alles da.« Trudel wedelte mit einer Bratenscheibe. »Du, Annemarie?«

»Um Gottes willen.«

»Dann du, Karl-Friedrich.« Mit Schwung beförderte sie das Fleisch auf seinen Teller.

»Es ist ganz wunderbar«, sagte sein Vater.

»Karl-Friedrich, denk daran, wir müssen noch nach Hause fahren.«

Seine Mutter aß wie ein Vogel, pickte nur auf ihrem Teller herum. Rafael wusste, wenn sein Vater zu viel aß, würden sie auf dem Rückweg streiten, und dann würde sein Vater alles wieder herausbringen, was er tagsüber zu sich genommen hatte.

»Ist schön, dein Kleid«, sagte Trudel.

»Nicht wahr, es ist wirklich schön.« Seine Mutter war froh, dass Trudel es bemerkte. Sie strich sich über die Ärmel. »Von Brenninkmeyer. Hat nicht mal vierzig Mark gekostet.«

Sie lächelte.

»Mein Mann macht ja lieber seine Nikotindiät.« Trudel starrte ihn bitter an. »Wenn du so weitermachst, wirst du deine Rente nicht mehr erleben.«

Sein Onkel hatte endlich die Pillendose geöffnet.

»Ach komm, Trudelchen, heute ist Sonntag«, sagte er, nahm zwei Pillen heraus und hob sein Glas. »Zum Wohl, lasst es euch schmecken. Das Leben ist zu kurz, um darüber nachzudenken.«

Sie prosteten einander zu.

Der Junge liebte es, mit seinen Leuten am Tisch zu sitzen. Auch wenn sie sich stritten. Meistens sprachen sie über die Verwandten im Osten, über Pakete und Lebensmittel, über die Preise bei C & A Brenninkmeyer und über die Jüpermanns, die so geizig waren, dass sie Benzingeld verlangten, wenn sie jemanden in ihrem Auto mitnahmen. Er liebte es, seinen Leuten bei ihren Geschichten zuzuhören, auch wenn er nicht alles verstand, was sie sagten.

Versonnen fuhr der Junge mit der Gabel über seinen Teller. Die Bratenscheibe lag in der Soße wie ein Felsen im Meer. Er piekte eine Kartoffel auf und umrundete den Braten ein paarmal. Dann ließ er die Kartoffel los. Er schob sie immer nur bis zum Tellerrand, nie darüber hinaus. Rafael sah zu seiner Mutter hinüber, die ihn beobachtete.

»Bist du schon fertig?«, fragte sie und bekam ihr ernstes Gesicht.

»Ja«, antwortete er. Mit einem Seitenblick auf seinen Onkel schob er den Stuhl zurück.

»Lass ihn machen«, sagte Bruno. »Nicht, Süßer, dir fällt schon was ein. Und wenn du Langeweile hast, holst du dir was aus den Schubladen.«

»Ich habe keine Langeweile«, sagte Rafael.

»Nein«, sprang ihm seine Mutter bei, »er kennt wirklich keine Langeweile.«

Rafael ging von einem zum anderen. Jedem legte er

seine Hand auf die Schulter. Sein Vater saß da und lächelte wie ein Kind. Als er bei seinem Onkel ankam, blieb er hinter ihm stehen.

»Karl-Friedrich hat im letzten Jahr zwanzig Kilo zugenommen«, flüsterte seine Mutter.

»Das liegt in unserer Familie.« Trudel nahm ihre Hand. »Hier, sieh mal.« Sie legte sie sich auf den Bauch. »Dreizehn Kilo zu viel.«

»Das kann nicht sein.« Seine Mutter sah sie erschrocken an. »Trudel, das ist doch unmöglich.«

Sie kicherten.

»Er sieht langsam aus wie ein Wal«, sagte seine Mutter mit Blick auf seinen Vater.

»Keine Sorge, ich bin noch da.« Sein Vater öffnete die Augen. »Wale ziehen bekanntlich mit dem Mond, nicht wahr? Aber wie ihr seht, habe ich meinen Platz nicht verlassen.« Er lachte glucksend und nahm sich die Kartoffeln vor. Mit Hingabe begann er wieder zu essen.

»Unglaublich, was du verdrückst«, sagte seine Mutter.

»Habt ihr heute die Bilder in der ›Morgenpost‹ gesehen?« Trudel blickte aufgeregt in die Runde. »Ist das nicht kolossal: Bilder vom Mond.«

»Die Amerikaner werden wie immer die Ersten sein«, sagte Bruno und schob dem Jungen ein Schnapsglas zu.

»Nein danke, ich trinke nicht«, sagte Rafael.

»Aha. Na dann, das ist gut für uns.«

Er zog den Jungen zu sich heran.

»Wenn du mal groß bist«, sagte er, »wirst du alles sehen: die sieben Meere und das karpatische Gebirge, die blöden und die weniger blöden Leute. Und du wirst dich an deine lieben Verwandten erinnern. Und wer weiß, vielleicht fliegst du ja sogar eines Tages bis zum Mond und triffst dort den Mann, von dem alle reden. Dann grüß ihn von uns und sage ihm, wir hätten uns zwar eine Menge Arbeit mit dem schönen Leben gemacht, aber es hätte nicht viel genützt.«

Bruno lachte. Sein Bauch hüpfte auf und ab. Rafael sah ihn verständnislos an. Sein Onkel nahm ihn in den Arm, und der Junge versank in seinem Bauch.

»Prost, mein Süßer«, sagte Bruno, hob sein Glas und trank es in einem Zug leer. Dann stellte er es mit einem Knall auf den Tisch zurück.

»Ist nur Spaß, Rafael«, sagte seine Mutter.

»Vielleicht ist er ihm ja schon mal begegnet.« Bruno sah Rafael mit großen Augen an. »Vielleicht ist es ja dein lieber Onkel.« Er kniff den Jungen in die Seite. »Vom Kopp her wäre es schon möglich.«

Rafael quiekte vor Vergnügen. Sein Onkel hielt ihn fest, und der Junge hängte sich über seine Knie.

»Wie groß werden denn Wale?«, fragte er.

»Der Buckelwal soll der größte sein«, sagte sein Vater. Er hielt die Augen geschlossen. Dann begann er leise zu singen:

»Der Mond bestimmt die Gezeiten.
Er richtet die Ebbe und Flut.
Er wird sie lenken und leiten,
und alles wird wieder gut.«

Rafael lachte.

»Schönes Liedchen«, sagte Bruno.

»Wo nimmst du das nur her, Karl-Friedrich?« Trudel sah seinen Vater bewundernd an.

»Das werden wir nicht mehr erleben.« Bruno paffte Rauchwolken über den Tisch. »Wenn sie den Mond erreicht haben, werden wir schon unter der Erde sein.«

»Sag doch nicht so was, Bruno.«

Trudel stand auf und verteilte die Schälchen fürs Kompott. Seine Mutter half ihr dabei.

Rafael ging zum Radio und stellte die Musik lauter. Gleich würden sie zu singen anfangen, dachte er. Wenn sie mit dem Kompott fertig waren, war es so weit. Sie würden die Melodien aus dem Radio mitsingen oder einfach Lieder, die sie kannten. »Wer soll das bezahlen?« und »Wir kommen alle in den Himmel« und von dem Brüderlein, das trinken soll und alle Sorgen vergessen. Und dann würde alles, was sie vorher besprochen hatten, vergessen sein. Die Sache mit dem Amt und dem Geld und die Sorgen um Muttchen. Sein Vater würde am lautesten singen, aber seine Mutter würde die schönste Stimme haben.

Der Junge hockte sich vor die Musiktruhe. Die Schallplatten standen geordnet nebeneinander in der Vitrine. Auf dem Boden lagen ein paar Illustrierte. Er blätterte in einer Zeitschrift. Bald würden sie ihre Lieder singen, dachte er. Trudel würde den Kaffee aus der Küche holen, und sein Onkel würde die Cognacgläser verteilen. Bis zum Abend würden sie zusammen essen und trinken und immer mehr Spaß haben.

Rafael stand auf und ging zum Fenster. Unten auf der Straße stellte ein Mann sein Fahrrad an der Laterne ab. Er musste sich bücken, um die Kette anzuschließen. Trudel hielt den Teller mit dem Braten in der Hand. Sie sah Rafael auffordernd an und ging zur Tür, hinter der die Oma schlief. Der Junge folgte ihr. An der Tür legte sie den Zeigefinger auf den Mund, drückte ihm den Teller in die Hand, und Rafael schlüpfte hinein.

Obwohl es taghell war, brannte die kleine Lampe über dem Bett. Rafael versuchte so leise wie möglich zu sein. Mit dem Teller in der Hand stellte er sich an das Ende des Bettes. »Oma, schläfst du?«

Sie antwortete nicht. Er hörte, wie sie röchelte. Es war kalt in dem kleinen Zimmer. Das Bett nahm fast den ganzen Raum ein. Es roch nach Pinkel und dem anderen. Die Alte hatte die Decke bis übers Gesicht gezogen. Irgendwo darunter muss die Oma liegen, dachte er. Er wusste nicht, wohin mit dem Teller.

»Oma, ich hab dir von dem Braten gebracht«, sagte der Junge leise. »Tante Trudel sagt, du hast Hunger.«

Erst sah er ihre Nasenspitze, dann ihre Augen.

»Jungelchen, du bist es.« Sie sah ihn verwundert an. »Wat machsten da ...?«

»Oma, ich hab dir von dem Braten gebracht«, wiederholte er. Er war sich nicht sicher, ob sie ihn erkannte. »Tante Trudel sagt, du hättest Hunger.«

Der Teller wog immer schwerer in seiner Hand. Ihn abzusetzen wagte er nicht. Er starrte auf die Bettdecke. Die Oma lag da wie tot, ihr Haar wurde von einem Tuch zusammengehalten. Nur an ihren Augen sah der Junge, dass sie noch lebte, sie wanderten unruhig hin und her.

»Willst du nichts essen?«, fragte Rafael. Ihre Hand

kam unter der Decke hervor, erst die Finger, dann der Handrücken mit den vielen braunen Flecken.

»Stell es da hin.« Sie wies auf den Hocker, der neben dem Bett stand.

Rafael stellte den Teller ab und blieb unschlüssig vor dem Bett stehen. An der Wand hing das Kreuz mit dem Herrn Jesus, und die Tapete war an mehreren Stellen zerlöchert. Es war stickig im Zimmer.

»Soll ich die Gardine aufmachen, Oma?«, fragte er. »Draußen ist so eine schöne Sonne.«

Die Alte nickte. Rafael ging zum Fenster und zog die Gardine zur Seite, so schnell er konnte. Es war ihm unangenehm, den Stoff zu berühren. Der Vorhang fühlte sich hart an wie kalte Erde. Bei Tante Mimchen ging es ihm genauso. Es machte ihm Angst, die Kissen und Decken, die Mäntel und Jacken seiner Verwandten anzufassen. Es machte ihm immer Angst, fremde Sachen anzufassen.

Auf der Straße war kein Mensch zu sehen. Das Fahrrad stand noch an der Laterne.

Er drehte sich um, ihre Decke war verrutscht. Sie lag noch immer da wie tot. In ihren Mundwinkeln hing weißer Schaum. Rafael versuchte sie nicht anzuschauen, er ekelte sich vor ihr. Wie seine Mutter, die ekelte sich auch vor ihr. Rafael wusste das. Deswegen konnte sie auch nicht von den Tellern und Gabeln und Löffeln der Oma essen. Nur sein Vater ekelte sich nicht vor Muttchen. Wenn sein Vater zu ihr ins Zimmer ging, kam er immer erst nach Stunden wieder heraus. Seine Mutter hingegen ging nur zur Oma, um sich zu verabschieden. Blieb sein Vater zu lange in ihrem Zimmer, stänkerte sie auf dem ganzen Heimweg. Muttchen war nämlich seine Göttin, das hatte die Singer einmal gesagt, und er war ihr »süßer Liebling«. Wenn sein Vater bei ihr im Zimmer war, wurde Muttchen gleich gesund. Kam er aber einmal nicht, wollte sie sofort sterben. Deshalb schickten sie Rafael zu ihr, er sollte immer zuerst »die Lage testen«.

Die Alte sah ihn an.

»Willst du nichts essen, Oma?«, fragte er.

Sie schüttelte den Kopf. »Setz dich dahin.« Sie wies auf den Hocker neben ihrem Bett.

Er nahm den Teller hoch, setzte sich und starrte auf die Bettdecke. Sie hat doch ein Gipsbein, dachte er. Sie sagen, Oma habe sich den Oberschenkel gebrochen. Er konnte ihren Körper nicht ausmachen, nicht einmal ihre Füße waren zu sehen. Aus dem Nebenzimmer erklang Musik.

»Ist dein Vater da?«, fragte sie plötzlich.

Rafael nickte.

»Warum kommt er nicht rein?«

Er sah sie an. Sie hatte ein ganz kleines Gesicht. Wie ein Vogel. Auf ihren Wangen waren braune Flecken zu sehen wie auf ihrer Hand, und ihre Lippen waren schmal und fast nicht mehr vorhanden. Sie grabschte nach ihm. Rafael stellte den Teller auf den Knien ab. Mit eisernem Griff hielt sie ihn fest. An ihren Fingernägeln sah er roten Schorf.

»Oma, ich wollte dir nur das Essen bringen ...«, stotterte er.

Sie drehte den Kopf zu ihm. Das Leibchen war verrutscht. Sie hat also doch einen Körper, dachte er. Die Alte starrte ihn aus großen dunklen Augen an.

»Lies mir etwas vor«, sagte sie leise.

162

Er stellte den Teller aufs Bett, stand auf und ging zum Schrank. Hinter der Glasscheibe lag die Bibel. Er öffnete die Glastür und nahm sie heraus.

»Was denn, Oma?« Er setzte sich wieder zu ihr ans Bett. Wo das Lesezeichen war, schlug er die Bibel auf. Wenn er ihr jetzt ganz schnell etwas vorlas, würde er gehen können, dachte er.

»Soll ich das Fenster aufmachen?«

»Lies nur, lies mir vor.«

»Als aber der Sabbat um war«, begann er, »und der erste Tag der Woche anbrach, kam Maria Magdalena und die andere Maria, das Grab zu besehen. Und siehe, es geschah ein großes Erdbeben. Denn der Engel des Herrn kam vom Himmel herab, trat hinzu und wälzte den Stein von der Tür und setzte sich darauf.«

Rafael machte eine Pause und sah zur Alten hin. Sie lag da wie tot, nur ihre Lippen bewegten sich. Ihre Hand lag auf dem Teller. Noch einen Zentimeter, und sie würde in der Soße landen. Einen Augenblick überlegte er, ob er ihr den Teller wegziehen sollte.

»Lies weiter«, flüsterte sie.

»Und seine Gestalt war wie der Blitz und sein Kleid weiß wie Schnee. Die Hüter aber erschraken vor Furcht und wurden, als wären sie tot. Aber der Engel antwortete und sprach zu den Weibern: Fürchtet euch nicht! Ich weiß, dass ihr Jesum, den Gekreuzigten, suchet. Er ist nicht hier; er ist auferstanden, wie er gesagt hat. Kommet her und sehet die Stätte, da der Herr gelegen hat.«

Rafael sah hoch. Sie war eingeschlafen. Vorsichtig stand er auf und stellte die Bibel in den Schrank zurück. Dann nahm er den Teller und wandte sich zur Tür.

»Ist nicht mehr lang«, seufzte sie plötzlich und sah ihn mit dunklen Vogelaugen an. »Du kannst wiederkommen. Mach aber immer die Vorhänge auf, ja?«

Er nickte und öffnete schnell die Tür. Am liebsten wäre er weggeflogen.

Er betrat den Flur. Ein langer, dunkler Gang, der zur Küche führte. Durchs einzige Fenster fiel mattes Licht vom Hof herein. Einen Moment blieb er stehen und sah in den Hinterhof. Hier war es noch enger als bei ihnen zu Hause. Ein Fahrstuhlschacht klebte an der Wand, aber es gab keinen Fahrstuhl. Unten im Hof standen die Mülltonnen. Mehr als drei hatten hier nicht Platz. Wenn er das Fenster öffnete und sich hinauslehnte, konnte er den Himmel sehen. Gegenüber war eine Mauer.

Er ging in die Küche. Das Geschirr stapelte sich in der Spüle. Er stellte den Teller ab. An der Wand stand die Anrichte für die Medikamente, Medizinflaschen und Spritzbestecke, große und kleine Schachteln mit dem roten Kreuz. In einem Holzregal sah er reihenweise schmutzige Reagenzgläser. Rafael drehte sich um, er mochte die Küche nicht. Gerade wollte er zurückgehen, da öffnete sich die Tür zum Zimmer des Untermieters. Ein junger Mann in Jeans und mit nacktem Oberkörper kam heraus, über der Schulter ein Handtuch.

»Guten Tag«, sagte der Mann freundlich.

»Guten Tag«, antwortete Rafael und schielte an ihm vorbei ins Zimmer. An der Wand sah er ein Bett, daneben ein Tischchen, einen Stapel Bücher und eine kleine Lampe, die brannte.

Der Mann ging wortlos hinaus, Rafael folgte ihm in den Flur.

Vor der Toilettentür drehte sich der Mann noch einmal um.

»Wenn du Lust hast, kannst du ja nachher mit ins Kino gehen«, sagte er.

»Ja«, antwortete Rafael und ging weiter. Der Mann verschwand in der Toilette. Rafael hörte ihn pfeifen.

»Seien wir doch ehrlich, das ist kein menschenfreundliches System, das ist bloße Diktatur. Dieselbe, die wir bei Hitler hatten. Und alles im Namen des Volkes.«

Rafael war ins Zimmer getreten, das von Zigarrenrauch eingenebelt war.

»Sie haben nach fünfundvierzig einfach so weitergemacht. Nur mit anderen Vorzeichen. Das hatten wir alles schon mal. Die Aufmärsche, die Trachten, das ist nicht anders als vor fünfundvierzig.« Sein Vater war ganz aufgelöst. Sein Gesicht war geschwollen, er schwitzte und rieb sich mit der Serviette immer wieder über die Stirn. »Sie wurden verraten und wir schauen zu. Adenauer hat das auf dem Gewissen.« Er konnte sich nicht beruhigen.

»Das kannst du so nicht sagen, Karl-Friedrich. Was hätte er denn tun sollen?«

»Ich bekomme ja schon Zustände, wenn wir Friedrichstraße rüberwollen. Ich zittere förmlich«, sagte seine Mutter. Sie sah müde aus.

»Sie haben nur die Uniformen ausgewechselt, der deutsche Geist ist geblieben. Die Amis sollten ihnen den Arsch versohlen.« Sein Vater schlug mit der Hand auf den Tisch.

»Karl-Friedrich, bitte!«

»Möchte noch jemand einen Cognac?«

Tante Trudel goss allen nach.

»Trudel, nicht«, sagte seine Mutter. »Es ist doch schon spät.«

»Herrschaften, nun macht mal halblang.« Bruno schob die Pillenschachteln zur Seite und erhob sich. »Soll sich die Welt mal einen Tag ohne uns drehen, nicht wahr?« Er schwankte und hielt sich an der Tischkante fest. »Die müssen auch mal ohne uns klarkommen.« Er hustete wie verrückt.

»Na, mein lieber Mann«, sagte Trudel lachend, »du hörtest dich auch schon mal gesünder an.«

Sie begannen das Geschirr abzuräumen. Trudel stellte die Teller übereinander, und seine Mutter sammelte das Besteck ein.

»Ulbricht ist ein intelligentes Arschloch, Karl-Friedrich«, sagte Bruno, »da lässt sich nichts ändern. Es ist, wie es ist. Wir sind nur die Kissenpuper.«

»Wenn sie wirklich die Grenzen dichtmachen«, antwortete sein Vater leise, »wird es für die drüben zappenduster. Dann können wir alle einpacken.«

»Um Gottes willen, Karl-Friedrich, sag doch nicht so was.« Seine Mutter war in der Tür stehen geblieben. »Das wäre ja wie zur Blockade.«

Sein Vater hob resigniert die Schultern und starrte auf sein Glas.

»Nun wartet erst mal ab. Es ist ja noch nicht aller Tage Abend.« Bruno konnte nicht mehr stehen. Erschöpft ließ er sich auf den Stuhl fallen. »Süßer«, sagte er, »schläft die Oma schon?«

Rafael nickte.

»Dann gib mir mal die Flasche dort.«

Der Junge ging zum Buffet und nahm die einzige

noch in Zeitungspapier verpackte Flasche von der Anrichte. Vorsichtig stellte er sie auf den Tisch.

»Von meiner Tochter«, sagte sein Onkel, wickelte
das Papier ab und hielt die Flasche gegen das Licht.

»Dann ist aber wirklich Schluss, Bruno«, sagte
Trudel, nahm das restliche Geschirr und ging hinaus.
»Und macht bloß mal das Fenster auf«, rief sie aus dem
Flur. »Man bekommt ja keine Luft mehr.«

Sie hantierten mit dem Korkenzieher. Mit einem
Plopp flog der Korken aus der Flasche. Behutsam goss
Rafael das Glas fast voll.

»Na, geiz mal nicht so, Süßer.«

Rafael schenkte nach.

Bruno nahm das Glas und trank es in einem Zug leer.
Das Blut stieg ihm ins Gesicht, die Augen weiteten sich,
und er schnappte nach Luft. Vorsichtig stellte er das
Glas wieder ab.

»Was ist?« Sein Vater sah Bruno entsetzt an. »Annemarie, Trudel, komm schnell, dein Mann platzt.«

Sie kamen aus der Küche gerannt, Trudel mit einem
Geschirrtuch in der Hand, gefolgt von seiner Mutter.
Sie stürzten zum Balkon, rissen Fenster und Türen
auf.

»Schick ihn bloß raus!«, rief seine Mutter. »Hat man
so was schon gesehen? Er bringt sich nochmal um.«

Rafael hippelte von einem Fuß auf den anderen. Trudel rannte um den Tisch und rückte die Stühle hin und
her. Gemeinsam schoben sie seinen Onkel auf den Balkon.

»Ich bekomme keine Luft«, stöhnte er leise.

»Ich hab dich noch nie so schnell aufstehen sehen,
Bruno.« Sein Vater lachte, bis ihm die Tränen kamen.

Draußen stellten sie den Onkel an die Wand und öffneten sein Hemd. Mit dem Handtuch rieben sie ihm die Brust ab.

»Hände hoch«, sagte Trudel.

Bruno streckte die Arme zum Himmel.

»Höher.«

Er schnappte wie ein Fisch.

»Hol tiiief Luft.«

»O Gott, wenn uns jemand sieht«, sagte seine Mutter.

»Na, Bruno, geht's wieder?« Trudel tätschelte ihm den Rücken.

»Geht schon, geht schon«, flüsterte sein Onkel.

»Er ist ganz bleich.« Seine Mutter versuchte nicht zu lachen.

»Achtzigprozentiger«, stöhnte sein Onkel. »Dass die so etwas verkaufen dürfen.«

»Nun beruhige dich mal.« Trudel strich ihm zärtlich über die Glatze.

Sie standen nebeneinander an der Hauswand und sahen zur anderen Straßenseite hinüber.

»Schau nur, wie schön der Abend wird«, sagte Trudel leise und lehnte sich an ihren Mann.

»Ja, ein schöner Tag.«

Rafael blickte auf die Straße. Die Laterne und das Fahrrad, alles war an seinem Platz.

»Es ist gefährlich, sich vom Tisch zu entfernen«, hörte er seinen Vater aus dem Zimmer rufen. Er lachte wie ein Kind.

Der Junge trat den Ball gegen die Wand. In seinem Kopf war nur diese Leere. Die Hände hatte er in den

168

Hosentaschen vergraben, die Schuhe waren weiß vom
Staub. Kock, kock machte der Ball, wenn er auf die
Wand traf. Irgendwann ließ er ihn liegen.

Er war allein, er kannte das. Ob er in seinem Zimmer,
bei Tante Trudel, bei Tante Mimmi oder mit seinen
Leuten zusammen war – er war immer allein. Es machte ihm nichts aus. Nur die Singer wusste davon, ihr erzählte er alles. »Krisseln«, hatte er gesagt.

»Oma, es krisselt. Regen tropft bei mir ins Zimmer.
Immer mehr, bis in meinen Kopf hinein.«

Sie hatte ihn verstanden. »Ja, mein Junge. Es wird
schon, es wird schon. Der liebe Gott wird dich dafür
belohnen, wirst schon sehen. Musste bloß aushalten. Is
eben so. Bist ein guter Junge. Lass es mal ruhig krisseln,
es bringt dich schon nicht um.«

Rafael sah zur anderen Straßenseite hinüber. Vielleicht könnte er jetzt über den Platz laufen, dachte er,
den Ball ein paar Meter vorausschicken und dann mitten in die Sonne hinein. Für einen Moment schloss er
die Augen und sah das Gesicht seines Vaters, dann das
seiner Mutter. Er blinzelte in die untergehende Sonne.
Vielleicht hätte er doch mit dem Untermieter ins Kino
gehen sollen, dachte er. Unschlüssig stand er vor der
Wand, zwischen seinen Füßen lag der Ball. Er hätte sie
fragen können, sie hätten es ihm sicher erlaubt. Aber irgendetwas in ihm hatte Nein gesagt.

Er nahm den Ball und trumpfte ihn ein paarmal auf.
Dann trat er ihn gegen die Wand. Einmal, zweimal. Er
kam immer wieder zurück. Irgendwann trat er ihn, so
stark er konnte. Der Ball kehrte mit enormer Geschwindigkeit zurück, flog an dem Jungen vorbei auf
die andere Seite der Straße, trudelte noch ein paar Meter

am Rinnstein entlang und blieb zwischen Geröll und Schuttresten liegen.

Rafael spürte Angst aufsteigen, sein Mund wurde trocken, und seine Hände begannen zu schwitzen. Er nahm seinen ganzen Mut zusammen und ging vorsichtig zur anderen Straßenseite hinüber.

Sie liefen an den Ruinen vorbei. Am Himmel hing ein dicker Mond, der die Mauern glitzern ließ. Ein paar Sterne waren zu sehen, sonst war nur pechschwarze Nacht. Rafael lief in der Mitte, klammerte sich links und rechts an den Händen fest. Sie gingen, so schnell sie konnten, mitten auf der Fahrbahn, kein Auto kam ihnen entgegen. Sie wollten die letzte Bahn nicht verpassen.

Der Junge war müde, stolpernd setzte er einen Fuß vor den anderen. Manchmal hoben sie ihn hoch, dann war ihm, als würde er fliegen. Wortfetzen bauten sich in seinem Kopf ein Haus und stürzten schnell wieder zusammen. Er lauschte auf das Tacktack ihrer Schritte, hörte mal die Stimme seiner Mutter, mal das Schnaufen seines Vaters. Er sah auf seine Füße, sie bewegten sich wie von selbst.

Morgen würde er der Singer alles erzählen. Von den Steinen, dem Geröll, von der Ruine und den vielen kaputten Sachen, die er gesehen hatte. Er war ohne zu überlegen über die Straße gegangen und mitten in die Ruine hinein. Obwohl sie es ihm verboten hatten. Er war durch alle Zimmer gerannt, die Treppe hinauf, obwohl es kein Geländer mehr gab, hatte nach verrosteten Eisenstangen gegriffen und sich hochgehangelt bis in den ersten Stock und dann immer weiter. Jedes

Stockwerk hatte er durchforstet, in allen Zimmern hatte er sich breit gemacht, wie die Singer sagen würde.

Rafael spürte, wie der Wind ihm in die Nase fuhr. Er sah auf die Schuhe seiner Eltern, die dicken Treter seines Vaters und die feinen Pumps seiner Mutter.

Morgen würde er der Singer von den Steinen erzählen und den Zeitungen, die in jedem Stockwerk herumlagen, den verkohlten Aktenordnern und den zerfledderten Blättern mit den Strichen und Zahlen. Er war in den dritten Stock gelangt, wo die Außenwand völlig weggebombt war. Bis zum Rand hatte er sich vorgewagt und sich an die Kante gehockt, unter sich den Bürgersteig gesehen und das Geröll und die herumliegenden Steine. Er hatte sich sogar vornübergebeugt, und es war ihm nicht einmal schwindelig geworden. Dann hatte er das Haus von Trudel und Bruno entdeckt. Direkt gegenüber, auf der anderen Seite der Straße hatte er es in der Abendsonne gesehen, den Balkon und die Fenster, sogar das Fahrrad, das an der Laterne stand. Er hatte an der Kante gesessen, und es war um ihn herum ganz still gewesen. Ein wenig Angst hatte er davor, dass ihm etwas passieren könnte und dass sie sich Sorgen um ihn machen würden. Dann hatte er ein Grummeln im Magen verspürt, aber er war trotzdem sitzen geblieben.

Sie liefen die große Straße hinunter. Kein Mensch kam ihnen entgegen. Rafael spürte die Hand seines Vaters, sie war warm und weich. Er sah zu ihm auf. Wenn er schnaufte, stieg eine kleine Wolke aus seinem Mund. Seine Mutter hielt den Kopf gesenkt. Er spürte ihre Hand, sie hielt ihn so fest, als wollte sie ihn nie mehr loslassen. Nur in wenigen Häusern brannte noch Licht.

In der Ferne bellte ein Hund. Er hatte sich vorgenommen, ihnen nichts zu sagen. Nur der Singer würde er alles erzählen, sie würde ihn verstehen.

Mehr als eine Stunde hatte er in der Ruine verbracht, inmitten der Steine und des Gerölls. Es hatte nach verfaultem Holz gerochen, nach Staub und Asche. Die Zeit war im Nu verflogen. Irgendwann war er aufgesprungen und wieder hinuntergerannt, hatte den Ball genommen und war, so schnell er konnte, zurückgelaufen. Niemand hatte ihm Fragen gestellt, sie waren viel zu sehr in ihre Gespräche vertieft gewesen. Nur seine Mutter hatte ihn besorgt angesehen, aber er hatte ein gleichgültiges Gesicht gemacht.

Morgen würde er der Singer alles erzählen. Sie würde ihn nicht verraten. Die ganze Stadt hat gebrannt, würde sie sagen und ihn für seinen Mut loben.

»Friedrich, Friedrich, du musst mehr auf dich achten.«

»Ach Annemarie, du wirst eine frühe Witwe. Besser, du stellst dich darauf ein.«

»Sag nicht so was, der Junge bekommt doch Angst.«
Warum sind sie oft so traurig, dachte Rafael. Warum lachen sie nur bei Tante Trudel und Onkel Bruno? Zu Hause lachen sie nie. Er schloss die Augen. Bald würden sie am U-Bahnhof ankommen, sich auf eine Bank setzen und auf die letzte Bahn warten, und dann würde er im Schoß seiner Mutter einschlafen. Rafael lauschte in die Nacht. In der Ferne hörte er die Hochbahn. Jetzt sah er die beleuchteten Waggons. Hinter den Fenstern standen ein paar Leute, sie starrten in die Nacht.

Sie saß an seinem Bett, hatte ihm die Decke bis zum Kinn hochgezogen.

»Wie ist Italien, Mutti, sag es nochmal.« Rafael sah sie mit großen Augen an.

»Wunderschön«, antwortete sie und strich ihm über die Stirn.

»Und wenn wir am Meer sind, wie ist es dort?«

»Du warst doch schon einmal am Meer.«

»Erzähl es mir trotzdem.«

»Es wird warm sein, die Sonne wird scheinen, und du wirst schwimmen und im Sand buddeln und alles machen können, was du willst.«

Sorgfältig strich sie das Betttuch glatt.

»Aber du musst mir versprechen, nicht so weit hinauszuschwimmen.«

Empört sah er sie an. »Ich hab doch schon meinen Freischwimmer.«

»Das ist etwas anderes.«

»Und Vati, wird er auch mitkommen?«, fragte Rafael leise.

»Ja, wenn Vati gesund bleibt, wird er auch mitkommen«, antwortete sie und sah ihn lange an. »Und neue Freunde wirst du dort treffen. Wie Mohrchen und Lutz und die anderen. Nun musst du aber schlafen, mein Süßer.«

»Kommt Trudel auch mit?«

»Ja, vielleicht auch Tante Trudel.«

»Dann bleib ich lieber hier.« Er zog die Decke über den Kopf.

»Jetzt schlaf, mein Süßer. Das Sandmännchen deckt dir die Augen zu.« Sie küsste ihn auf die Stirn. »Morgen ist ein neuer Tag.«

»Warum ist Vati immer so traurig?«

»Vati ist krank, Rafael. Deshalb müssen wir ganz brav sein, sonst geht Vati fort.« Sie nahm seine Hände und faltete sie. »Lieber Gott, mach mich fromm, dass ich in den Himmel komm. Amen.«

»Amen. Und mach, dass Vati wieder gesund wird und wir alle nach Italien fahren können«, sagte Rafael und drehte sich zur Seite.

»Jetzt schlaf. Heute Nacht wirst du gut schlafen, und in deinen Träumen werde ich bei dir sein.« Sie küsste ihn wieder.

»Geh aber nie fort«, sagte er leise.

»Nein, Rafael, wir bleiben immer zusammen. Schlaf jetzt. Gute Nacht.« Ein letztes Mal fuhr sie ihm durchs Haar, dann löschte sie das Licht.

Es kam hinter der Gardine hervor. Als er die Augen aufschlug, sah er es. Das Morgenlicht flitzte über die Wand. Das ganze Zimmer war erleuchtet. Rafael setzte sich auf. Ein neuer Tag begann.

Heute würde er mit seiner Mutter Wäsche aufhängen. Die Singer würde den Korb auf den Hängeboden schleppen, und gemeinsam würden sie die Wäsche aufhängen. Unter den Dachbalken, zwischen den alten Sachen und den Spinnfäden. »Anfassen, los, zack, zack«, würde seine Mutter sagen. Sie würden herumalbern und eine Menge Spaß haben. Die Singer könnte gar nicht so schnell nachkommen, aber irgendwann wäre alles zum Trocknen aufgehängt, die Unterhosen seines Vaters, die Leibchen und die Oberhemden, die seine Mutter zweimal bügeln musste, damit es »dem Herrn auch recht ist«. Und natürlich ihre seidenen Strümpfe und Blusen. Danach würden sie auf den Markt gehen. Ohne die Singer, die bliebe lieber zu Hause. Seine Mutter würde das hellgrüne Frühlingskleid mit den Punkten tragen, und die Händler würden ihr nachpfeifen. An jedem Stand würden sie stehen bleiben und mit den anderen Frauen sprechen, bei den Gemüseständen, den Äpfeln, den Apfelsinen, dem Rosenkohl und den Kartoffeln. Sie würden sich die Geschichten der Nachbarfrauen anhören über zerrissene Nylonstrümpfe und »unfähige Ehemänner«, und an passenden Stellen würde er mit ihnen lachen oder einfach nur große Augen machen.

Alle Leute, die sie auf dem Markt träfen, würden fröhlich sein. Und wenn sie alles eingekauft hätten und das Netz randvoll wäre mit Karotten und Kohl und Suppengrün, Petersilie und Kartoffeln, würden sie langsam zurücktrödeln, aber noch einmal bei dem dicken Mann auf dem Bananenkarren stehen bleiben. Sie würden zuschauen, wie er mit Bananen um sich warf und dazu komische Sachen rief, so lange, bis er ganz heiser wäre. Die lange Straße würden sie wieder zurückgehen, schuchteln, wie seine Mutter sagen würde. »Rafaeli, wir schuchteln jetzt zurück.«

Sie würden an den Geschäften mit den Auslagen vorbeikommen, die seine Mutter so liebte, den Kostümen und Handtaschen für die Dame und den Freizeitmoden für den Herrn. Rafael würde ihr den ganzen Weg über das Netz tragen und alle Leute freundlich grüßen, so wie sein Vater es machen würde. Und zuallerletzt würden sie bei dem Eismann an der Ecke stehen bleiben und ein Eis essen, vorausgesetzt, dass der Eismann schon da wäre. Er würde sich für Kirsch und Vanille und seine Mutter sich

für Erdbeer entscheiden, obwohl sie davon Pickel bekäme. Dann würden sie vergnügt nach Hause gehen.

Rafael sah auf die Wand. Langsam kroch das Licht
über die Uhr. Gleich wird der Vogel herauskommen,
dachte er, dann werden sie endlich aufstehen. Aus dem
Nebenzimmer hörte er die Nähmaschine der alten Singer.

Die Zeit, die vergeht

Morgennebel lag auf dem Vorplatz der Kaiser-Wilhelm-Gedächtniskirche, eine undurchsichtige Brühe, die sich über die Marmorquader und Treppen verteilte und die Buden des Weihnachtsmarkts wie Zuckerwatte umhüllte. Seit gestern hatte es nicht mehr geschneit, aber es wehte ein scheußlicher Wind, der um den Glockenturm fegte. Auf dem Kurfürstendamm fuhren die Busse im Schritttempo. Frühaufsteher schälten sich aus der Dunkelheit, versuchten sich an den Ampeln zu orientieren.

Rafael stand im Haupteingang zu Eiermanns Neubau und starrte auf die Turmuhr der Kirchenruine. Er fror. Seine Rechte umklammerte einen Teepott, die Linke hatte er in der Tasche des Trenchcoats vergraben. Seit fünf Uhr war er nun schon unterwegs, war mitten in der Nacht aufgewacht, hatte sich angezogen, in aller Eile die Katzen versorgt, sich einen Tee gemacht und war mit dem Pott in der Hand in die Stadt gefahren. Kopflos und ohne Orientierung. Sieben Tage hatte er das Haus nicht mehr verlassen und sich jeden Kontakt zur Außenwelt verboten. Er hatte keine Telefonate mehr angenommen und nicht mit Marianne korrespondiert. Sie hatte einige Male bei ihm angeklopft und den Schlüssel so lange im Türschloss gedreht, bis sie

177

merkte, dass er nicht bereit gewesen war, irgendjemandem zu öffnen. Von da an hatte sie nur noch kleine Zettel unter der Tür durchgeschoben.

»Mach endlich auf, Rafael. Ich weiß, dass du da bist. Hältst du dich für Howard Hughes?«

Er hatte sich in der Küche versteckt und auf die Fingerknöchel gebissen, um nicht laut aufzuheulen, so verloren hatte er sich gefühlt. Er hätte niemandem mehr geöffnet. Er war am Ende.

»Rafael«, hatte sie bei einem der letzten Besuche durch den Briefschlitz gerufen, »du gehst noch vor die Hunde. Schick mir 'ne Karte, wenn du angekommen bist.«

Schließlich hatte sie es aufgegeben, um ihn zu werben, war fluchend und mit der Drohung abgezogen: »Wenn du die Katzen verhungern lässt, werde ich dich töten.« Auf der Windschutzscheibe seines Jaguars hatte sie ein durchgestrichenes Schneeherz hinterlassen. Er hatte ihr aus dem Küchenfenster wie ein Schiffbrüchiger nachgesehen. Dann hatte er sich unter den Küchentisch gelegt und war sofort eingeschlafen. Die Katzen hatten sich in seiner Bauchhöhle vergraben und waren die ganze Nacht nicht von seiner Seite gewichen.

Der Nebel verzog sich, es wurde langsam hell. Müllmänner fegten Papierreste und Pappbecher von der Treppe, kurvten wie Kinder mit ihren Scootern über den Vorplatz. Rafael sah an sich herunter. Erst jetzt bemerkte er, dass er viel zu dünn angezogen war. Nicht einmal die Zeit für festes Schuhwerk hatte er sich genommen. Er blickte zur Turmruine. Im Nebeneingang lagen drei Penner. Irgendwie hatten sie es geschafft, hinter die Gitter zu kommen. Noch ein, zwei Stunden, dann würde der Vorplatz von Touristen bevölkert und die Morgenstille, die er so liebte, dahin sein. Langsam kam er wieder zur Besinnung. Auf dem Ku'damm nahm der Verkehr zu. Das Schuhhaus öffnete die Türen, bei »Hugendubel« ging die Nachtbeleuchtung aus. Ein Treber schlurfte über den Vorplatz, ein junger Typ, der sich gegen die Kälte eine Decke um die Hüften geschlungen hatte. Er steuerte auf Rafael zu und rief etwas Unverständliches. Rafael schüttelte den Kopf, und der Treber drehte sich um und schlurfte zu seinem Schlafplatz zurück.

Die Kirchturmuhr schlug neun, und das Glockenspiel erklang. Rafael lehnte mit dem Rücken an der Wand. Es tat ihm gut, im Schutz der Kirche zu stehen. Er wollte hier so lange bleiben, bis eine verborgene innere Kraft ihn in Bewegung setzte. Er schloss die Augen.

Die letzten Abende hatte er vor dem Fernseher verbracht, hatte sich im Alkohol ertränkt und besinnungslos alles in sich hineingestopft, so wie er es als Kind schon gern gemacht hatte: dutzende belegte Brote mit Schmalzaufstrich und mittelscharfem Senf, dazu damals literweise Kirschsirup. Er hatte versucht, seinen alten großen Hunger zu stillen. Zu jeder noch so blöden TV-Serie gab es einen anderen Belag: Zum »Tatort« Salami, zu den Arztserien Schmalz. An einem Abend hatte er es auf sechzehn Stullen gebracht. Dazu hatte er Bier und Obstler getrunken und beim Morgengrauen mit weißem und rotem Wein nachgespült. Irgendwann war alles, was er sah, austauschbar geworden: die Kommissare, die Ärzte, die Krankenschwestern, die Verwandten, die Täter und Opfer. Er hatte kaum noch

179

durchgeblickt, aber er hatte für eine gewisse Zeit seine Existenzsorgen und Zukunftsängste beiseite geschoben und nicht mehr die Stimme gehört, die ihn ständig fragte, wohin es mit ihm denn noch gehen sollte, wenn er so weitermachte.

Vor der Turmuhr zog ein Krähenschwarm vorbei. Er hörte ihre heiseren Schreie. Sieben Tage lang hatte er versucht, seine quälenden Gefühle zu unterdrücken, aber der Hunger war geblieben. Jeden Morgen hatte er sich aufs Neue gemeldet: Ist da jemand, der mein Elend auf sich nehmen kann? Hallo, jemand da? Er hatte versucht, sich selbst Grenzen zu setzen, hatte sich einen Fahrplan für den Tag gemacht, penibel die Spuren der Nacht beseitigt, aufgeräumt, die Zeit neu eingeteilt. Es hatte alles nichts genutzt. Wenn die Uhr sieben schlug, war er, gefolgt von den Katzen, in die Küche gerannt, um weitere Brotaufstriche zu kreieren. Er hatte sich an die Anrichte gestellt und laut gerufen: »Außerhalb des offiziellen Programms.« Dann folgten Stullen, Käse, Mettwurst, TV-Ärzte, Talks und Tote. Zwischendurch war er immer wieder aufs Gästeklo getorkelt, um Wasser zu lassen, ohne Rücksicht auf Hygiene. Sieben Tage und Nächte hatte er sich richtig widerlich benommen. In der letzten Nacht hatte er vor dem Toilettenspiegel innegehalten und sich beim Anblick dieses fremden Gesichts erschreckt. Es war ihm auch egal gewesen, ob der Hauptschalter vom Herd, die Küchengeräte, das Zimmerlicht und die Außenbeleuchtung an- oder ausgeschaltet, ob Wasserhähne, Fenster und Türen abgesperrt waren. Von einem Augenblick zum anderen hatte er sich dem Zufall anvertraut. Er hatte sich endgültig satt gehabt, hatte neu beginnen wollen. Lieber eine le-

bendige Hölle als dieses tote Paradies, hatte er sich zugerufen. Dann war er über die Lichterkette gestolpert,
die seine polnische Putzhilfe über die Treppenstufen
gespannt hatte, um ihm die Sicht zu erleichtern, hätte
sich beinahe an einer Bärchenkette stranguliert und war
auf allen vieren zurück ins Fernseh- und Nachrichten-
zentrum gekrochen. Dabei hatte er den gesamten
Weihnachtsschmuck in der Diele abgeräumt. Endlich,
am Ende seiner Kräfte, war er voll wie eine Amphore
im Salon liegen geblieben.

Rafael wischte sich über die Augen. Heute früh hatte
er noch derart geschwankt, dass seine Lieblingskatze
Mimmi Angst vor ihm bekommen hatte, weil sie ihn
für einen anderen hielt.

Rafael sah zu den Pennern hinüber, die hinter den
Gittern der Turmruine lagen. Auch eine Art, sich der
Welt zu entziehen, dachte er.

Er gab sich einen Ruck und lief los, einmal um den
ganzen Vorplatz und dann Richtung Bahnhof Zoo. Auf
dem Hardenbergplatz erwachte das Leben. Passanten
eilten zur U-Bahn, Berlin-Touristen strömten aus den
Eingängen. Sie drängten in die Linienbusse, bestaunten
die Fixer und Stricher, die in Gruppen vor dem Haupteingang des Bahnhofs standen. Die Budapester Straße
war belebt wie an einem Sommertag. Gyros- und Dö-
nerläden hatten geöffnet, und vor den Baguetteshops
bildeten sich Schlangen. Am »Zoopalast« begannen sie
die Kinowerbung auszutauschen.

Rafael kehrte in den Schutz der Kirchenmauern zurück. Im Frühjahr hatte er sich zu den Jungen und
Mädchen auf die Kirchentreppe gesetzt und den Liedern zugehört, die sie zur Gitarre und Djembe sangen,

181

hatte versucht zu verstehen, was sie so ruhelos auf die Straße trieb. Er sah den Himmel, der langsam aufriss. Ein Chanson von Aznavour fiel ihm ein, irgendetwas mit »Jugend in meinen Händen«. Niemals würde er seine Jugend zurückbekommen, das wusste er.

Rafael schlug den Kragen seines Trenchcoats hoch und lief zum Weihnachtsmarkt hinüber. An der ersten Bude stellte er den Teepott ab. Dann schlenderte er durch die Gassen, immer den Blick auf seine Füße geheftet. Alle Buden waren noch geschlossen. Von den Dächern baumelten verrostete Ketten herunter, die kleine Gewichte aus Stein trugen. Es klingelte, wenn er an ihnen vorbeiging.

Er fror. Eilig nahm er die Stufen hinunter zur Straße und überquerte mit anderen Passanten die Tauentzienstraße. Heil kam er drüben an und schlüpfte zu »Hugendubel« hinein.

Er hatte sich einen Tisch am Fenster ausgesucht. Nach dem ersten Schluck Kaffee ging es ihm besser. Ein Mädchen sortierte im Hintergrund die Neuerscheinungen, Studenten blätterten in ihren Kladden. Rafael blickte auf die Straße. Die Leute hasteten zur Arbeit, und er übte sich im Nichtstun. Nachdenklich rührte er in seinem Kaffee. Sieben Abende hatte er versucht, seine Gefühle im Alkohol zu ertränken. Wenn er morgens nicht mehr schlafen konnte, war er unruhig wie ein Geist durchs Haus gestreift, hatte sich vor die Terrassentür gesetzt und versucht, an nichts zu denken. Manchmal hatte er bei Marianne Licht brennen sehen, aber nicht gewagt, sie anzurufen. Er hatte nur dagesessen, und dann waren die Gedanken gekommen. Er hatte an seine Mutter gedacht, die mit Heinrich im Heim für alte Leute schlief, aber vielleicht waren sie ja auch schon wach.

Der Kaffee, die Wärme, das diffuse Licht taten ihm gut. Er starrte auf die beschlagene Scheibe, und plötzlich entstand dort ihr Gesicht. Erst sah er die Augen seiner Mutter, dann ihren Mund, spürte, wie sie ihn besorgt ansah. Als er vor zehn Jahren nachts bei ihr angerufen hatte, weil er seine Gefühle nicht mehr in den Griff bekam, war sie am Telefon umgefallen, er hatte den dumpfen Aufschlag gehört. Sie war vom Bett aufgesprungen, in den Flur gelaufen, wo das Telefon stand, und als sie seine Stimme hörte, hatten ihre Beine versagt. Von da an hatte er sie nie mehr nachts angerufen.

Das Gesicht auf der Scheibe war wieder verschwunden. Vor dem Fenster bewegten sich die Äste der großen Linde. Im Sommer konnte man durch die Blätter hindurch die Straße nicht mehr erkennen. Am Europacenter erstrahlte die Weihnachtsbeleuchtung. Er war nicht der Einzige, der diesen Festglanz liebte. Berta, seine polnische Putzfrau, hatte ihm vor Tagen geholfen, die Weihnachtsdekoration aufzuhängen.

»Machen Sie sich nicht kaputt, Härr Engellamm«, hatte sie gesagt.

»Nein, Berta, das ist nur vorübergehend.«

Er hatte im Salon gestanden und ihr bei der Arbeit zugesehen, in der einen Hand ein Grappaglas, in der anderen ein Blatt Papier. Er hatte versucht, seine Sauferei als Rolle zu tarnen.

»Warum trinken Sie so viel, Härr Engellamm? Sie doch niemals trinken.«

Er hatte nichts darauf erwidert und war in den Garten gegangen, hatte sich auf den wackeligen Stuhl vor den Ahorn gehockt und so lange auf das Nachbargrundstück gestarrt, bis er vor Kälte blau angelaufen war.

»Sie nicht märr spiellen, Herr Engellamm. Sie kein Engagement mehr?«, hatte sie gerufen.

»Nein, Berta, kein Engagement mehr. Aber sagen Sie bitte nicht immer Engellamm.«

Rafael rührte in seinem Kaffee. Er fühlte sich schlecht. Berta hatte sich so viel Mühe gegeben, hatte eine Bärchenkette quer über die Treppe verlegt, um sie besser auszuleuchten, und er hätte sich ihretwegen letzte Nacht beinahe das Genick gebrochen.

Plötzlich war Annemaries Gesicht wieder auf der Scheibe zu sehen. Jetzt lachte sie. Sie hatte so ein schönes Lachen. Vielleicht war es ja das Erste, was er als Kind mitbekommen hatte. Rafael schloss die Augen. Er hätte überall stehen können, vor einer Hauswand, vor einem Baum, vor einem Plakat, und hätte doch immer ihr Gesicht durch alle Mauern hindurch gesehen. Ihm fielen Momente ein, da er als Junge durch die Straßen gelaufen war und an nichts Besonderes gedacht hatte – und doch war sie immer bei ihm gewesen. Er hatte sie fast physisch gespürt. Je mehr er versucht hatte, sie wegzuschicken, desto öfter war sie ihm erschienen. Sie waren doch zwei, er und sie. Aber vielleicht waren sie ja nie getrennt gewesen, waren einer im anderen, und das ein Leben lang.

Rafael schlug die Augen auf. Ihm war heiß geworden, aber er war zu müde, um den Mantel abzulegen. Er streckte die Beine aus. Alles hatte sie ihm vermacht: ihre Ängste, ihre Gebote, ihre Sehnsucht und ihre

Treue. Für immer und immer und immer. Sie hatten ja auch alles miteinander geteilt, ihre Einsamkeit, ihre kleinen und großen Sorgen, wie ein Ehepaar. Er hatte ihr die Wünsche von den Augen abgelesen, und sie hatte ihn dafür am Leben erhalten. Rafael starrte auf die Scheibe. Wen hatte er denn da jahrelang rasiert? War das nicht sein eigenes Gesicht, das sich im Fenster spiegelte? Er schloss wieder die Augen.

Sie hatte auf dem Balkon gesessen in ihrer Schürze, die Hände makellos, die Nägel perlmutt gefärbt, das Haar aufgehellt und frisiert. Ein schöner Spätsommertag. Sie hatten die Campingstühle herausgeholt. Hinter ihr an der Wand hing die viereckige Einkaufstasche mit den großen Henkeln. Er hatte die ganze Zeit auf die Tasche starren müssen. Er hatte so eine Art Vorahnung gehabt, als würde sie die Tasche nie mehr benutzen. Sie hatte Kaffee gemacht, und sie hatten Pfannkuchen mit Marmeladenfüllung gegessen. Sie hatten gelacht, und sie hatte sich den ganzen Nachmittag keine Sorgen um ihn gemacht. Rafael starrte auf die Scheibe. Er konnte den Himmel erkennen. Drei Tage später hatte sie den Schlaganfall bekommen. Heinrich hatte sie gefunden. Jetzt lebten sie in einem Heim für alte Menschen, und es ging ihr von Tag zu Tag besser.

Er kannte den Text auswendig. Zeile für Zeile. Weiß Gott, wie oft die Szene in seinem Inneren abgelaufen war. Er wusste, er musste sie loslassen, aber wie? Sie war ja immer da. Ihr Blick, ihre sorgenvollen Worte, ihre Ermahnungen und Hinweise. Der Geruch ihrer Kleider, ihre Hände, ihre Augen. Er sah auf das Fensterglas. Es war lächerlich, aber sie war wirklich da.

Rafael lief den Ku'damm hinunter. An einem Zeitungs-kiosk las er die Schlagzeile »Die Zeit ist reif. Enttäu-schen wir sie nicht. Versuchen wir zu handeln«.

Der Wind kam von vorn. Rafael lief, so schnell er konnte, im Strom der Leute mit, die zur Arbeit haste-ten. Ein paar Berlin-Touristen kamen ihm entgegen, mit aufgesprungenen Lippen und übermüdeten Augen, Bummler der Nacht. Rafael sah an den Fassaden hi-nauf, der Himmel war aufgerissen. Über den Dächern schienen die Tauben mit ihren Flügeln die Wolken zu berühren. Schneereste lagen auf den Mauervorsprün-gen und Balkonen. Männer mit Aktentaschen über-querten den Damm. Hin und wieder kam ihm eine schöne Frau entgegen, aber die Blicke der meisten Pas-santen waren leer, auf einen unsichtbaren Punkt gerich-tet. Ihm fiel ein Gedicht aus seiner Schulzeit ein, von Apollinaire. Der Dichter verfolgt eine dunkle Schöne bis an die Haustür, unterlässt es aber, sie anzusprechen. Es tat gut, so zu laufen, nichts zu denken, sich nur trei-ben zu lassen, den Kragen hochgeschlagen, die Hände in den Taschen. In den letzten Nächten hatte er sich so verloren gefühlt, und jetzt, inmitten der Leute, Seite an Seite mit Pendlern, Angestellten, Schülern und Bett-lern, zwischen gutmütigen oder kalten Gesichtern, fühlte er sich aufgehoben. Der Gedanke gefiel ihm da-zuzugehören. Er hatte immer einer von ihnen sein wol-len. Auch die Luft tat ihm gut, diese viel besungene, vermuffte Berliner Luft. Auf der Busspur fuhr ein blonder Mann auf einem Fahrrad vorbei. Rafael er-kannte ihn sofort: der Schauspieler Grohwolt, der in den Sechzigern zum Ensemble der Staatlichen Bühnen gehört hatte. »Stellt die Werbung ein. Werbt lieber um euer Leben!«, rief Grohwolt so laut, dass ihn jeder hören musste.

Kommt der Winter, bricht alles zusammen, dachte Rafael, Strom, Heizungen, die Stadt ruft den Notstand aus. Dann sind wir endlich Weltstadt. Er musste lachen. Die Zeitungen werden täglich über das drohende Chaos berichten, die Leute werden die Politiker verantwortlich machen, und die Politiker werden die Weltwirtschaftskrise heraufbeschwören. Jeder wird nach Veränderungen schreien, und dann werden endlich die Feiertage kommen, und die Kneipen werden so voll sein wie die Kirchen in den Kriegsjahren. Unter seinen Schuhen spürte Rafael das Pflaster. Auf dem Mittelstreifen standen die Autos Seite an Seite, wie Fische, die man zum Ausnehmen nebeneinander gelegt hat. Politessen liefen geschäftig hin und her, sie trugen russische Kosakenstiefel und stießen weiße Atemwolken aus.

An der Uhlandstraße blieb er stehen. Schade, dass das »Möhring« nicht mehr existierte. Er hatte das alte Café sehr geliebt. Einmal hatte seine Agentin dort ein Treffen mit einer jungen Schauspielerin, einer Deutschamerikanerin, für ihn arrangiert. Es ging um einen Boxfilm, »Rocky Zwei«, mit Sylvester Stallone und Marthe Keller in den Hauptrollen. Er war wie immer zu früh erschienen. Als er die Kollegin hereinkommen sah, war er höflich aufgestanden. Sie hatten dann artig an ihrem Käsekuchen geknabbert und über Stanislawski und Robert De Niro gesprochen, über New York und das Actor's Studio und Alexander-Training und Grotowsky und Peter Brook. Eben über alles, worüber zwei zukünftige Stars zu reden haben, die sich auf dem Weg ins Reich der Unsterblichkeit befinden. Nach einer Stunde hatten sie sich voneinander verabschiedet und geschworen, einmal miteinander spielen zu wollen. Als sie hinausging, hatte er ihr hinterhergeschaut. Sie hatte furchtbar dünne Beine, Vogelbeine, und trug knallrote Pumps. Während des ganzen Gesprächs hatte er keinen Funken Erotik an ihr wahrgenommen. Sie hatte den Charme einer Vogelspinne versprüht und er den Humor eines Schankwirts. Es war der totale Flop gewesen. Jahre später hatte er in einem Klatschblatt gelesen, dass sie einen Industriellen geheiratet und die Schauspielerei an den Nagel gehängt hatte.

Rafael sah zu »Gosch« hinüber. Vor der Tür saßen ein paar Vermummte mit Sonnenbrillen und aßen Fischsuppe. Er überquerte die Uhlandstraße. Vor dem »Cinéma Paris« kniete eine Gruppe Hütchenspieler, Russen oder Polen. Einer betrügt den anderen, dachte er. Keiner der Passanten schenkte ihnen Aufmerksamkeit; die Hütchenspieler nahmen ihre Sachen und zogen weiter. Rafael überquerte den Kurfürstendamm. Im Schaufenster eines Schreibwarenladens sah er die Dinge, die er so liebte: Terminkalender, Ringbücher, Mont-Blanc-Füller und Mappen mit Messingverschlüssen. Einen Moment überlegte er, ob er hineingehen sollte, nur um die Sachen zu berühren, aber dann lief er weiter bis zur Kantstraße und bog beim »Delphi«-Kino in die Fasanenstraße ein.

Er sah zum Himmel hinauf. Über ihm flog ein Schwarm Tauben, so tief, dass er ihr Gurren hören konnte. Sie drehten ein paar Runden und zogen dann zum Dach des alten »Savoy«-Hotels. Er blieb stehen. Wie leicht sie die Flügel bewegen, dachte er, sie tun es aus Lust. Er sah, wie sie wieder aufbrachen und hinüber zum Dach der Handelskammer flogen. Dort blieben sie, um zu rasten. Sie folgen einer natürlichen Ordnung, dachte er und lief weiter, am Parkhaus vorbei bis zur Hardenbergstraße. Dort überquerte er den Damm und betrat den Haupteingang der Universität der Künste.

»Sie macht es doch ganz gut.« Marianne lehnte neben Rafael an der Wand.

Er lächelte spöttisch.

Das Atelier lag im Sonnenlicht. Durch die Dachfenster konnte man den Himmel sehen. Überall standen Steinbrocken und Marmorquader, Skulpturen und Figuren aus Drahtgeflecht und Eisen. Im hinteren Bereich hatten sie eine Art Bühne errichtet, auf der ein männliches Aktmodell saß, ein junger Mann mit muskulösem Oberkörper, der sich der Kälte wegen einen Wollschal um die Hüften geschlungen hatte. Ein paar Frauen saßen vor der Bühne und schrieben in Notizbücher, was die Professorin, eine unangenehme Person mit wallendem Haar und Lesebrille, aus ihrem Manuskript vortrug.

»Wichtig wird seit der Renaissance die Herausmodellierung einer männlichen und einer weiblichen Sphäre.« Sie sprach sehr leise. »Die Welt des Männlichen verkörpert sich vor allem in der Gestalt des Herakles.«

Rafael beobachtete die Frauen. Fast alle sahen in ihren Arbeitshosen wie Handwerker der städtischen Stromversorgungsgesellschaft aus. Einige hörten entspannt zu, manche rauchten, andere blickten versonnen durch die riesigen Bogenfenster.

»Bekannt ist die Geschichte von Herakles am Scheideweg.« Die Professorin sah von einer zur anderen. »Er hat zu wählen zwischen zwei Lebenswegen: dem mühelosen der Lust und dem beschwerlichen, der seinen Fähigkeiten entspricht.« Sie hob den Kopf und blickte zu dem Jungen, der verlegen auf den Boden starrte. »Er wählt den zweiten. Am Ende wird er in den Kreis der Götter aufgenommen und ist somit unsterblich.«

Die Frauen lachten.

Rafael sah zum Dach, das den Blick zum Himmel freigab. Am liebsten hätte er den ganzen Tag so verbracht: nur gucken und schweigen. Marianne sah wunderbar aus. Das Haar hatte sie zu einem Pferdeschwanz gebunden und die Ärmel ihres Overalls hochgekrempelt. Ihre Augen waren halb geschlossen. Rafael liebte sie in diesem Moment, so fernab von ihren gemeinsamen Tunnelgängen. Er hätte sie auf der Stelle heiraten können.

»Warum hast du nicht aufgemacht, du warst doch zu Hause?«

»Ich weiß es nicht. Nimm es mir nicht übel.«

Er sah sie von der Seite an. Auf der Nase hatte sie einen Ölspritzer.

»Soll das jetzt immer so weitergehen, Rafael?« Sie drehte sich zu ihm.

»Um ehrlich zu sein, du gingst mir auf die Nerven.«

»Das ist nicht fair. Ich bin immer für dich da. Aber was machst du?«

»Ich habe die letzten Nächte wenig geschlafen«, sagte er kleinlaut und rückte etwas näher. »Am liebsten hätte ich mich ertränkt, aber es ist mir nicht gelungen.« Er legte seinen Kopf an ihre Schulter.

»Du spielst doch nur den Misanthrop«, sagte sie leise. »Ich hasse das. Erst die Decke über den Kopf ziehen
und dann zurück zu Mama.«

Sie sahen zur Bühne. Der Junge hatte seine Position
gewechselt, saß nun vornübergebeugt, den Kopf in die
Hand gestützt.

»Herakles zeichnet sich durch Kampfesmut aus.
Durch überlegene Kraft und Energie. Selbst in größter
Mühsal hält er durch. Er gestaltet die Welt, die ihn um-
gibt.« Die Professorin stieg aufs Podest und stellte sich
neben den Jungen. »Herakles, der Riesen und Ungeheuer besiegt. Als moralisch überlegener Held geht er
aus jedem Kampf siegreich hervor. So wird er zu einer
Symbolfigur in kriegerischen Zeiten. Seine nackte ath-
letische Gestalt kündigt an, dass er es mit der ganzen
Welt aufnehmen kann.« Sie lächelte. »Sie machen das
sehr gut, Herr Heinz. Wenn Sie eine Pause brauchen,
sagen Sie es bitte.«

Der Junge nickte.

»Nun denn, auf in den Kampf.« Sie sprang von der
Bühne.

In die Gruppe kam Bewegung. Ein paar Frauen gingen zu ihren Tischen, andere begannen den Jungen auf
ihren Skizzenblöcken festzuhalten.

Marianne drehte sich zu Rafael. »Ich habe nicht so
viel Zeit«, sagte sie. »Wie lange soll ich das noch mit dir
ertragen?« Sie sah ihn fragend an. »Rafael, du musst
wieder arbeiten!«

»Ich versuche es ja. Ich will wieder spielen, aber sie
wollen mich nicht. Sie brauchen nur noch Ärzte oder
Patienten.«

»Das erzählst du mir schon seit zehn Jahren. Merkst

du denn nicht, dass es darum gar nicht geht? Du läufst immer nur vor dir selber weg. Stell dich deinem Leben, andere tun das doch auch.«

Er starrte auf seine Schuhe.

»Ich erzähl dir jetzt mal was.« Marianne hielt ihn mit ihrem Blick fest. »Mir haben sie mit zehn fast das Rückgrat gebrochen. Sie wollten mich nicht gehen lassen. Sie wollten mich lahm legen, bewegungsunfähig machen, damit ich bleibe.«

Er sah ihr fest in die Augen.

»Ich empfinde auch etwas für meine Leute, verstehst du? Sogar so etwas wie Liebe. Schon mal davon gehört? Nicht für jeden, aber für meine Mutter, ja, auch für meinen Vater. Und nun sind beide tot. Du bist also nicht der Einzige, der sich mit seinem Elternhaus herumschlägt.«

Sie machte eine Pause.

»Ich musste abhauen«, sagte sie dann leise, »sonst wäre ich in ihrem Dorf eingegangen.«

»Ich bin ein Angsthase«, sagte er nach einer Weile. »Ein alter, verklemmter Stallhase. Vielleicht geht's mir ja auch noch zu gut, vielleicht wäre ein Unfall das Richtige.«

»Lass deinen Zynismus, du tust dir ja nur selber Leid, Engelmann.«

»Hör jetzt auf, es reicht. Ich hab dich auch mal bei mir aufgenommen, als du auf der Umlaufbahn warst, vergiss das nicht. Wir haben uns gegenseitig geholfen. Wie Kinder.«

»Ja, eben.« Sie lachte spöttisch.

»Lass deine Belehrungen, bitte. Ich suche etwas, was ich mal verloren habe.«

»Melde dich, wenn du es gefunden hast.«

Marianne sah demonstrativ zu den Frauen.

»Mach aber nicht so lange, Rafael«, sagte sie schließlich. »Jeder muss einmal sein Leben in die Hand nehmen, auch du. Du kannst sie ja alle mitnehmen: deine Mutter, deinen Vater, deine Omas ..., aber mach den nächsten Schritt. Geh los, riskier was. Sichere nicht immer alles ab.«

Rafael starrte zu den Frauen hinüber. Sie sind alle zu dick, dachte er.

»Verschlaf nicht das Leben. Ich will mir das später nicht anhören müssen.«

»Wirst du da sein, wenn ich wieder raus bin?«, fragte er nach einer Weile.

Marianne musste lachen. »Raffi, du Klammeraffi. Ich werde da sein, aber ich warte nicht ewig. Du hast Glück, dass ich einigermaßen kapiere, was mit dir los ist.« Sie kramte in ihrer Hose nach einer Zigarette. »Sperr nicht das Haus wieder zu, versprichst du mir das?«

Er nickte.

Sie zündete die Zigarette an und paffte wie ein Matrose. »Wollen wir Heiligabend zusammen verbringen? Ich könnte uns etwas kochen. Annemarie und Heinrich könnten kommen. Wir schmücken den Baum, und Mimmi und Ferdinand und Jonny und meine Hühnerkiller ...«

»Mimmi ist furchtbar in letzter Zeit«, sagte er.

»Und Jonny?«

»Er hat ein Ehepaar kennen gelernt, zu dem er jeden Tag geht. Die Leute sind immer zu Hause.«

»Jaja, die beiden vom Flugfeld. Der Mann war mal Polizist und ist jetzt in Pension.«

»Jonny liebt sie. Die Frau stellt ihm Häppchen vor die Tür. Dann gucken sie gemeinsam fern.« Rafael lachte leise. »Er sucht wohl 'ne Familie.« Er schlug sich frierend auf die Schultern. »Da siehst du, was dabei herauskommt, wenn man zu früh aufsteht.«

Marianne warf die Zigarette auf den Boden und trat sie aus. »Sei mal ein bisschen netter zu dir.«

»Frauen sind einfach stärker.«

»Ach Unsinn.« Sie wollte los. »Ich muss wieder ran. Und was machst du jetzt?«

»Ich hab einen Termin bei Meier-Goldwyn. Er hat eine Rolle für mich.«

»Du wirst sie ja sowieso nicht annehmen.«

»Ich hör mir mal an, was er sagt.«

»Wollen wir wetten?« Sie ging zu ihrem Tisch. »Lass uns nachher telefonieren. Vielleicht sehen wir uns noch beim Chinesen.«

Vor der Tür drehte Rafael sich noch einmal um. »Du siehst übrigens toll aus. Ist wohl gut, wenn man sich 'ne Weile nicht sieht.«

Marianne winkte ihm nach. »Geh mal wieder zum Friseur und zieh dir ein frisches Unterhemd an.«

»Ja, Mama.«

»Du mich auch.«

Er trat aus der Tür in eine Welt voller Unsicherheiten und Gefahren.

Er hätte gleich zum Ausgang gehen sollen, nahm aber die Treppe, die ins alte Hochschulgebäude führte, lief an den Malklassen vorbei in Richtung Schauspielschule. Er kannte sich hier aus, fast täglich war er in die Mensa gegangen, um den Kopf freizubekommen, hatte sich unter den Kunststudenten aufgehoben gefühlt. Keiner beachtete ihn, Rafael hätte als Dozent durchgehen können. Er nahm die große Treppe, gelangte in die Empfangshalle, lief an der Pförtnerloge vorbei und weiter, bis er den Eingang fand, der in den alten Trakt führte. An den Stühlen und Kisten, die auf den Gängen standen, erkannte er, dass er bei den Schauspielklassen angekommen war. Er blickte zur Decke hinauf. Die Zargen, die Ornamente, der verspielte Stuck, alles schien unverändert. Überall lagen Kostümberge herum.

Vor der Tür mit der Nummer 202 blieb er stehen, drückte die Klinke herunter und trat ein. Sofort traf ihn das Licht. Es kam von den Bogenfenstern und überstrahlte den ganzen Raum. Rafael hielt sich an der Klinke fest, wagte nicht weiterzugehen. Alles war so wie damals, als er das erste Mal die 202 betreten hatte: das Gewicht der Tür, das überwältigende Licht, der eigenartige Geruch von Bohnerwachs und alten Kleidern.

»Rafael Engelmann, du bist der Nächste«, hatte Manuel gerufen, und Rafael war ihm gefolgt. Damals war Kopp Student der Abschlussklasse gewesen und hatte die Prüflinge zur Probebühne begleitet. Kopp war anders als die anderen Studenten, stiller, klüger, einsamer, das hatte Rafael sofort bemerkt.

Er blickte zur Bühne, die die ganze hintere Wand einnahm. Sie war viel kleiner, als er sie in Erinnerung hatte. Links am Bühnenrand stand der Flügel, davor ein alter Hocker. Dieselben abgewetzten schwarzen Seitenschals, derselbe ranzige Bühnenboden. Auch an den Stuhlreihen hatte sich nichts verändert.

Er sah sie alle vor sich: dreißig, vierzig Dozenten,

Professoren und Studenten der Abschlussklasse. Mit dem Tag der Aufnahmeprüfung hatte sich sein Leben verändert. Zum ersten Mal hatte er es selbst in die Hand genommen, hatte sich mit einem Passfoto und einem handgeschriebenen Lebenslauf beworben, so wie sein Vater es getan hätte. Mit einem Lebenslauf, der so kurz und sachlich ausfiel wie die Beschreibung eines Unfalls. Den Tipp hatte er von einem Mädchen bekommen. Er hatte den »Kean« von Sartre gewählt, die misanthropische Klage eines alternden Gauklers über die Verlogenheit der Welt. Damals hatte er nicht gewusst, wer Sartre war, und sich für die Rolle ganz intuitiv entschieden. Das Mädchen hatte ihm beim Einstudieren des Textes geholfen. Zwei Nachmittage lang hockten sie in einer Teestube, und Rafael musste ihr die Rolle mehrmals vorlesen.

Dort auf der Bühne hatte er gestanden, wie zur Salzsäule erstarrt. Schon nach den ersten Sätzen hatten sie ihn unterbrochen, aber er hatte sie gebeten, ihm noch zwei Minuten zu geben. Er hatte sich sicherheitshalber auch auf einen Strindberg vorbereitet: Nora, der Monolog einer Frau, die sich aus ihrer ehelichen Abhängigkeit befreien will. Was für eine verrückte Idee: eine Frauenrolle! Aber sie hatten ihm noch ein paar Minuten geschenkt.

Rafael blickte zur ersten Reihe hinüber. Es war alles genauso wie damals: das Bollern der Heizung, das einfallende Licht, die kleine Bühne. Er löste sich von der Tür und setzte sich in die letzte Reihe. Er musste an Pilar denken, den Direktor mit dem nervösen Wangenzucken und dem verschämten Lachen. In der ersten Reihe hatte er gesessen, gleich neben Berta und Grünwandel. Rafael hatte nach seinem Vortrag am Bühnenrand gestanden und abgewartet, ob sie ihn gleich hinauswerfen würden oder weitermachen ließen. Fast alle waren gegen ihn gewesen, das hatte er an ihren Gesichtern ablesen können.

Nach einer Weile war Pilar nach vorn gekommen und hatte ihn um eine Improvisation gebeten. Rafael verstand ihn kaum, so leise hatte er gesprochen, beinahe verschwörerisch. Er solle einen Schiffbrüchigen spielen, der nach größter Verzweiflung endlich ein Schiff am Horizont erspäht und mit allen Mitteln versucht, auf sich aufmerksam zu machen. Er solle sich ganz dem Gefühl der Hoffnungslosigkeit hingeben. Rafael wusste, dass das seine letzte Chance war. Er hatte sich einen Stuhl herangezogen und ihn in die Mitte der Bühne gestellt. Er beabsichtigte, die Szene expressionistisch zu gestalten, in dem Glauben, dass die Professoren so etwas sehen wollten. Er hatte eine Art Tagebuch gesprochen: »Erster Tag kein Wasser, zweiter Tag elender Hunger ...« Aber das war es nicht, was sie von ihm sehen wollten. Nicht eine Minute hatten sie ihn spielen lassen, dann war Grünwandel aufgeregt zum Bühnenrand gekommen und hatte ihn gefragt, ob er nicht eine Alternative zum Schauspielerberuf sähe. Rafael hatte das Wort nicht gekannt und stattdessen über das Leben, über die Vielfalt der Masken und die Versteinerung des Einzelnen doziert und lauter dummes Zeug geredet. Schließlich hatte Pilar ihn gebeten, es ein letztes Mal zu versuchen. Er hatte behutsam auf ihn eingeredet und ihn dazu gebracht, sich auf den Boden zu setzen und einen unsichtbaren Punkt an der gegenüberliegenden Wand zu fixieren. Pilar hatte den

Anstoß gegeben, aber den Rest hatte er allein gemacht, er hatte sich auf die Aussichtslosigkeit seiner Situation eingelassen.

Sie hätten ihm keine dritte Chance gegeben. Im Grunde hatten sie nur sehen wollen, ob er durchhalten oder aufgeben würde. Pilar hatte ihn von Anfang an gemocht, Rafael hatte es sofort gespürt und ihm vertraut. Ein, zwei Mal hatte er die Hand gehoben, um dem imaginären Schiff zuzuwinken. Aber Pilar hatte ihm zugeraunt, dass das Schiff ihn nicht bemerken, dass es an ihm vorbeifahren würde. Da war es aus ihm herausgebrochen, und er hatte heulen müssen und gar nicht wieder aufhören können. Eine ungeheure Energie war plötzlich im Raum gewesen. Und nach einer Weile hatte Pilar gesagt, dass er in den Nebenraum gehen könne, er wäre in der Endausscheidung.

Er war von der Bühne gesprungen und hatte den Professoren zum ersten Mal in die Augen gesehen. Im Nebenraum hatten sie ihn wie einen Bruder begrüßt, Gerda, Georg, Peter, der kleine Bernd, Willi und Marieke, von nun an gehörten sie zusammen.

Eine Woche später waren sie über Treppen und Gänge gerannt, hatten Texte deklamiert und Spielszenen improvisiert, sich auf dem Boden gewälzt, geschrien, geheult und gelacht und auf eine bestimmte Art geatmet. Nach sieben Tagen war der Spuk vorbei. Zehn hatten sie genommen von insgesamt tausend Bewerbern, die alle Schauspieler werden wollten. Und er war einer von ihnen.

Vier Jahre hatte er bleiben dürfen, und es war die beste Zeit seines Lebens gewesen. Rafael starrte auf die

Stuhllehnen. Er sah sie alle dort sitzen: Berta, seine Lieblingsdozentin für die Actor-Ausbildung, daneben Grünwandel, dann Hauptmann, Heiser und der kleine Höpel. Er hatte niemanden vergessen, seine Professoren nicht und nicht seine Mitschüler. Immer würde er mit ihnen verbunden sein. Für immer und immer. Sie hatten ihm ihre Aufmerksamkeit geschenkt, ihm, Rafael Engelmann, zurzeit ohne festes Engagement, der durch die Straßen lief wie ein Bettler, der nach etwas suchte, was er glaubte verloren zu haben. Aber wonach suchte er? Wie sollte er eine Antwort finden, wenn er die Frage nicht verstand?

Er hatte jedes Zeitgefühl verloren. Bestimmt saß er schon eine Stunde hier. Er stand auf, dehnte sich und ging zur Tür. Ohne sich noch einmal umzudrehen, trat er auf den Gang. Kein Mensch war zu sehen. Aus dem Zimmer gegenüber erklang Klavierspiel. Er zog seinen Mantel glatt und eilte die Treppe hinunter. Atemlos kam er im Foyer an. Draußen schlug ihm klare Winterluft entgegen.

Nach vier Jahren hatten sie ihn in eine fremde Welt entlassen, und er war in eine ungewisse Zukunft gestolpert. Schmal, hübsch und arrogant war er, und keiner der damaligen Theaterregisseure hatte ihn wirklich interessiert – Brook, Stein, die Mnouchkine und Strehler sollten es sein. Am Tag seiner Entlassung hatte er ein Theaterengagement in der Tasche gehabt, die zweite Besetzung in einem englischen Stück an der Seite eines alten UFA-Filmstars. Der stärkste Regisseur der Stadt hatte ihm die Rolle angeboten, und Rafael hatte seine Chance genutzt. Die Zukunft hatte ihm keine Angst gemacht. Er hatte immer nur spielen wollen, hatte gedacht: Nur wer sich verstellt, kommt durch.

»Du musst deine Identität finden, Engelmann. Nicht nur verstellen, du musst echt sein, echt.«

Sie hatten gespielt wie die Kinder, hatten sich ihren Göttern wie staunende Liebende genähert und über alles gestritten, über Shakespeare, Pinter, Beckett und Brecht. Richtig verstanden aber hatte er eigentlich nur Büchner.

Er sah zu den Bürgerhäusern auf der anderen Straßenseite hinüber. An den Balkonen blinkerten Lichterketten.

Er hatte immer Angst vor der Außenwelt gehabt, aber im Spiel hatte er sein Zuhause gefunden. Er hatte damals Glück gehabt, aber auch wenn sie ihn abgelehnt hätten, hätte er alles getan, um woanders unterzukommen. Vielleicht hätte er sich an einer privaten Schauspielschule beworben, in einer Kneipe gekellnert oder sich das Geld als Kleindarsteller verdient, irgendetwas wäre ihm schon eingefallen. Um jeden Preis hätte er gespielt. Der ganzen Welt hatte er sich mitteilen wollen, ein guter Mensch in vielen verschiedenen Rollen: Engelmann der Gütige, der Aufgeschlossene, der Nette, der Typ, auf den man sich verlassen kann, der nie grußlos an einem Pförtner vorbeikommt, der dem Gebrechlichen über die Straße hilft. Tränen liefen ihm über die Wangen. Du sentimentaler Kerl, murmelte er. Am Nachmittag würde er sich bei Meier-Goldwyn um eine Rolle als Arzt oder Liebhaber bewerben. Diesmal würde er nichts ablehnen. Er blickte die Straße hinunter. In der Ferne verließ ein Schnellzug den Bahnhof Zoo.

Am Steinplatzkino standen ein paar Leute für die

Nachmittagsvorstellung an. Sie spielten einen Film mit Bruno Ganz, das hatte er vor ein paar Tagen in der Zeitung gelesen. Bruno, der berühmte Schauspieler – als Kind hatte er immer Schuhspieler gesagt, so wie er auch Apott-Hecke und Blumento-Pferde und Zahn-Axt gesagt hatte. Rafael erinnerte sich: Nach seinem ersten Fernseherfolg hatte er sich bei der »Schaubühne« beworben. Er hätte sein Leben dafür gegeben, mit ihnen spielen zu dürfen: mit Peter Stein, Otto Sander, Jutta Lampe und der wunderbaren Elke Petri, dem netten Werner Rehm und natürlich Bruno Ganz. Bei ihnen wäre er endlich angekommen, das hatte er jedenfalls damals geglaubt. Aber einige Ensemblemitglieder hatten ihm freundlich und etwas von oben herab davon abgeraten. Sie hatten an einem Tisch in der Theaterkantine gesessen und ihn auf den Arm genommen. Er könne ja als Pförtner bei ihnen anfangen, hatten sie gesagt. Rafael hatte darüber gelacht, aber er hatte es nie vergessen. Bruno Ganz hatte an der Bar gesessen und melancholisch dreingeschaut.

Einmal hatte er Bruno vor der Brücke am Kaiserdamm gesehen und war ihm gefolgt, ohne sicher zu sein, dass er es wirklich war. Er war der Gestalt nachgegangen wie Fellini in seinem Film »Roma« in der Szene, wo er spät in der Nacht Anna Magnani vor ihrer Haustür einholt und ihr eine Frage zu ihrer Stadt und ihrer großen Liebe stellt. So war er auch Bruno den ganzen Kaiserdamm hinunter gefolgt und hätte ihm am liebsten nachgerufen: »Bruno, bleib stehen. Ich bin es doch, Rafael Engelmann, den du nicht kennst, der aber von deiner Einsamkeit und deiner grenzenlosen Liebe weiß und der dein Freund sein will. Der dir helfen will und

der sich in diesen Dingen ziemlich genau auskennt.«
Nach ein paar Metern war er stehen geblieben, war sich
im Grunde auch immer noch nicht sicher gewesen, ob
er nicht irgendeinem Fremden gefolgt war. Als Beina-
he-Treffen mit Bruno Ganz, dem berühmten Schauspieler, notierte er es später in seine Kladde.

Rafael war inzwischen zum Savignyplatz gelangt
und überquerte die Kantstraße, folgte der Grol-
mannstraße bis zur Ecke Kurfürstendamm. Es hatte zu
schneien begonnen, weiche Flocken benetzten sein Gesicht. Vor dem Hutsalon Vogt blieb er stehen und blickte ins Schaufenster. Stetson, Melone, English Bowler,
Kappen und Trachtenhüte lagen einträchtig nebeneinander. Frau Hellmer hantierte an einem französischen
Barett herum. Rafael nickte ihr zu, sie grüßte lächelnd
zurück. In der Scheibe sah er aus wie ein junger Mann
auf Durchreise, die Hände in den Manteltaschen vergraben, den Kragen hochgeschlagen. Er fühlte sich kna-
benhaft und unverbraucht. Da fiel ihm plötzlich der
Hut ein, irgendwo musste er ihn liegen gelassen haben,
im Park oder auf der Straße. Vielleicht lag er ja auch im
Haus, und die Katzen schliefen in ihm, oder er trudelte
in seinem alten Viertel herum.

Am Kurfürstendamm mischte er sich unter die Passanten. Keine hundert Meter vor ihm lief Kopp mit wehendem Mantel und fliegendem Haar. Er folgte ihm, so
schnell er konnte.

»Manuel, warte!« Rafael hob den Arm.

Kopp sah sich nicht um.

Vor der Knesebeckstraße erwischte er ihn am Ärmel.
»Was ist los, Manuel, warum hältst du nicht an?«

Kopp schnaufte vor Anstrengung. Er sah traurig aus,

hatte Ränder unter den Augen. Rafael umarmte den Freund. Sein Mantel roch nach Tabak.

»Ich hatte keine Lust, mit dir zu sprechen«, sagte Kopp leise und starrte auf seine Schuhe.

Sie hielten sich an den Händen wie Kinder und sahen den Atemwolken nach, die aus ihren Mündern kamen.

»Lass uns einen Kaffee trinken«, schlug Rafael vor.

Bei »Dressler«, dem Bistro für Theaterbesucher, saßen ein paar Leute unter dem Vordach.

Rafael schob Kopp durch die Tür.

»Ich sollte wieder spielen«, sagte Kopp und gab dem Kellner seinen Mantel.

»Aber du hast doch deine Bücher.«

»Nichts als ein Vorwand.«

Es waren nur wenige Gäste im Lokal, aber alle Tische waren gedeckt, das Kristall funkelte und blitzte. Von der Decke hingen mit Lametta geschmückte Tannenzweige. Versilberte und weinrote Weihnachtskugeln lagen dekorativ auf den Buffets, es roch nach Mandeln und Likör.

Sie ließen sich in die Polster fallen. Rafael zog seinen klammen Trenchcoat aus. Die Hosen fühlten sich klitschnass an, die Schuhe waren durchgeweicht. So wie Kopp aussah, musste er schon tagelang durch die Straßen gelaufen sein. Wahrscheinlich hatte er in einer Bibliothek geschlafen.

»Wir sind zwei richtige Traumtänzer«, sagte Kopp und sah Rafael ernst an.

Rafael wischte sich mit einer Serviette übers Gesicht.

Sie schwiegen. Es tat gut, so zu sitzen. Der Kellner kam, und sie bestellten Milchkaffee und Wasser.

»Ich habe mir vor ein paar Tagen ein altes Video an-gesehen«, sagte Kopp, als der Kellner wieder gegangen war. »Mit meiner ersten Arbeit. Das Stück war gut. Ein Junge, der nicht in den Krieg will, und dann ziehen sie ihn doch ein.«

»Ja, ich erinnere mich, es war ein Vietnamstück. Aber im Grunde handelte es von Vater, Mutter, Kind.«

Kopp nickte. »Tabori hatte mich geholt«, sagte er mit Nachdruck. Schnee tropfte von seiner Mütze.

Er löst sich auf, dachte Rafael. Wahrscheinlich befin-de ich mich auch schon in Auflösung. Das ist vielleicht die beste Lösung.

»Ich war wie vom Donner gerührt, ich war wirklich gut.«

»Du warst mehr als das.«

Der Kellner brachte den Kaffee. Sie schleckten die Sahnehäubchen ab, wie sie es immer getan hatten. Ra-fael beobachtete Kopp über den Tassenrand.

»Hast du eine Ohrfeige bekommen?«, fragte er vor-sichtig und stellte die Tasse ab.

»Nicht der Rede wert.«

»Dein Buch ist gut, Manuel. Lass dir nichts einreden.«

»Mit neunzehn weiß ein Schauspieler noch nicht, wie es ist. Da steckt man böse Kritiken weg.« Er fummelte nervös an seinen Manschetten.

Sie hatten sein Buch verrissen, Rafael hätte darauf wetten können. Immer wenn die Zeitungen ihn in den Dreck zogen, wurde in Kopp der Wunsch übermäch-tig, wieder von vorn zu beginnen, wieder zu spielen, als wäre in der Zwischenzeit nichts geschehen.

Kopp starrte auf seine Hände. »Ich habe heute ver-sucht, an einem Automaten Geld abzuheben«, sagte er.

Er ließ den Kopf hängen und wurde immer leiser. »Es ist mir nicht gelungen, kannst du dir das vorstellen? Wahrscheinlich werde ich eines Tages verhungern.« Er nahm Rafaels Hand. »Aber das lassen sie doch nicht zu«, sagte er eindringlich. »Nicht wahr, das machen die doch nicht?«

Rafael wusste, dass er es ernst meinte. Sie kannten ihre Dämonen, sie sprachen nur nicht darüber.

»Wir verhungern schon nicht, Manuel«, sagte er. »Was haben sie denn geschrieben?«

»Man hat mir Realitätsferne unterstellt. Sie haben meinen Namen mit C geschrieben. Dreizehn Zeilen ohne Bild.« Kopp lehnte sich zurück. »Unglaublich, und dabei ist es mein fünfter Roman. Ein Herr Eiermann hat befunden, ich sei fantasielos. Meine Landschaftsbeschreibungen seien eines ADAC-Reiseführers würdig. Ich sollte es mal mit einem Sprachkurs für Ausländer versuchen.«

Er wühlte in den Innentaschen seines Jacketts nach der Kritik.

»Lass stecken, Manuel. Es wird dadurch nur schlimmer.«

»Wir Künstler haben die Welt zu retten, Kriege zu verhindern und Naturkatastrophen einzudämmen. Die Gaukler und Narren, Schauspieler, Schreiber und Träumemacher haben alles zu lindern. Und das nur, damit ein Herr Eiermann seinen Senf dazugeben kann.« Er atmete schwer.

Rafael sah zu einem Einzeltisch hinüber, an dem ein alter Schauspieler saß. Er musste sie schon lange beobachtet haben. Über den Rand seiner Lesebrille lächelte er ihnen zu. Rafael grüßte freundlich zurück.

205

»Als ich das erste Mal meiner Tante ein selbst gemachtes Gedicht vorlas, fand sie es schlecht. Später hat sie mir gestanden, dass ihr das Gedicht gefallen habe, dass sie es aber nicht zugeben wollte.« Kopp schob die Salz- und Pfefferstreuer hin und her. »Sie fürchtete wohl, ich würde von der Schreiberei nicht mehr lassen und damit untergehen.« Er blickte traurig auf die Tischplatte. »Sie ist vor drei Jahren gestorben, und jetzt habe ich niemanden mehr, mit dem ich reden kann.«

Von der Straße waren Lautsprecherstimmen zu hören, die Vorhut einer Demonstration.

»Als ich meine erste Abfuhr bekam, rief ich den Mann in der Redaktion an. Er habe es nicht so gemeint, erklärte der. Aber Sie haben es doch geschrieben, sagte ich, Sie haben mich doch in die Pfanne gehauen. Ich habe noch gar nicht angefangen, und Sie haben mich schon begraben.« Kopp schnaufte vor Erregung. »Ich habe es doch eher im Ganzen gemeint, hat der Kerl erklärt.« Kopp starrte Rafael wütend an. »Begreifst du? Er hatte mich im Großen und Ganzen fertig machen wollen, dieses Arschloch.«

Rafael wollte etwas Beruhigendes sagen, brachte aber kein Wort heraus. Kopp hatte ja Recht. Auch für ihn hatte es eine Zeit gegeben, da er jeden Morgen zum Kiosk gerannt war. Nach jedem Fernsehauftritt hatte er in allen Zeitungen nach seinem Namen gesucht, und wie oft hatte er sich aufgeregt, wenn er lesen musste: Engelmann nuschelt, Engelmann, der Mini-Kinski. Am schlimmsten aber war es, wenn sie überhaupt nichts über ihn schrieben.

»Früher dachte ich, wenn eine Zeitung mich nicht

zur Kenntnis nahm, sie hätten mich als Mensch übersehen«, erklärte Kopp.

»Das habe ich auch immer gedacht«, sagte Rafael
und wandte sich wieder zum Fenster. Immer mehr
Demonstranten versammelten sich.

»Alle denken das«, hörte er Kopp hinter sich sagen.
»Und das wissen die Schreiberlinge auch. Und im
Grunde ist es nur ihre kleine Rache, weil sie selbst ir-
gendwann einmal übersehen worden sind.«

Rafael drehte sich um. »Ich muss zu Meier-Goldwyn«, sagte er und griff nach seinem Mantel.

»Wie konnte wohl ein Buster Keaton damit leben,
überhaupt nicht mehr beachtet zu werden?«, wunderte
sich Kopp.

Der Lärm auf der Straße schwoll an.

»Eine Tierdemo«, sagte Rafael.

Kopp stand auf und stellte sich zu Rafael ans Fenster.
Die Demonstranten zogen in Dreierreihen mit ihren
Hunden über den Ku'damm. Ein paar Jugendliche ver-
teilten Flugblätter an die Passanten.

»Schau dir diese Leute an«, sagte Kopp bewundernd.
»Sie lieben noch, sie haben Leidenschaften. Sie engagieren sich für das wirkliche Leben.«

Rafael wollte gehen, konnte aber Kopp nicht allein
zurücklassen. Sie setzten sich wieder.

»Mein Vater hatte eine Geliebte«, sagte Kopp.
»Nachdem er gestorben war, fanden meine Geschwis-
ter ein Bild von ihr. Er hatte ein paarmal versucht aus-
zubrechen, war aber immer wieder zu meiner Mutter
zurückgekehrt. Er soll die Frau geliebt haben. Nachdem er gestorben war, flog es auf. Man kann eben
nicht alles mit einem Menschen teilen.« Er sah Rafael

an. »Meine Mutter hat es die ganze Zeit über gewusst.«

»Ich muss jetzt wirklich gehen, Manuel.« Rafael stand auf und nahm erneut seinen Mantel. »Ich ruf dich an.«

Sie umarmten sich.

»Ich habe das komische Gefühl«, sagte Kopp leise, »dass wir uns in diesem Jahr nicht mehr wiedersehen. Pass auf dich auf, versprichst du mir das?«

»Mach dir keine Gedanken.« Rafael klopfte Kopp auf die Schulter.

»Schöne Weihnachten und vergiss nicht, die so genannte Freiheit macht auch Probleme. Du würdest wegfliegen wie ein Ballon. Der Mensch braucht ein bisschen Geländer, und wenn's der Zaun seines Nachbarn ist«, rief Kopp ihm hinterher.

Im Eingangsbereich stand der Schauspieler. Er lächelte Rafael an. Hätte er eine Krawatte getragen, hätte man ihn für einen Büroangestellten oder Banker halten können.

»Einen guten Rutsch«, sagte er freundlich und berührte Rafaels Arm. »Kennen Sie übrigens die Geschichte mit dem Schauspieler Curt Bois?«

Rafael sah ihn fragend an.

»Bois sitzt im ›Hotel Atlantic‹, in Hamburg und wartet seit Ewigkeiten auf seinen Kaffee. Der Kellner steht gelangweilt neben ihm am Tisch und rührt sich nicht. Nach einer Stunde fragt Bois ihn: ›Soll ich Ihnen einen Kaffee bringen?‹ – ›Nein danke‹, sagt der Mann. ›Ich bin hier der Geschäftsführer, wir haben noch eine Menge zu tun.‹« Er gab Rafael lächelnd die Hand. »Kommen Sie gut hinüber.«

208

»Danke, Ihnen auch alles Gute.« Rafael öffnete die Tür und ging rasch hinaus.

Er nahm die U-Bahn Richtung Hallesches Tor, stand wie immer gleich neben der Tür und starrte auf die Tunnelwand, die an den Fenstern vorbeizufliegen schien. Er hatte den Termin mit Meier-Goldwyn geschmissen, hatte der Sekretärin telefonisch erklärt, er werde wegen einer Darmverstimmung die Verabredung nicht einhalten und ob man sie nicht auf das nächste Jahr verschieben könne. Die Sekretärin hatte gelacht, ihm alles Gute gewünscht und nicht unerwähnt gelassen, dass er ihr das Gleiche schon vor zwei Wochen erzählt habe. Rafael hatte daraufhin über eine enorme Verschlechterung seines Gesundheitszustandes geklagt und geschworen, im nächsten Jahr wieder anzurufen. Sie hatten lachend aufgelegt.

Am Wittenbergplatz stiegen viele Leute aus und ein. Rafael sah sein Gesicht in der Scheibe, müde und unrasiert. Er musste an Ferdinand denken, Mimmi fiel ihm ein und Jonny. Sicher vermissten sie ihn. Marianne würde sich um sie kümmern, sie würde Verständnis dafür haben, wenn er ein paar Tage unterwegs war. Er war schon einige Male getürmt, nicht selten vor Weihnachten, und meistens war ein Streit der Anlass gewesen. Einmal war er nach einem Krach in das Hotel am Lietzensee gezogen, das ihn mit seinen Balkonen und der schönen Pergola im Eingangsbereich schon immer interessiert hatte. Wahrscheinlich hatte er den Krach nur als Vorwand benutzt. Aber es war eine Enttäuschung gewesen. Vom See war nichts zu sehen, weil es eine neblige Nacht war, und sein Zimmer hatte keinen

Balkon. Er hatte also wie zu Hause die ganze Nacht ferngesehen und war im Morgengrauen wieder abgezogen. In dieser Nacht waren allerdings alle Zwänge von ihm abgefallen. Nicht einmal hatte er das Bedürfnis gehabt, die Lichtschalter und Elektrobuchsen zu kontrollieren. Er biss sich auf die Lippen. Solange er sich erinnern konnte, war er geflohen. Die Streitigkeiten waren nur Vorwände gewesen, an die wirklichen Gründe konnte er sich nicht mehr erinnern. Die Bahn rumpelte durch den Schacht, er hielt sich an der Stange fest. Nach dem letzten Vorfall vor drei Jahren hatten sie sich getrennt, und Marianne war ins Nebenhaus gezogen.

Nollendorfplatz, die Türen flogen auf. Zwei Glatzen drängten an ihm vorbei, sie trugen grüne Kampfblousons und Springerstiefel. Man muss ihnen in die Augen sehen, dachte Rafael. Er spürte keine Angst, er fühlte Wärme im Nacken aufsteigen. Die Türen schlossen sich automatisch, die Bahn fuhr wieder an. Er hatte ein Leben lang trainiert, seine Angst zu beherrschen. Er hatte es gehasst, ohnmächtig und ausgeliefert zu sein, im Lift, im Taxi, im Flugzeug oder in der Eisenbahn. Er hatte die Panik gehasst, die von ihm Besitz ergriff und bis zur Todesangst anwachsen konnte. Er hatte trainiert und sich kontrolliert, solange er denken konnte. Wenn die Türen sich schlossen, wenn er zurückblieb, wenn er nicht gehen konnte, wohin er wollte, dann war es, als würde er fallen, und niemand wäre da, um ihn aufzufangen.

Kurfürstenstraße, erneutes Gedränge, Fahrgäste hasteten die Treppen hinauf und hinunter. Alle Bänke waren inzwischen besetzt, Frauen mit Einkaufstüten,

Jugendliche, Berlin-Touristen. Keiner sprach. Jeder schaute durch den anderen hindurch. Nur das Quietschen der Räder in den Kurven war zu hören. Rafael fuhr sich mit dem Handrücken über den Mund. Bis Mariendorf muss ich erwachsen sein. Er dachte an Annemarie und Heinrich. Sie kamen bestimmt gerade vom Essen. Heinrich würde ihr eine Decke über die Knie legen, und Annemarie würde ein wenig schlafen. Er freute sich auf sie.

Gleisdreieck, die Türen öffneten sich. Der Bahnsteig war eine einzige Baustelle, neben dem Treppenaufgang hing ein Plakat: »Berlin tut gut.« Rafael musste lachen. Am Kiosk palaverten ein paar Männer mit grauen Wintermänteln und Hüten. Ihre Mappen standen neben ihnen wie Hunde. Die Türen schlossen sich. Nachdem sie den Tunnel hinter sich gelassen hatten, platzte das Licht herein. Rafael starrte aus dem Fenster, hielt sich mit beiden Händen an der Stange fest. Unter ihm die Möckernstraße, auf der anderen Seite die alten Berliner Bürohäuser, dann das Amt von Vater. Leichtes Schneetreiben setzte ein. Einmal hatte er Vater vom Amt abgeholt, ein einziges Mal in seinem Leben. Es war kurz vor Weihnachten gewesen, da war er zehn, und Vater war noch da. An einer Bude hatten sie Würstchen bestellt mit viel Senf und weiche Schrippen. Rafael hatte seine Hand ergriffen und ihn die ganze Zeit von unten angesehen und gestaunt: Sein Vater hatte drei, vier Würstchen auf einmal gegessen, dazu die Schrippen und eiskaltes Bier, danach den heißen Kakao. Er hatte gedampft wie ein Ross und gelacht. Rafael hatte den blauen Anorak angehabt, den er aus der Verschickung mit nach Hause gebracht hatte. Oder war es der graue

211

Mantel gewesen, den er aus dem Kleiderhaufen gefischt hatte? Er erinnerte sich nicht mehr genau. Zehn, zwanzig Kinder hatten um den Haufen herumgestanden. Jedes hatte sich zum Abschied ein Kleidungsstück aussuchen dürfen. War es der Anorak oder der graue Mantel gewesen? Ihm fiel weder Ort noch Zeit ein, nur dass es geschneit hatte und dass sie in der Nacht davor einen Maulwurf auf die Heizung gelegt hatten, der schon völlig erkaltet war. Er und ein Freund hatten gedacht, der Maulwurf würde am nächsten Morgen wieder zu neuem Leben erwachen, wenn er nur genug Wärme bekam. Das hatten sie wirklich geglaubt. Rafael sah hinunter auf die Straße. Schnee lag auf den Dächern der Autos, die wie Kinderspielzeug aussahen. Irgendwo da unten hatten Vater und er gestanden, direkt unter der Hochbahn. Sie hatten Unmengen von Würstchen gegessen, obwohl Vater das gar nicht durfte. Aber sein Blutzuckerspiegel war ihm an diesem Tag egal gewesen, er hatte sich frei und erlöst gefühlt, und Rafael hatte sich mit ihm gefreut. Er sah sein Gesicht in der Scheibe leuchten. Durch die Wolken brach das Sonnenlicht.

Hallesches Tor. Die Bahn hielt, der Film riss. Rafael stieg aus, lief die Treppen hinunter und wechselte den Bahnsteig. In der U-Bahn nach Alt-Mariendorf waren nicht so viele Leute unterwegs. Er setzte sich auf eine freie Bank. Er hatte den Termin geschmissen, verspürte aber keine Schuldgefühle. Die letzte Verabredung vor einem Vierteljahr war auch so ein Reinfall gewesen. Nach seinem Riesenerfolg vor zwanzig Jahren hatte Meier-Goldwyn ihn mit Angeboten regelrecht verfolgt, aber Rafael hatte alles abgelehnt. Bis es nicht mehr ging, bis er jeden Mist annehmen musste. Er schloss die Augen und lehnte sich zurück. Meier-Goldwyn hatte ihn an jenem Tag in einen der Nebenräume gezerrt, in denen niemand mehr saß, auch die Sekretärin war nur eine Aushilfe. Er hatte Rafael ein Manuskript angeboten, das er aus der untersten Schublade gekramt hatte. Wie ein erlegtes Karnickel warf er es auf den Tisch. »Engelmann, du wirst spielen müssen, willste verhungern?« Mächtig hatte er in seinem Sessel gethront und war im Laufe des Gesprächs immer aggressiver geworden. »Engelmann, nimm irgendwas an. Anspruch vakooft sich nich mehr.« Rafael hatte sich schnell verabschiedet und sich auf dem Flur noch einmal nach ihm umgedreht. Da hatte er den resignierten Ausdruck in Meier-Goldwyns Gesicht gesehen und war die Treppe hinuntergerannt. Rafael sah auf die Tunnelwand. Es ist gut, dass ich den Termin geschmissen habe, dachte er.

Alt-Mariendorf. Rafael wartete geduldig, bis die Tür sich öffnete, und stieg aus. Die kalte Luft tat ihm gut.

»Ulmenhof«, Haus der Senioren, ein beigefarben verputztes Gebäude. Lederne Sitzgarnituren und Cocktailtische in der Lobby, Teppiche, die jedes Geräusch schlucken, links der große Speisesaal, geradezu die Rezeption, Glastüren und Fenster, die sich zu den Terrassen hin öffnen.

Als Rafael die Eingangshalle betrat, gingen auf der benachbarten Rennbahn gerade die Lampen an. Ein paar Sulkys fuhren gemächlich im Kreis. In der Mitte des Platzes sah er zwei Stalljungen, die die Einjährigen an der Longe führten. Die Pferde dampften. Er klopfte sich den Schnee von den Schultern und trat die Schuhe ab. An einem Tisch gleich neben der Tür saßen vier Frauen. Als er an ihnen vorbeiging, sagten sie gleichzeitig: »Guten Tag.« Stimmen wie Krähengesang. Er grüßte freundlich zurück. Die meisten Bewohner hielten ihn für einen Arzt. Mit einer Ledertasche unter dem Arm hätte er hier eine Menge Geld verdienen können, indem er zuhörte, für jeden da war, rund um die Uhr ihre Erinnerungen begleitete.

Die Empfangshalle war fast leer, es roch nach Weihnachtsgrün. Auf jedem Tisch brannte eine Kerze. Rafael winkte den Damen hinter der Rezeption zu und stellte sich an den Lift. Im Speisesaal gegenüber deckten Herr Fiedler und seine Helferinnen die Tische fürs Abendessen. Hinter der breiten Fensterfront fiel leichter Schnee. Im Frühling waren die Terrassen mit Blüten übersät. Im Sommer spendeten die hohen Bäume Schatten. Schon nachmittags waren alle Tische besetzt. Es gab Käsetorte, Schwarzwälder Kirsch und Marmorkuchen, man tauschte sich über den Stand der Dinge aus: Blutdruck, Rücken- und Fußbeschwerden. Jetzt waren die Stühle und Tische im Winterquartier. Auf dem freien Feld liefen die Einjährigen ihre Runden.

»Sie laufen, die Pferdchen.«

»Ja, Annemarie, sie laufen.«

Der Aufzug wollte nicht kommen. Nebenan in der Bibliothek spielten ein alter Mann und zwei Frauen Karten. Sie sprachen kein Wort, saßen fast regungslos da, mit wächsernen Gesichtern. Rafael lehnte sich mit dem Rücken an die Wand, er genoss die Stille. Jeden Samstag kamen die Händler und bauten vor der Tür zur Bibliothek einen kleinen Basar auf. Wer nicht mehr über die Straße gehen konnte, kaufte hier die nötigsten Dinge ein.

Rafael drückte zum zweiten Mal auf den Liftknopf. Eine Schwester schob eine Frau im Rollstuhl durch die Lobby, vor der Eingangstür fuhr ein Behindertenbus vor. Ein alter Mann in grauem Jackett ging langsam zu einem Tisch und setzte sich mit Blick auf die Eingangstür. Sie warten alle auf etwas, dachte Rafael, aber lieber hier als anderswo.

Als er sich für Annemarie und Heinrich nach Heimplätzen und -kosten erkundigen musste, hatte er Häuser gesehen, in denen er den Rest seines Lebens nicht hätte verbringen wollen. Es roch auf allen Fluren nach Kohl, die Pfleger trugen schmuddelige Kittel, und die Alten saßen den ganzen Tag da und starrten auf ihre Hände.

»Warum lassen Sie sie nicht Tüten kleben?«, hatte er die Sekretärin gefragt.

»Wir haben eine lange Warteliste«, hatte sie schnippisch geantwortet. »Wer nicht will, der hat schon.«

Der Aufzug kam, die Tür ging auf.

»Tag, Herr Engelmann. Ihrer Mutter geht's gut«, sagte eine Schwester und lächelte ihn an.

Sie sind alle so nett, dachte Rafael. Es gab eine Zeit, da wäre er am liebsten hier eingezogen. Ohne Marianne und ohne die Katzen.

Appartement 234. Er klingelte.

»Wer ist da?«

»Annemarie, ich bin es.«

Er hörte sie kichern.

»Ist Heinrich nicht da? Nimm den Schlüssel, aber steh nicht auf.«

Die Tür wurde geöffnet. Annemarie sah ihn erstaunt
an.

»Heinrich holt die Schuhe«, sagte sie, wendete geschickt den Rollstuhl und fuhr ins Zimmer zurück.

Rafael folgte ihr in die Diele, hängte seinen Mantel an
die Garderobe und ging ins Zimmer. Es war viel zu
warm, der Fernseher lief. Von der Trabrennbahn flutete
das Licht herein.

Rafael nahm ihren Kopf in beide Hände. Ihr Haar
war so weich wie ein Vogelnest, silberweiß, ihr Gesicht
seit Jahren unverändert. Er gab ihr einen Kuss auf den
Mund.

Sie lachte. »Mein lieber Junge.«

»Geht es dir gut?«, fragte er und strich ihr über die
Wangen.

»Ich bin zufrieden.«

»Wo ist Heinrich?«

»Er holt die Schuhe.«

Sie streckte eine Hand nach ihm aus, die andere ruhte
wie ein gebrochener Flügel in ihrem Schoß. Rafael setz-
te sich auf die Couch und verbarg seine Füße unter dem
Tisch. Das Zimmer war sorgfältig aufgeräumt. In der
Schrankwand standen ein paar Fotos in Silberrahmen.
Eines zeigte die beiden auf einer Silvesterfeier vor zehn
Jahren, mit Hütchen und in Partylaune. Annemarie mit
Blick in die Kamera, Heinrich direkt hinter ihr. Da
konnte sie noch laufen. Rafael verschränkte die Hände
hinter dem Kopf. Sie hatten ihre Wohnungen zusam-
mengelegt. Im Nebenzimmer standen die Betten, das
Ehebett von Heinrich und an der Wand Annemaries
Pflegebett. Heinrich tat alles für Annemarie, ging
nachts mit raus, wusch die Wäsche, bügelte, gab ihr die

Tabletten. Wenn die Schwestern kamen, um sie zu waschen, blieb ihm ein wenig Zeit für sich.

Annemarie saß leicht vornübergebeugt, über ihren Knien lag eine Decke.

»Na, mein Engelchen«, sagte sie und drehte sich zu ihm. »Was macht der...« Sie suchte nach Worten, schloss die Augen, um sich besser konzentrieren zu können. »Rafael ist im Kaufhaus«, sagte sie. »Er holt die Schuhe ab.«

Sie beugte sich vor und versuchte an ihre Schuhe heranzukommen.

»Der Schuster hat sie vermurkst. Seit Monaten versucht Rafael sie umzutauschen.« Sie schlug sich mit der Hand an die Stirn. »Sind die denn plemplem? Total vermurkst!«

Er kannte das. Wenn sie Rafael sagte, meinte sie Heinrich. Wenn sie Heinrich sagte, meinte sie ihn.

»Du siehst viel zu viel fern«, sagte er ruhig.

»Ja, ein furchtbarer Mist. Sie bringen immer nur Mist.« Sie drehte den Stuhl herum und sah ihn besorgt an. »Du hast zugenommen«, sagte sie.

Er sah ihr in die Augen. Noch vor ein paar Jahren hätte er ihrem Blick nicht standgehalten. Jetzt waren ihre Augen sanft.

Annemarie begann an ihrer Hand zu zerren. Sie versuchte den Arm hochzuziehen. Sie kniff die Lippen zusammen und ächzte. Der Arm schien schwer wie ein Sack Kartoffeln, aber sie brachte ihn hoch.

»Sei vorsichtig.«

»Es geht schon.« Sie verzog schmerzhaft das Gesicht und ließ den Arm sinken. »Hast du Angebote?«

»Du musst dir mehr Zeit lassen«, entgegnete er vor-

wurfsvoll. »Du kannst doch nicht so an dir herumrei-
ßen.«

»Dann ist ja gut.« Sie fuhr mit der Hand über den
Tisch. »Was machst du denn?«

»Im Moment ist es etwas mau, aber nach Weihnachten ...« Rafael schlug die Beine übereinander. »Ich habe
dir doch von dem Produzenten erzählt ...«

Sie sah ihn besorgt an.

»Es wird schon. Mach dir keine Gedanken.«

»Dann ist ja gut.« Sie strich über die Zeitung, die auf
dem Tisch lag. »Hast du gelesen, der ...«

»Pfitzmann?«

Sie schüttelte den Kopf.

»Juhnke?«

»Herrgott, ich komm nicht drauf. Ich sag immer,
Mensch, Kinder ... ich vergesse nochmal alles.« Sie
lachte.

»Buchholz, meinst du den?«

»Ja, Buch ...« Sie suchte nach dem Wort. »Horst
Buchholz.« Sie lachte immer mehr. »Der arme Kerl.«

Rafael stand auf. »Ja, Horst Buchholz ist gestorben«,
sagte er leise.

Er nahm die Flasche vom Tisch und goss Wasser in
ein Glas.

»Sie haben ihn vorgestern beerdigt.«

Er hielt ihr das Glas an den Mund, und sie trank in
kleinen Schlucken.

»Eine schöne Bescherung«, sagte sie.

»Beerdigung, Annemarie. Sie haben ihn beerdigt.«

Sie sah ihn mit traurigen Augen an.

»Mach dir keine Gedanken«, beruhigte er sie. »Du
sorgst dich viel zu viel. Wir sind richtige Sorgenmeier.«

Sie lachte. »Es ist gut, ich bin zufrieden. Bist du zufrieden?«

Rafael erwiderte nichts. Er nahm ein Taschentuch vom Tisch und wischte ihr den Mund ab.

»Ich bin froh, dass du zufrieden bist«, sagte sie leise. Sie sah ihn von der Seite an. »Du hast die Augen deines Vaters. Wie dein Vater.«

Rafael ging um den Tisch und setzte sich wieder.

»Hast du Hunger? Du hast doch Hunger. Soll ich dir etwas machen?«

Er schüttelte energisch den Kopf.

»Nur ein paar Stullen.« Sie verzog das Gesicht wie ein Kind.

»Nein, nein, wirklich nicht. Ich gehe nachher mit Marianne essen.«

»Er ist ein bisschen pingelig.« Sie kniff die Augen zusammen.

»Heinrich?«

Sie nickte.

»Aber er ist vernünftig. Ich sage immer: Herrschaften, ich bin zufrieden. Guten Tag und guten Morgen, ich bin zufrieden.« Sie machte eine Pause und sagte dann: »Ich bin froh, wenn es bald vorüber ist.«

»Aber hör mal.« Er stand auf und beugte sich über sie. »Du machst mir Angst, du willst uns doch nicht schon verlassen?«

»Du musst keine Angst haben«, antwortete sie und sah ihn ernst an. »So groß warst du.« Sie lachte und fuhr ihm mit der Hand übers Gesicht. »Und morgens hast du bei der alten Singer geklopft. Lass mich rein, lass mich rein. Ich bin's doch, dein Piepvögelchen ...«

Sie konnte sich gar nicht beruhigen.

Rafael kannte ihre Sprünge. Im Grunde kannte er alles von ihr. Oder stimmte der Text nicht mehr? Er war sich mit einem Mal nicht mehr sicher.

»Du warst mit dir immer zu streng«, sagte er leise.

»Ja, ich war streng, immer viel zu streng.« Sie sah ihn mit großen Augen an.

»Aber deine Mutter war noch schlimmer.«

»Ja, sie legte die Sachen übereinander und kontrollierte alles nach, und dann nochmal ... mit einem Zollstock.« Sie schlug energisch mit der Hand auf den Tisch.

Rafael ging auf seinen Platz zurück. Er war erleichtert, dass sie so heiter war.

»Wie geht es Marianne?«, fragte sie nach einer Weile.

»Es geht ihr gut. Sie hat ja ihre Steine.«

»Sie arbeitet so viel. So viel. Aber sie ist vernünftig. Ihr müsst immer vernünftig sein, hörst du?«

»Ihr kommt doch Heiligabend? Sie will, dass wir alle zu ihr kommen.«

»Die Kleinen auch?« Sie wies mit der Hand auf den Boden.

»Die können wir nicht mitnehmen. Marianne hat doch selber Katzen. Sie will eine Ente machen.«

Annemarie wedelte mit der Hand in der Luft. »Macht bloß nicht so viel.«

»Du musst es Heinrich sagen, ihr müsst beizeiten den Rollibus buchen. Für Heiligabend haben sie Glatteis vorausgesagt.«

Sie machte ein entsetztes Gesicht. »Pass bloß gut auf. Du musst aufpassen«, sagte sie.

»Nein, ihr müsst aufpassen.« Rafael lachte. »Du musst Heinrich sagen, er soll den Rollibus für drei Uhr bestellen ...«

220

»Doktor Gegenbauer hat gesagt: Mädchen, pass bloß auf den Jungen auf. Um Gottes willen, pass bloß auf den Jungen auf.«

»So viel kann ja kein Mensch aufpassen«, sagte Rafael leise.

Wenn sie weiter über seine Kindheit redete, wäre er vollkommen gefangen. Er stand auf und ging zum Fenster. Auf dem Platz liefen die Pferde. Er musste ans Flugfeld denken und an die Streitereien mit Marianne. Wie oft war er nach einem Krach aus dem Haus gerannt, besinnungslos vor Zorn, hatte den Jaguar genommen und war zum Flugfeld gerast, den ganzen Ritterfelddamm hinunter. Hätte ihn eine Polizeistreife beobachtet, er wäre auf der Stelle festgenommen worden. Losgerannt war er, den Hang hinauf. Die Hand hatte er sich vor den Mund gehalten, damit ihn niemand hören konnte, so sehr hatte er sich gedemütigt gefühlt. Warum erzählte er ihr nicht davon? Von seinen Kränkungen und seinen Wunden und den Kämpfen, die er jetzt statt mit ihr mit Marianne austrug. Von dem Gefühl seiner grenzenlosen Ohnmacht. Rafael sah auf die Rennbahn. Die Jungen hielten die Pferde an der Longe, sie liefen ruhig im leichten Trab.

Die anderen Frauen waren austauschbar gewesen. Sie, immer nur sie. Eine Liedzeile des Sängers Grönemeyer fiel ihm ein: »Gib mir mein Herz zurück.« Was hatte sie mit ihm gemacht, dass er den Ring nicht ablegen konnte?

»Der Balkon ist doch schön, Annemarie«, sagte er und drehte sich zu ihr.

»Sie picken morgens die Körner weg.«

»Wer?«

»Die Spatzen.«

»Häng doch 'ne Leine auf, wenn die Geier kommen.«
Sie mussten gleichzeitig lachen.

»In Polen, da hängt der Hunger auf'm Zaun.«

»Siehst du, es fällt dir wieder ein.«

Sie wischte mit einer Hand über die Decke. Leise begann sie zu singen: »O Mädchen, mein Mädchen, wie lieb ich dich, wie leuchtet dein Auge ...« Sie sang mit fast derselben glockenreinen Stimme wie früher.

»Du kannst es doch«, sagte Rafael. »Siehst du, du weißt doch, wie es geht.«

»Ich bin total blöd. Ich habe alles vergessen.«

»Du bist nicht blöd, rede dir das nicht immer ein.«

Er setzte sich auf den Hocker neben dem Fernseher. Die Blickrichtung war ihr vertraut. Er sah, wie sie mit sich kämpfte. Warum sagte er nicht: Kann sein, Annemarie, dass du wirklich alles vergisst. Warum sagte er es nicht?

»Du Brüderlein auf dem Feld ...«

Ihr Mund verzog sich, und Tränen schossen ihr aus den Augen.

»Was ist?«

Sie schüttelte den Kopf. Er ließ sie weinen. In der Reha hatte sie monatelang geweint. Sie hatte noch nie in ihrem Leben so viel geweint.

»Ich fang auch gleich an zu heulen.« Er stand auf, ging zu ihr und legte den Arm um ihre Schultern.

»Ach, mir tut es so Leid«, sagte Annemarie.

»Was denn?«

»Ich solle es einwickeln, hat er gesagt.«

Er wusste, sie meinte ihr letztes Telefonat mit Vater.

»Sie ließen mich nicht mehr zu ihm rein.« Sie sah ihn

222

ängstlich an. »Sie hatten ihn sicher obduziert, nicht
wahr? Deshalb durfte auch keiner zu ihm rein.« Sie
machte eine hilflose Handbewegung. »Er war doch
nicht mehr bei sich. Der Zucker war zu hoch.« Sie tippte an ihre Schläfe. »Ich wollte nicht, dass du ...«

»So wird es gewesen sein ...«

Sie sprachen stets denselben Text, seit Jahr und Tag.
Es ging letzten Endes immer um Vater. Am liebsten
hätte er die entscheidende Frage gestellt: Ist er eines natürlichen Todes gestorben? Oder an innerem Gram
umgekommen? Warum ist er überhaupt gestorben?
Warum hat er sie beide und alle Welt verlassen? Rafael
setzte sich wieder auf die Couch und schloss die Augen.

»Du bist müde«, sagte sie.

»Nur ein bisschen.«

Warum stand er nicht auf und ging mit ihr in den
Speisesaal? Ließ Kaffee und Kuchen auffahren, wie alle
anderen es taten. Es war immer das gleiche Spiel: Keine
Ahnung, wer auf wen aufzupassen hatte. Im besten Fall
der Stärkere. Herrgott, er war bald fünfzig, er war doch
kein Kind mehr. Er hatte nicht über seinen Vater reden
wollen. Er hatte ihr etwas ganz anderes sagen, von seinem Elend sprechen wollen. Und dass sein Gesicht
nicht zeigte, wie er sich im Moment fühlte. Wie er sich
denn fühle, hätte sie ihn garantiert gefragt: Eben ganz
anders, viel mehr wie ein ... Kind. Na, das meine ich
doch, hätte sie gesagt, du bist doch mein Kind. Rafaelo,
mein Süßer. Nein, ich habe das Kind in mir längst verloren. Wie kann man denn sein Kind verlieren? Du hast es
mir weggenommen. Unsinn, du bist und bleibst mein
Kind, für immer. Er hörte sein Blut in den Schläfen pochen.

»Du brauchst mehr Ruhe«, sagte sie. »Ruhe, Ruhe.«

»Wann kommt denn Heinrich?«, wollte er wissen.

Sie antwortete nicht.

Rafael hielt die Augen geschlossen. Warum erzähle ich ihr nichts von meinen Nächten? Von meinen Zweifeln und Ängsten, von meiner unsicheren Zukunft?

Er schlug die Augen auf und sah Annemarie an. Ihr Gesicht war starr, ihre Augen waren auf ihn gerichtet. Sie ist es doch, die mich erlösen könnte, dachte er. Mit einem einzigen Lächeln, mit einer kleinen Handbewegung.

»Ich solle auf dich aufpassen«, sagte sie, als hätte sie seine Gedanken gelesen. »Um Gottes willen vorsichtig sein.«

»Wer hat das gesagt?«

»Doktor Gegenbauer.«

»Aber das war vor vierzig Jahren.«

Sie sah ihn hilflos an.

Rafael setzte sich auf. »Was meinte er denn damit?«

Sie zuckte die Schultern.

Sie schwiegen. Rafael sah auf den Boden. Irgendwann würden sie nur noch von ihren Erinnerungen leben. Vielleicht war er doch noch ein Kind. Achtundvierzig war doch kein Alter. Sie hatten immer nur einen Planeten gehabt und eine gemeinsame Einsamkeit. Sie hatte auf ihn aufgepasst, ihn bewacht und behütet, darauf geachtet, dass sein Kragen richtig saß, der Hemdknopf angenäht, die Schuhe geputzt und die Hosen sauber waren. Dafür hatte er sich um ihr inneres Wohl gekümmert, hatte es gar nicht anders gekannt.

Sie hörten den Schlüssel im Schloss. Heinrich kam

herein, über und über mit Schnee bedeckt. In der Hand trug er eine Tüte.

»Das hätte ich schließlich auch allein machen können«, sagte er atemlos.

Annemarie rollte aus ihrer Ecke herbei.

»Kinder, Kinder, seid bloß vorsichtig«, sagte sie.

Heinrich zog den Mantel aus und hängte ihn auf.

»Im Kaufhaus habe ich eine geschlagene Stunde warten müssen. Keiner nahm den Auftrag an.« Er kam ins Zimmer.

Sie nestelte an seinem Jackett. »Wo warst du denn bloß, ich habe mir schon Sorgen gemacht.«

Heinrich gab Rafael die Hand. »Und alles, weil sie Mittagspause machten. Danach konnten sie mir aber auch nicht helfen.«

Er musste den ganzen Nachmittag durch die Straßen gelaufen sein. Jackett, Hemdkragen, alles an ihm saß schief. Er öffnete die Tüte und holte den Schuh heraus, einen braunen Lederschuh mit einer langen Schiene.

»Der Schuster am Tempelhofer Damm hat es schließlich gemacht. Erst meinte er, ich solle in einer Woche wiederkommen.« Er schüttelte den Kopf. »Eine Woche für einen Druckknopf. Dann hat er es aber doch gemacht.«

Er kniete sich auf den Boden und hielt Annemarie den Schuh hin. »Na, nun zieh mal den alten aus.«

Gemeinsam zogen sie an dem Schuh. Heinrich passte ihr den anderen an.

»Bist du schon lange hier?«, fragte er.

»Eine Weile.«

Rafael ging zum Fenster, sah den Schnee im Flutlicht fallen. Die Einjährigen liefen im Kreis.

»Du musst den Rollibus für Heiligabend bestellen«, sagte er.

Als er aus dem »Ulmenhof« stolperte, gingen hinter ihm die Lichter aus. Das ganze Gebäude erlebte für einen kurzen Moment einen Stromausfall. Das war im Grunde nichts Besonderes, aber Rafael sah es im Zustand innerer Verlorenheit als ein weiteres Zeichen für seinen Untergang an. Im selben Augenblick wusste er, dass ihn eine Welle der Zerrissenheit packen würde. Er hätte ins Kino gehen können oder in eine Kneipe, um dieses Gefühl wegzuspülen. Aber er wusste, dass er nichts anderes tun konnte, als sich hineinfallen zu lassen. Er musste sich selbst ertragen, mit allen Vorwürfen und Schuldzuweisungen. Er musste diesen Cocktail schlucken, es gab kein Entrinnen. Er fiel, und etwas in ihm fing ihn wieder auf.

Er hatte die U-Bahn genommen, war in Tempelhof umgestiegen und mit der S-Bahn bis Bahnhof Hermannstraße gefahren. Eine halbe Stunde lief er auf dem Bahnhofsgelände herum, ohne zu wissen, was er als Nächstes tun würde. Hängte sich mal an eine Frau mit einem Kinderwagen, mal an einen Herrn mit Mappe. An einer Imbissbude kaufte er sich zwei Currywürste mit Brot und verschlang sie hastig. Dann lief er im Strom der Pendler die Treppe zum Ausgang hinauf. Die Straße hatte ihn wieder.

Es hatte aufgehört zu schneien. Rafael überquerte die Straße, wich geschickt den Autos aus. Die Dunkelheit machte ihm nichts aus. Er nahm den erstbesten Bus Richtung Hermannplatz, klebte mit der Stirn an der Fensterscheibe. Je länger er auf die Straße sah, desto wohler fühlte er sich. Es waren nicht mehr viele Leute unterwegs. Orientalische Imbissbuden behaupteten sich neben Juweliergeschäften, Modeläden für Brautpaare und Pfandhäusern. Er sah einen dicken Mann mit Pluderhosen und Soldatenstiefeln über den Gehweg hetzen, an der Hand einen Einkaufswagen, dem er scheinbar folgte. Für einen Augenblick tauchte das Gesicht seines Vaters auf.

»Wovon können die Leute hier leben, Annemarie? Der Krieg ist wohl immer noch nicht vorbei.«

»Karl-Friedrich, hör auf. Du wirst nochmal an deiner Bitterkeit ersticken.«

»Ich bin nicht bitter, Annemarie, nur müde. Bald bist du von mir erlöst, du wirst eine frühe Witwe.«

»Musst du vor dem Jungen so reden? Herrgott, reiß dich doch zusammen.«

Das Eingangsportal eines Friedhofs zog vorbei, die Umrisse zweier steinerner Engel. Ihre Flügel ragten über das Tor hinaus. Das letzte Mal war er hier vor zwanzig Jahren gewesen. Sie waren die Hermannstraße hinuntergerannt, Rafael und der Grieche, der Freund einer Freundin. Es war Frühling gewesen, und Rafael hatte noch einmal das Grab seines Vaters sehen wollen. Der Grieche hatte selbst seinen Vater vor kurzem verloren und Verständnis für die Suche gehabt, war die ganze Zeit nicht von Rafaels Seite gewichen. Obwohl er nicht gut Deutsch sprach, hatten sie sich verstanden. Er hatte erzählt, dass die Griechen beim Tod eines Angehörigen eine Menge Theater machen. Und Rafael hatte dagegengehalten, dass die Deutschen vor den Gräbern stünden, »als würden sie sich bewerben«.

Sie waren die ganze Hermannstraße herauf und herunter gerannt, aber Rafael hatte sich nicht mehr an den Friedhof erinnern können. Sie hatten alle gleich ausgesehen. Schließlich hatte er sich für den nächstbesten entschieden, war hineingestürmt und hatte die Friedhofsaufsicht nach dem Grab seines Vaters gefragt. Aber das Sterbedatum war ihm nicht eingefallen. Nichts hatte er gewusst, nicht das Geburtsdatum und nicht den Tag seines Todes, nur seinen Namen: Karl-Friedrich Engelmann.

Sie waren sämtliche Reihen abgelaufen und hatten alle Gräber überprüft, hatten stundenlang nach dem Grab gesucht. Die Allee sah wunderschön aus, und von der kleinen Kapelle läutete eine Glocke. Aber Rafael hatte auf nichts geachtet, nur auf die Gräber, und war schließlich so konfus gewesen, dass er seine ganze Familie vor seinem inneren Auge aufmarschieren sah: Trudel, Bruno, die alte Singer, Tante Mimchen, Onkel Rolf und Tante Ilschen. Er sah sie alle zwischen den Gräbern und den Grabsteinen herumstehen. Dem Griechen hatte er nichts davon gesagt.

Rafael klebte an der Scheibe. Vielleicht war er ja deshalb auf den Friedhof gegangen, vielleicht hatte er sich insgeheim gewünscht, dass ihm seine Leute zur Seite stehen würden, vielleicht hatte er gehofft, Unterstützung von ihnen zu bekommen. Er blickte in die Dunkelheit hinaus. Alle Menschen da draußen hatten ein Ziel, sie kamen von der Arbeit und gingen nach Hause, nur er irrte herum.

An der entlegensten Mauer des Friedhofsgeländes waren sie endlich zum Stillstand gekommen, da, wo es nur noch Andeutungen von Gräbern gab, wo nicht einmal mehr Grabsteine standen. Da hatte er nicht mehr weitergewusst und aufgegeben. Im selben Augenblick waren die Bilder und Erinnerungen über ihn gekommen: Er hatte Annemarie und sich selbst gesehen, wie sie vor dem unscheinbaren Grab gestanden hatten, ein paar Tage nach Vaters Tod. Er war aufgeregt hin und her gerannt, um von einer Pumpe Wasser zu holen. Er hatte alles getan, um Annemarie nicht in die Augen sehen zu müssen. Sie stand vor dem Grab in ihrem schwarzen Kleid, mit dem grün gesprenkelten Tuch um den Kopf und den flachen schwarzen Schuhen. Sie sah zornig und traurig aus. Ihr Schweigen hatte ihm Angst gemacht.

Irgendwann hatte der Grieche ihn mit sich gezogen und zum Ausgang bugsiert. Danach hatte er sich in das alte Haus verkrochen und war bis auf ein paar kleine Engagements, die er zum Überleben brauchte, nicht mehr aufgetreten.

Rafael starrte in die Dunkelheit. Das letzte Portal, ein steinernes Tor, von zwei Engeln bewacht. Hier waren sie herausgestolpert, und er hatte wieder durchatmen können. Der Grieche hatte ihm von den Inseln erzählt. »Such dir eine aus. Sie heißen Simi, Hydra, Naxos, Serifos.« Sie waren kreuz und quer durch die Straßen gelaufen und hatten die Namen der Inseln vor sich hin gesprochen. Wie Gebete. Und noch im selben Jahr hatte er Marianne auf Skiathos kennen gelernt, wie durch ein Wunder.

Rafael hätte für immer so unterwegs sein wollen. Er war todmüde, aber er machte sich keine Vorwürfe mehr. Er war fast fünfzig und auf dem freien Markt nicht mehr gefragt. Je länger er darüber nachdachte, desto aussichtsloser erschien ihm seine Situation. Er

229

hatte ein Leben lang nach einem Vater gesucht: Wie ist es, einen Vater zu haben, mit dem man sein Fahrrad reparieren kann, der einem Ratschläge gibt, wenn man nicht mehr weiterweiß, mit dem man angeln gehen oder Fußball spielen kann? Wie fühlt es sich an, einen starken, weichen, harten, schlichten oder klugen Vater zu haben?

Als Siebzehnjähriger hatte er einen Traum gehabt. Marlon Brando, sein Lieblingsschauspieler, war in die Klasse gekommen und hatte in gebrochenem Deutsch gerufen: »Kann Engelmann mal für einen Moment rauskommen? Ich bin auf der Durchreise und würde ihn gern sprechen.« Die Schüler hatten ihn erstaunt angesehen. Worüber sie auf dem Gang miteinander gesprochen hatten, hatte er vergessen. Brando war sein Freund gewesen, und alle Schüler hatten ihn dafür bewundert.

Er hatte in dieser Zeit viele Träume gehabt. Wie den von dem alten Penner, der ihm mit dem Fahrrad seines Vaters auflauerte. »Gib mir was«, hatte er Rafael angeschrien. »Gib mir was.« – »Nein«, hatte Rafael geantwortet, »ich geb dir nichts mehr.« – »Dann werde ich dich erschießen.« – »Schieß doch.« Und er hatte sich umgedreht und den Penner stehen lassen, obwohl er Angst gehabt hatte, dass er ihn in den Rücken schießen würde.

In dieser Zeit war er auch schon verloren durch die Straßen gezogen und hätte am liebsten jeden Fremden angehalten. »Nehmen Sie mich mit, ich suche eine schützende, tröstende, mich auffangende Hand.«

Er schämte sich für diese Gedanken. Er war fast fünfzig und kein Kind mehr.

Wie er in sein altes Viertel gekommen war, wusste er

nicht mehr. Auf unzähligen Bahnsteigen war er umgestiegen, war durch die Nacht gefahren wie in einem Film. In den Gesichtern der Leute hatte er nach etwas gesucht, aber wonach, das wusste er nicht. Irgendwann waren die Stimmen in seinem Kopf verstummt, und dann war alles wie von selbst gegangen.

Rafael stand vor der kleinen Kirche. Die Laternen auf dem Vorplatz leuchteten in warmem Gelb, sie trugen kleine Schneemützen, der Bordstein glitzerte. Es musste weit nach Mitternacht sein. Die Häuser rings um den Kirchplatz schienen zu schlafen. Im ehemaligen Möbelladen befand sich jetzt ein Restaurationsgeschäft. Er war atemlos vor der Kirchentreppe stehen geblieben. Die Hecke, die das Seitenschiff umgrenzte, die hohen Bäume, die Laternen, der holprige Gehweg, nichts hatte sich verändert.

Eine klare, wolkenlose Nacht, der Mond stand voll am schwarzblauen grenzenlosen Himmel. Rafael sah zum Kirchturm hinauf, sie hatten die Fassade renoviert. Er ging zur Kirchentür und drückte die Klinke herunter. Die Tür gab nicht nach. Solange er sich erinnern konnte, war sie offen gewesen. Wenn sonntags das Glockengeläut zu ihm ins Zimmer drang, war er losgerannt, um kurz darauf mit einer Gruppe lärmender Kinder durch diese Tür zu gehen. Die Orgel konnte man im ganzen Viertel hören. Er hatte sich in die vierte oder fünfte Reihe gesetzt und auf das blaue Dreieck direkt über dem Heiland gestarrt. Er wartete auf das Licht, das zu einer bestimmten Zeit hereinfiel. Es durchflutete das ganze Kirchenschiff. Einzig dieses Lichtes wegen war er jeden Sonntag hierher gekommen.

Rafael ließ die Klinke los und lief die Stufen wieder

231

hinunter, vorbei an parkenden Autos, dem ältesten
Schulhaus seines Viertels, dem Gemeindehaus, in dem
sie einen Mittagstisch für die Ärmsten eingerichtet hatten, und am Bestattungsinstitut Hoffmann.

Pfarrer Sudrow fiel ihm ein, dem hatten er und Annemarie geglaubt. Alle Leute aus dem Viertel hatten
ihm geglaubt, sogar die Unverbesserlichen. Pfarrer
Sudrow war eine Autorität gewesen.

»Schützt eure Männer, steht ihnen zur Seite«, hatte er
von der Kanzel gerufen. Zornig war er gewesen, er hatte sich keinen Deut um die Kritiker aus der Gemeinde-
verwaltung gekümmert. Rafael hatte mit Annemarie
und Trudel in der dritten Reihe gesessen. Damals war
Annemarie das erste Mal mit ihm in die Kirche gekommen, und Trudel hatte sie begleitet.

Vor der ganzen Gemeinde hatte Pfarrer Sudrow die
Väter aller Jungen in Schutz genommen: »Eure Väter
sind keine Verlierer. Wir haben alle verloren.«

Rafael hatte das nicht verstanden, aber doch die Worte nie vergessen: »Schützt eure Männer, denn sie brauchen euch jetzt.«

Annemarie hatte geweint, und Trudel hatte auch
weinen müssen. Fast alle Frauen in der Kirche hatten
geweint. Rafael hatte während der ganzen Predigt auf
das blaue Dreieck über dem Heiland gestarrt und auf
das Licht gewartet, das schließlich erschien und sich in
der ganzen Kirche verbreitete.

»Jeder mit seiner Schuld«, hatte Pfarrer Sudrow von
der Kanzel herab gedonnert. »Einer trage des anderen
Last.« Und zum Schluss hatte er noch hinzugefügt:
»Gebt ihnen euren Beistand, denn sie gaben für uns ihr
Leben.«

Er spürte wieder Boden unter den Füßen. Der Mond gab genug Licht. Er lief an der Bordsteinkante entlang. Die Arme hatte er wie Flügel ausgebreitet. Es roch nach Autoabgasen, aus einigen Schornsteinen stieg noch Rauch.

Er lief die Gierkezeile hinunter, achtete nicht auf die Straßennamen, kannte hier jeden Stein. Aus der Tür des griechischen Restaurants drang Gelächter. Am Pestalozzi-Fröbel-Haus machte er kehrt, bog in die Behaimstraße ein und lief weiter bis zum ehemaligen Kino, das sich jetzt Studiobühne nannte. In den Schaukästen hingen ein paar Fotos, Clownsgesichter. Er blickte zur anderen Straßenseite. Wo einmal die »Lützower Lampe« gewesen war, hatten sie eine Teestube eingerichtet. Die alte Laterne hing noch über dem Eingang. Die Kneipe an der nächsten Ecke hatte geschlossen.

Er überquerte die Wilmersdorfer Straße, hatte am Richard-Wagner-Platz sein erstes Ziel erreicht. Der Rathausturm in der Ferne sah aus wie ein mächtiger Schattenriss. Dort, an der Otto-Suhr-Allee, wo jetzt ein Tchiboladen war, hatte Annemarie einmal im Monat ihr Konfekt gekauft, englisches Konfekt. Es war sehr teuer, aber sie hatte es sich nicht versagt. Süß und zugleich bitter hatte es geschmeckt, die rosarote Füllung war von Schokolade umhüllt, und jede Praline war in goldenes Papier gewickelt. Er hatte augenblicklich den bittersüßen Geschmack auf der Zunge.

Rafael drehte sich um: Vor ihm lag die kleine Gasse. Bei jedem seiner Schritte stoben Schneekristalle vom Boden auf.

»Laterne, Laterne, Sonne, Mond und Sterne.«

Er hatte den Stab in der Hand gehalten. So fest, dass

ihm die Handknöchel schmerzten. Am Ende des Stöckchens baumelte die Laterne aus hellblauem und rotem Papier, drinnen flackerte eine Kerze. Er lief äußerst vorsichtig, damit der Wind sie nicht ausblies. Annemarie ging neben ihm und überschüttete ihn ausnahmsweise nicht mit Ermahnungen. Auch die anderen Kinder waren ganz auf ihre Laternen konzentriert. Wie kleine Mönche hatten sie ausgesehen in ihren Anoraks und Trainingshosen.

Rafael bog in die Haubachstraße. Vielleicht brachte er sie ja heute Nacht nach Hause: Trudel, Bruno, die alte Singer, Onkel Rolf, Ilschen und Mimchen. Ob er deshalb immer wieder ins alte Viertel zurückgekehrt war, um sie endlich und für immer hier zu lassen? Der Gedanke machte ihm Angst. Er lief schneller, sein Rücken schmerzte, alle Fenster und Türen sahen ihn an.

Er durchquerte das ganze Viertel, lief am Krämer vorbei, am Buchladen, an der kleinen Parfümerie, die jetzt ein Antiquariat war. Er ließ den Park links liegen und erreichte die Schlossstraße. Die Apotheke, das Schuhgeschäft und die alte Fleischerei an der Ecke waren noch da. Aber fast alle anderen Läden, die er von früher kannte, hatten sich in türkische Teestuben, Obst- und Gemüsegeschäfte verwandelt.

Es war fast drei Uhr morgens. Rafael blieb unter einer Laterne stehen und sah sich unschlüssig um. Er musste die letzte halbe Stunde im Kreis gelaufen sein. Nun überließ er sich einfach seinen Füßen, nahm die nächstbeste Seitenstraße, so wie er es als Junge immer getan hatte.

Aus dem Fenster einer Kneipe fiel noch Licht. »Restaurant« stand über der Tür, daneben ein Hinweis in russischer Sprache. Rafael blieb stehen und blickte ins Fenster. Im Hintergrund sah er einen dicken Mann mit Schürze, kahlköpfig, mit muskulösen Oberarmen. Ein zweiter Mann saß in der Ecke an einem Tisch, die anderen Tische waren nicht besetzt. Rafael ging weiter. Nach ein paar Metern kehrte er um, blickte noch einmal ins Fenster, fasste sich ein Herz und drückte die Klinke herunter. Es bimmelte, als er eintrat.

»Wir haben geschlossen«, sagte der Dicke in gebrochenem Deutsch.

Rafael blieb in der Tür stehen. Der Raum war völlig überheizt. Es roch nach altem Fett. Die Kerzen auf den Tischen gaben ein wenig Licht. In der Ecke stand ein kleiner Ofen, daneben ein Sofa, auf dessen Lehne ein riesiger schwarzer Kater schlief; er hatte nicht einmal den Kopf gehoben, als Rafael eintrat. Aus dem hinteren Zimmer erklang türkische Musik, die immer wieder von Werbung unterbrochen wurde.

»Vielleicht könnte ich noch etwas zu trinken bekommen«, sagte Rafael und wunderte sich selbst über seine Beharrlichkeit.

Der Wirt sah ihn abschätzend an, nickte nach kurzem Zögern und verschwand nach hinten.

Rafael stand unschlüssig an der Tür. Der Mann in der Ecke winkte ihm zu. Vor ihm auf dem Tisch lagen ein zerbeulter Hut und eine Aktentasche.

»Setzen Sie sich ruhig«, sagte der Alte. »Wir haben Sie erwartet. Wenn einer so spät kommt, wird er immer erwartet. Außerdem, wenn Mihran nichts sagt, können

Sie ruhig bleiben. Es muss ja draußen recht ungemütlich sein.«

Er sprach mit russischem Akzent und hatte eine warme, tiefe Stimme. Rafael setzte sich neben die Tür ans Fenster. Auf dem Tisch standen eine Kerze und ein Aschenbecher. Schlagartig überfiel ihn Müdigkeit. Seit fünf Uhr war er nun schon unterwegs. Das Herumirren, die Bilder aus der Vergangenheit, all das hatte ihn belastet. Aber nun war ihm, als fiele alles von ihm ab.

Der Dicke kam und stellte ein Glas Tee vor ihn auf den Tisch. »Ich kann Ihnen etwas Brot und Zwiebeln bringen.«

»Haben Sie Rotwein?«, fragte Rafael.

»Wir haben auch Rotwein«, sagte der Wirt unwillig. »Entscheiden Sie sich.«

»Brot und Zwiebeln und Rotwein«, sagte Rafael schnell.

Der Tee schmeckte bitter und zugleich süß. Rafael schätzte den Mann in der Ecke auf über siebzig. Kerzengrade saß er an der Wand. Er hatte ein rundes Gesicht, das volle graue Haar hing ihm in die Stirn. Wie er da saß, fügte er sich gut in das Bild, das hinter ihm an der Wand hing: zwei Soldaten in Uniform, die schlafend unter einem Baum lagen, die Beine von sich gestreckt, neben ihnen die Reste eines Gelages, Weinflaschen, Brocken von Brot und abgenagte Hühnerknochen. Ihre Gewehre hatten sie an die Bäume gelehnt. Rafael sah zu dem Mann hinüber, ihre Blicke trafen sich. Der Alte lächelte. Er trug eine altmodische Krawatte, blau-grau gestreift. Sein Anzug schien bessere Zeiten gesehen zu haben. Das Jackett spannte über dem Bauch, unter den Ärmeln lugten die Manschetten hervor. Er zerkleinerte das Brot, schob ein paar Brösel in den Mund und ließ wie absichtslos eine Hand unter dem Tisch verschwinden. Er steckt heimlich Brot ein, dachte Rafael und sah auf die Hände des Mannes, an einer fehlten zwei Finger.

Der Dicke brachte das Essen, rohe Zwiebeln, Tomaten und Gurken, die in Essig und Öl schwammen, dazu Brot und Butter. Er stellte eine Karaffe Wein auf den Tisch. »Wir schließen bald.«

Zu anderen Zeiten wäre Rafael sofort aufgestanden und gegangen. Vielleicht lag es an der Müdigkeit, hier jedenfalls wollte er noch ein paar Minuten bleiben.

Von der Straße hörte man Gelächter und das Zersplittern von Flaschen auf dem Bordstein. Ein paar Jugendliche zogen am Fenster vorbei, dann folgte ein heftiges Bummern. Der Dicke ging zur Tür, sperrte sie ab und verzog sich nach hinten.

»Nur ein paar verrückte Jungs«, sagte der Mann in der Ecke. »Es ist besser, wenn man ihnen nicht öffnet.«

Rafael konnte sein Gesicht jetzt deutlicher erkennen, blickte in zwei klare Augen.

»Wohnen Sie in der Gegend?«, fragte der Alte.

»Ich habe hier einmal gelebt, das ist schon lange her.«

»Man kommt immer wieder zurück, nicht wahr?«

Er sprach leise, aber Rafael konnte jedes Wort verstehen.

»Es gibt noch ein paar Leute von damals, doch die meisten sind schon lange fort. Jetzt wohnen hier nur noch Türken, Armenier und ... Russen.« Er verzog das Gesicht. »Wie lange waren Sie schon nicht mehr hier?«

»Das kann ich nicht genau sagen ...«

Der Mann lachte. »Sie müssen es mir nicht erzählen«, sagte er. »Essen Sie lieber, die Zwiebeln werden ja kalt.«

Rafael nahm die Gabel und piekte auf dem Teller herum. Er spürte, dass der Mann ihn beobachtete. Er nahm einen Schluck Wein. Der Alte nickte ihm aufmunternd zu.

»Die Leute hier sind sehr arm«, sagte der Mann. »Die meisten leben auf engstem Raum. Immer mehr Wohnungen werden zu Eigentum gemacht. Wer kann sich noch Eigentum leisten?«

Rafael sah, wie er wieder ein Stück Brot unter dem Tisch verschwinden ließ.

»Hier bleibt man für immer oder haut zeitig ab«, sagte der Mann. »Die Leute sind einfach zu arm, um zu träumen. Die einen haben nur Geld im Kopf und wollen so schnell wie möglich hier raus. Die anderen lernen sich schon als Kinder kennen und bleiben ein Leben lang zusammen. Sie kommen nicht von hier weg.«

Er rief etwas auf Russisch in den hinteren Raum und erhielt Antwort.

»Leider hat Mihran nichts mehr von dem köstlichen Aprikosen-Gelee«, sagte der Alte bedauernd.

»Aprikosowoje tworoschnoje«, rief der Dicke von hinten.

»Sie müssen es probieren, wenn Sie das nächste Mal kommen«, erklärte der Mann. »Es ist köstlich. Mögen Sie Aprikosen?«

Rafael nickte. Er fischte den letzten Happen vom Teller. Das Essen hatte ihm gut getan, die Gürkchen, der scharfe Essig, sogar die rohen Zwiebeln. Der Kater schien bei dem Wort »Aprikosen« erwacht zu sein, träge hob er den Kopf.

»Das ist Zolak«, sagte der Alte. »Er ist ein lieber Kerl, aber er kann auch anders. Mihran und er sind wie ein Ehepaar, sie lieben sich so sehr, dass jede Frau eifersüchtig würde.«

Der Wirt kam, nahm die Schürze ab und warf sie hinter den Tresen. Er ging von Tisch zu Tisch und löschte die Kerzen.

»Mihran hört nur auf Zolak. Nicht wahr, Mihran?« Der Alte lachte.

Der Dicke beachtete ihn nicht.

»Tun wir einfach so, als hätten wir eine Verabredung. Dann gibt er uns vielleicht noch zehn Minuten.« Der alte Mann stand auf und schob den Tisch beiseite.

»Könnten Sie ihm bitte sagen, dass ich zahlen möchte?« Rafael suchte in seinem Mantel nach dem Portemonnaie.

»Bleiben Sie doch noch einen Moment«, sagte der Alte. Er kam zu ihm herüber, nahm sich einen Stuhl und setzte sich. Er atmete schwer. »Was arbeiten Sie?«

»Ich bin Schauspieler«, antwortete Rafael.

»Was Sie nicht sagen.« Der Mann riss die Augen auf. »Dann sind wir ja Kollegen. Was machen Sie? Theater? Film?«

»Ich muss jetzt gehen«, sagte Rafael und winkte nach der Rechnung.

»Sind Sie in diesem Viertel geboren?«, wollte der Alte wissen. Er nahm ein Stück Brot vom Tisch und steckte es in die Jackentasche.

»Ja.«

»Es ist immer ein bisschen Verrat, wenn man geht, nicht wahr?« An seiner Nase hatte sich ein Tropfen ge-

239

bildet. Obwohl er unentwegt lächelte, hatte er traurige Augen. »Vor Weihnachten ist es besonders schlimm.«

Sie schwiegen.

Der Wirt kam und legte Rafael die Rechnung hin.

»Mihran und ich haben einen Vertrag geschlossen.« Der Alte sah auf seine Hände. »Wir sprechen nicht mehr über die Vergangenheit. Wir reden nur noch über das Essen, das Wetter und über die verdammte Vogelpest.« Er stupste ihn in die Seite. »Nicht wahr, mein Freund?«

Der Dicke verdrehte die Augen und steckte das Geld ein. »Wir schließen jetzt.«

Rafael erhob sich, und der Wirt schloss die Tür auf. Kalte Luft schlug ihnen entgegen.

»Gute Nacht«, sagte Rafael.

»Warten Sie, ich komme mit.« Der Alte war schon an der Tür. Aktentasche und Hut musste er in Sekundenschnelle ergriffen haben. »Kommen Sie, es ist schon spät.«

Der Schnee kam von vorn, Rafael hatte Mühe, die Straße zu erkennen. An den Laternen wirbelten glitzernde Fahnen empor.

»Gehen Sie nur, gehen Sie. Jugend geht voran.«

Der alte Mann ließ sich nicht abschütteln.

»Haben Sie keinen Mantel? Sie werden sich den Tod holen«, sagte Rafael.

»Ich bin einiges gewöhnt.« Er hatte den Hut tief ins Gesicht gezogen.

»An der nächsten Ecke muss ich abbiegen.« Rafael schrie gegen den Wind an.

»Das trifft sich gut«, schrie der Alte zurück. »Gehen wir ein Stück zusammen.«

Sie liefen, so schnell sie konnten, Richtung Schlossstraße. Rafael hatte die Hände in den Manteltaschen vergraben.

»Spielen Sie Mandoline?«, fragte der Alte.

»Was?«

»Können Sie Mandoline spielen?«

»Nein«, antwortete Rafael. »Ich spiele kein Instrument.«

»Schade. Ich suche jemanden, der mich begleitet. Wenn Sie Lust haben, kommen Sie doch einmal vorbei. Ich habe eine kleine Schule, ein paar Straßen weiter.«

»Was für eine Schule?«

»Ich bringe den jungen Leuten ein paar lebenswichtige Dinge bei.« Er lachte.

»Was für Dinge?«

»Ich zeige ihnen ein paar Tricks, damit sie besser über die Runden kommen.« Er nahm einen Anlauf und schlidderte den Bürgersteig entlang. »Verstehen Sie, ich zeige ihnen, wie man ...«

Eine Hand hielt den Hut, die andere die Mappe. Plötzlich fiel er hin. Wie ein Bär plumpste er auf sein Hinterteil, es sah komisch aus. Er rutschte noch ein paar Meter, bis er unter einer Laterne zum Halten kam.

Rafael folgte ihm, so schnell er konnte. »Sind Sie verrückt, Sie werden sich das Kreuz brechen!«

»Es ist nichts, keine Sorge.« Der Alte hangelte sich an Rafaels Arm hoch. »Es gab eine Zeit, da ging es leichter.«

Er schwitzte, die Haare klebten ihm auf der Stirn. Dann zog er die Mappe hinter seinem Rücken hervor;

241

er hatte sie während der ganzen Rutscherei als Schlitten benutzt.

Der Alte sah ihn verschmitzt an. »Sie haben es verstanden, nicht wahr?«

Rafael nickte. »Kommen Sie«, sagte er, »Sie werden sich erkälten.« Er nahm ihn beim Arm. »Wo haben Sie das gelernt?«

»In Petersburg. Ich stamme aus Sankt Petersburg.«

»Sind Sie Artist?«

Der Alte schüttelte den Kopf. »Nein, ich mache mal dies und mal das. Ich hatte eine lebenslange Ausbildung.« Vor einem Abrisshaus blieb er stehen. »Hier wohne ich.«

Vor der Eingangstür stapelten sich Kartons.

»Vierte Etage, da, wo der Balkon ist.«

»Wohnen hier noch mehr Leute?«

»Nur eine alte Frau und ein paar Studenten. Also dann.« Er gab Rafael die Hand. »Vielleicht kommen Sie mal vorbei.«

»Schlafen Sie gut.«

»Ach übrigens«, sagte der Alte leise. »Haben Sie etwas Geld?«

»Wie bitte?«

»Es ist eine alte russische Sitte, sich etwas zu leihen, wenn man auseinander geht.« Er lachte verlegen. »Dann haben Sie einen Grund wiederzukommen.«

Rafael war verdattert. »Ich kenne Sie doch gar nicht.«

»Vertrauen Sie mir.«

Rafael sah, wie der Alte zitterte. Wahrscheinlich hatte ihn der Sturz doch mehr mitgenommen, als er zugeben wollte. Schnell griff er in seinen Mantel und holte die Börse heraus.

»Ich kann Ihnen zwanzig Euro geben«, sagte er und nahm zwei Scheine in die Hand. »Die fünfzig brauche ich für die Taxe.«

Der Alte nahm ihm den Fünfziger aus der Hand. »Geben Sie mir den, dann werden Sie mich garantiert nicht vergessen.«

Er drehte sich um und stolperte zur Tür.

»Klingeln Sie bei Kroll«, rief er über die Schulter. »Vierter Stock. Kommen Sie, wann immer Sie wollen.«

Dann hatte ihn der Hauseingang verschluckt.

»Gute Nacht«, sagte Rafael leise. Er sah zum Himmel hinauf. Im selben Moment erlosch ein Stern. Er drehte sich um und lief, so schnell er konnte, die Straße hinunter.

In der Nacht fand er keinen Schlaf, er stand auf, lief im Haus hin und her. Licht zu machen wagte er nicht. Immer wieder ging er hinunter in die Küche, vergewisserte sich, dass die Küchengeräte ausgeschaltet waren, prüfte die Verschlüsse von Türen und Fenstern, ging hinauf, stand minutenlang in der Badezimmertür und starrte auf die Fliesen. Die Eindrücke der letzten Tage ließen ihn nicht zur Ruhe kommen.

Er zog den Morgenmantel an und ging wieder hinunter, stellte sich an die Terrassentür und sah in den Garten. Hinter der Hecke glitzerte die Havel. Mimmi schob sich an seine Füße, er nahm sie hoch und streichelte ihr den Nacken. Sie begann zu schnurren.

»Such deinen Bruder«, flüsterte er und ließ sie wieder herunter.

Nun strichen beide Katzen um seine Füße.

»Ihr seid meine Familie, nicht wahr?«, flüsterte er und massierte ihnen den Rücken.

Er musste an Faulhaber, seinen Mitschüler aus der siebenten Klasse, denken. Faulhaber war von allen seinen Kameraden der klügste gewesen. Er wollte von Anfang an zur Behörde.

»Was denn für eine Behörde?« Rafael hatte es nicht glauben wollen. »Du kannst doch nicht dein Leben auf einem Amt absitzen.«

»Das gibt mir die Sicherheit, die ich brauche.«

Sie hatten nicht mehr auf den Unterricht achten können, so sehr hatten sie über die Zukunft gestritten.

Faulhaber hatte beim Arbeitsgericht angefangen und später das Mädchen aus der Parallelklasse geheiratet, die Lange mit dem Überbiss. Sie brachte eine Tochter mit in die Ehe, und Faulhaber sorgte für die beiden, damit sie ihm ein Heim gaben, Sicherheit und Geborgenheit.

Eines Tages verschwand die Tochter mit einem Türken, und Faulhaber war mit seiner Frau allein. Das ging nicht gut, die Lange nahm sich einen anderen, und Faulhaber fiel metertief. Nicht einmal die Behörde konnte ihn davor bewahren.

Rafael lehnte den Kopf an die Terrassentür. Er wäre wohl besser auch zur Behörde gegangen, zur Polizei, zur Bundeswehr oder sogar in den Strafvollzug als Schließer.

Der Garten lag noch immer im Dunkel, aber das Morgenlicht kam langsam in Bewegung, kroch in Zeitlupe hinter der Havel hervor.

Federn hatte er gelassen, solange er denken konnte.

244

Der Druck war von Mal zu Mal gestiegen: die Angst zu versagen, die Angst, nicht stark genug zu sein, die Angst vor einer unsicheren Zukunft. Am schlimmsten war es an den Staatlichen Bühnen gewesen. Er erinnerte sich an Inszenierungen, die er nur betend durchgestanden hatte. Er hatte sich bemüht, seiner Angst Herr zu werden. Er hatte sich an den Regieanweisungen orientiert, an Kollegen festgehalten, die ihm nicht in die Augen sahen, hatte versucht, seine Gefühle unter Kontrolle zu bekommen. Von Spiel war nicht die Rede gewesen. Es ging immer nur ums nackte Überleben. Es gab Kollegen, die waren selbstbewusst, locker und ohne Scheu. Die kannten keine Zweifel, keine Fragen nach dem Sinn ihrer Arbeit. Er hatte sich immer unfähig und unvollkommen gefühlt, hatte stets gefürchtet, eines Tages von irgendjemandem durchschaut zu werden: »Seht ihn euch an, die Flasche. Der Mann ist doch ein einziger Reinfall.«

Rafael blickte in den Garten. Noch vor kurzem hatte er sterben wollen. Hatte sich nicht mehr ertragen, hatte nur noch weglaufen wollen wie als Junge. Und jetzt? Nervös lief er von einem Raum zum anderen, gefolgt von den Katzen, an Stühlen, Tischen, Couchen und Vasen vorbei, stieß mal hier an, eckte mal dort an.

»An irgendetwas muss man sich doch festhalten«, rief er verzweifelt. Er spürte die Unruhe bis in die Fingerspitzen. Erschöpft setzte er sich auf die Treppe. »Es ist gut«, sagte er zu sich selbst wie zu einem Kind. »Es ist gut.«

Er ging wieder nach oben, legte sich ins Bett und sah an die Decke.

»Ich werde noch nicht sterben«, sagte er laut. »Aber

was ist, wenn Annemarie stirbt? Sie ist doch der letzte Halt in meinem Leben.«

»Wir werden immer zusammen sein, Rafaelo. Mit allem, was uns bleibt.«

Das Gesicht eines Fremden fiel ihm ein, der ihm einmal von seiner Plattensammlung erzählt hatte. Er besaß die größte Sammlung von Schlagern und Liedern der Dreißigerjahre. Er lebte allein, nur mit dieser Musik. Da er unter Schlafstörungen litt, ging er jeden Abend in sein Zimmer und hörte die Schallplatten seiner Eltern, bis die Sonne aufging. Sie waren längst tot, aber die Musik machte sie ihm für ein paar Stunden wieder lebendig. Siebenhundertsechzig Platten hatten sie ihm vermacht. Damit könne er noch Jahre verbringen, hatte er ihm beim Verabschieden zugeraunt.

Rafael schloss die Augen. »Leihen Sie mir etwas«, hatte der alte Mann gesagt. »Dann haben Sie einen Grund wiederzukommen.« Kurz zuvor war er die Straße hinuntergesegelt, lachend und wie von Sinnen.

»Nie mehr zurück«, dachte Rafael. Und bevor er in den Schlaf hinüberglitt, sah er das Gesicht seines Vaters.

Marianne riss die Jalousien hoch, Sonnenlicht durchflutete das Zimmer.

»Ich habe die alten Rechnungen und Quittungen zerschreddert«, rief sie fröhlich. Bei jeder Bewegung flogen ihre Haare hin und her.

»Na Mahlzeit.« Rafael zog die Decke vom Gesicht und drehte sich zum Wecker: Es war nach elf Uhr. Er hatte das erste Mal in seinem Leben verschlafen.

Marianne sammelte die Sachen ein, die auf dem Boden verstreut waren. »Steh auf, du verpennst den Tag.«

»Ich habe wirklich zum ersten Mal verschlafen«, sagte er.

»Sei ein Mann und steh endlich auf.«

»Niemals.«

Marianne warf sich aufs Bett. »Du verpennst noch dein ganzes Leben«, schrie sie.

»Ich lass mich nicht zwingen, ich ersticke, Hilfe!«

Sie gab auf und setzte sich auf die Bettkante.

»Warum haben wir eigentlich nie zusammengelebt wie andere Paare?«

»Wir brauchten Distanz.«

Sie legte ihren Kopf an seine Brust.

»Wir haben uns verkrochen«, sagte Rafael leise.

»Das hatten wir auch nötig.«

»Wir sind die Kinder der Nacht.«

»Amen.«

Er lupfte die Decke. »Komm zu mir ins Nest«, flüsterte er.

»Bist du verrückt?« Sie sprang auf. »Ich muss zu meinen Frauen. Sie können nicht ohne mich, sie können gar nichts allein. Das wird ein Fiasko.«

Sie jagte hinaus.

»Sie brauchen immer einen, an dem sie sich festhalten können«, rief sie von der Treppe.

»Ist dir eigentlich klar, was Heiligabend auf dich zukommt?«

»Ja, ja. Wir werden es schon überleben.«

Er hörte sie in der Küche kramen.

»Mimmi, Ferdinand. Da seid ihr ja. Hat der böse Rafael euch hungern lassen? Das nächste Mal nimmst du sie mit auf deine Exkursionen.«

Rafael setzte sich auf und sah zum Fenster. Der

Schnee war liegen geblieben, alle Äste trugen weiße Decken. Als Kind hätte er an diesem Tag seinen Schlitten aus der Kammer geholt, ein uraltes Ding, viel zu lang und unbeweglich. Ein Holm war abgebrochen, als Schnur diente eine alte Paketkordel. Die Kufen musste man mit Kerzenwachs einreiben. Aber es war sein Schlitten, und er hatte ihn geliebt. Er hatte ihn huckepack genommen und war hinausgestürmt. Auf der Straße hatte er ihn hinter sich hergezogen, auch wenn noch nicht genug Schnee lag. Die Kufen machten ein kratzendes Geräusch, der Schlitten folgte ihm wie ein Hund, über die große Kreuzung bis zum Park, bis zur Rodelbahn, bloß raus, bloß weg. Er hatte immer Angst gehabt, sich zu verirren, aber die Angst war es wert. Mit ein paar anderen Kindern war er die kleine Böschung hinaufgestolpert und dann mit unbändiger Lust hinuntergerodelt. Immer allein und so oft er konnte. So lange, bis das beklemmende Gefühl in der Magengegend verschwunden war. Gegen Nachmittag kehrte er zurück, durchgefroren und glücklich. Auf demselben Weg, den er gekommen war, immer pünktlich und mit einem verwandelten Gesicht.

Annemarie saß in dem Sessel vor der Balkontür. Das Licht ergoss sich über das Parkett, der Morgenmantel hing wie ein Feenschleier herab.

»Rafael, du musst jetzt ein großer Junge sein«, sagte sie leise. »Vati ist tot.«

Der Junge starrte auf den Boden, er hatte Angst, ihr in die Augen zu sehen. Er hörte, was sie sagte, aber ihre Worte erreichten ihn nicht.

»Komm her«, sagte sie sanft.

Er rührte sich nicht vom Fleck. Vielleicht war er ja gar nicht da.

»Rafael, hörst du?«

Plötzlich brach es aus ihm heraus. Er wollte nicht heulen, er hatte viel zu viel Angst, um zu heulen, aber er wusste, dass es jetzt nötig war. Also verzog er sein Gesicht und heulte los.

»Komm her«, sagte sie noch einmal. »Rafaelo, du musst nicht weinen.« Ihre Stimme klang fremd.

Er ging zu ihr und legte ihr die Arme um den Hals. Er wusste, sie hatte Angst davor, dass er es nicht verstehen würde. Aber er verstand das mit Vatis Tod. Er hatte schon vor ein paar Tagen verstanden, dass sein Vater sterben würde. Keiner hatte es ihm gesagt, aber er hatte es dennoch gewusst. Er hatte versucht, sich abzulenken, war mit ein paar Kindern durch den Hort getobt, aber die Stimme war immer lauter geworden. Gegen Mittag hatte Frau Kriewitz gesagt, er solle jetzt nach Hause gehen. Da hatte er die Gewissheit gehabt, dass Vati tot war. Auf dem Heimweg hatte er gewusst, dass von diesem Tag an alles anders werden würde.

Er drückte sich an sie, Annemarie strich ihm über die Wange. Vielleicht würde sie ja auch bald sterben, dachte er. Ab heute würde er alles tun, damit sie sich nicht mehr ängstigen musste.

»Wir müssen jetzt vernünftig sein«, sagte Annemarie.

Rafael nickte.

»Du bist doch ein großer Junge, nicht wahr, Rafaelo?«

Er nickte noch einmal. Er sah sie nicht an. Er vergrub sein Gesicht an ihrer Schulter.

Als er seinen Vater zum letzten Mal sah, hatten sie um sein Bett gestanden, Frau von Raben, die Tochter der alten Singer, zwei andere Frauen und ein alter Mann. Die Singer war mit Annemarie in die Küche gegangen, weil sie keine Kraft mehr hatte. Rafael hatte sich an den Türrahmen gedrückt und mitbekommen, wie die Leute versuchten, seinen Vater zu beruhigen. Er hatte wie ein Kind geweint. Er hatte geweint und geschrien. Sie hatten von Verträgen und Abmachungen gesprochen. Die Frauen hatten ihm aus einem Buch vorgelesen, in dem von einem Meister Eckhart die Rede war, und Rafael hatte alles mit angehört, aber nichts verstanden. Immer wieder hatte er versucht, das Gesicht seines Vaters zu sehen, aber es war unmöglich gewesen. Sie hatten eine richtige Mauer um sein Bett gebildet, und das Weinen und die Rufe waren immer lauter geworden und hatten sich in sein Herz gebrannt. Er hatte gewusst, dass es um alles ging. Er hatte es genau gewusst, wie immer, wenn er ganz tief in sich hineinhorchte.

Er hätte so gerne noch einmal das Gesicht seines Vaters gesehen.

»Du wirst vernünftig sein, nicht wahr, das wirst du doch?« Sie sah ihn an, ihr Gesicht war ganz verspannt.

Rafael nickte.

Sie stand auf, stellte ihn vor sich hin und drückte seinen Kopf an ihren Bauch. Er konnte ihr Parfüm riechen, sie roch nach Lavendel.

»Es wird schon gehen«, sagte sie. »Es wird schon weitergehen.«

Er lauschte auf die Geräusche, die von der Straße kamen. Er erkannte die Stimme des Kaufmanns. Sie sprachen alle durcheinander, die Frau aus der Parfümerie, der Kaufmann, Frau von Raben. Alle wissen, dass heute mein Vater gestorben ist, dachte er, alle wissen, dass wir jetzt allein sind. Er drückte sich fester an ihren Bauch, sie fuhr ihm mit der Hand übers Haar.

»Es wird schon weitergehen«, sagte sie noch einmal und legte ihm sanft die Hand über die Augen.

Vor Weihnachten, kurz bevor sie seinen Vater das letzte Mal geholt hatten, hatte er mit ihm auf der kleinen Bühne des Kinderhorts gestanden. Rafael hatte seinen dicken Norwegerpullover getragen und die graue Pudelmütze. Sein Vater hatte sich einen Kaffeekannenwärmer als Helm aufgesetzt, so einer, wie ihn die Bischöfe in den Kirchen trugen. Er hatte einen Umhang über die Schultern gelegt und sich einen langen Bart angeklebt. Sie hatten zusammen Nikolaus und Knecht Ruprecht gespielt. Sein Vater hatte ein Gedicht rezitiert: »Von drauß' vom Walde komm ich her, ich muss euch sagen, es weihnachtet sehr.«

Hinter ihnen an der Wand war ein Wald aufgemalt und eine Hütte aus Lebkuchen, aus der Rauch aufstieg. Dazu grüne und braune Äste, auf denen Schnee aus Watte lag.

Die Kinder hatten um die Bühne herumgestanden, zusammen mit Frau Kriewitz, Frau Schwarz und den anderen Tanten. Rafael hatte sich nicht getraut, nach der Hand seines Vaters zu greifen. Es war ja nicht richtig echt, was sie taten, sie spielten es nur, aber es war viel schöner gewesen in diesem Moment als alles andere, was er sonst kannte. Sein Vater hatte seine Stimme verstellt, so wie er es immer tat, wenn er

Geschichten erfand, und seine Augen hatten geleuchtet.

»Ruuuprecht, hol Er mir das rooote Päckchen dort« und »Ruprecht, mach Er ein freundliches Gesicht«.

Daraufhin hätte Rafael sagen müssen: »Ich bin Knecht Ruprecht und soll die Säcke öffnen.«

Aber er kam nur bis »Ich bin Knecht Ruprecht und soll ...«, dann war er stecken geblieben, und sein Vater hatte den Rest übernommen.

Sie hatten die Säcke geöffnet und die Geschenke an die Kinder verteilt: die Gläser, die Kartoffelmännchen und die Figuren aus Kastanien, die Ledergürtel mit den verrückten Mustern und die bunten Stickereien von den Mädchen. Alles war in grünes und rotes Papier verpackt. Sein Vater hatte bei jedem Geschenk geächzt. Sein Bart war ihm verrutscht, und alle Kinder hatten irgendwann gewusst, dass es sein Vater war, der neben ihm auf der Bühne stand.

»Ganz überzeugend«, hatte die Kriewitz gestrahlt. »Einfach wunderbar.«

Sie hatten seinen Vater wie etwas Besonderes verabschiedet, und alle waren stolz auf Rafael gewesen, weil sein Vater den Nikolaus so gut gespielt hatte.

An diesem Tag waren sie zum letzten Mal zusammen gewesen.

»Ruuuprecht, hol Er mir das rooote Päckchen dort« und »Ruprecht, mach Er ein freundliches Gesicht«.

Es war eine große Sehnsucht nach Leben in ihm gewesen, das hatte Rafael immer gewusst, so klein er damals auch war. Er hatte sein Gesicht auswendig gekannt, auch wenn sein Vater sich ihm nicht oft zugewandt hatte. Rafael hatte seine Augen gekannt,

das Licht und die Dunkelheit, die Freude und die
Angst. Er hatte gewusst, dass sein Vater krank war und
dass er nicht mehr lange zu leben hatte. Auch wenn
Annemarie und die Singer und alle Leute im Haus und
auf der Straße so taten, als wäre alles wie immer. Er
hatte um sein Ende gewusst, aber er hatte es nicht auf-
halten können. Er hatte mit eigenen Augen gesehen,
wie sein Vater die ihm verbleibenden Tage, Wochen
und Monate ertrug. Wie er wie ein dicker Vogel in seinem Gefängnis hockte und immer bewegungsloser
wurde. Sein Vater wusste um seine Sterblichkeit, das
hatte Rafael an seinen Augen und an seinen Händen
gesehen, die ganz ruhig wurden, wenn er in seinem
Gefieder zusammenfiel, wenn es nichts mehr gab, nur
noch das Licht in seinen Augen, das nie erlosch. Sein
Vater hatte keine Angst vor dem Tod, auch das hatte
Rafael gewusst. Nur die Menschen, die ihn zurückhalten wollten, hatten Angst.

Einen Tag vor Heiligabend hatten sie ihn für immer
geholt. Rafael hatte von dem Blaulicht und dem »Tatü-
tata« nichts mitbekommen. Sein Vater war plötzlich
fort gewesen, und Annemarie hatte nichts gesagt. Aber
Rafael hatte ja Nacht für Nacht seine Klagen, sein Äch-
zen und Stöhnen gehört. Hatte ihre Streitereien belauscht, wenn sein Vater wieder einmal eine Abmachung gebrochen hatte: »Wie willst du gesund werden,
Karl-Friedrich, wenn du dich an nichts hältst?« Sie hatte geweint, und er hatte geweint. Sein Vater hatte sich
an nichts mehr gehalten. Manchmal hatte Rafael ihn beobachtet, wie er im Dunkeln am Küchenfenster stand,
in Hut und Mantel, und mit bloßen Händen ein Hühnchen auseinander brach und gierig verschlang. Gegen

jede Abmachung, gegen jede Regel. Manchmal hatten sie so sehr miteinander gestritten, dass Rafael nicht mehr entscheiden konnte, wen er mehr beschützen sollte. Dann hatte er sich gewünscht, sein Vater ginge für immer und ließe sie in Frieden, Annemarie, die alte Singer und ihn.

Die Weihnachtstage waren ein einziges Warten auf das »Urteil«.

Am zweiten Feiertag hatten sie seinen Vater noch einmal in der Klinik besucht. Annemarie hatte versucht, es ihm auszureden, aber Rafael hatte sich durchgesetzt. Es schneite. Eine Riesentanne stand vor dem Eingang des Krankenhauses, über und über mit elektrischen Kerzen geschmückt. Während Annemarie in Vaters Zimmer verschwand, war er im Gang geblieben, hatte die Männer beobachtet, die in ihren blau gestreiften Bademänteln hin und her liefen, Nachttöpfe wie kostbare Vasen in den Händen hielten und versuchten, sich an irgendetwas festzuklammern. In ihren weiten Pyjamahosen und den Hausschuhen mit dem komischen Karomuster waren sie an ihm vorbeigezogen wie ausgemusterte Schiffe. Rafael hatte das Krankenhaus von Anfang an gehasst, den Geruch von Medizin und zerkochtem Essen, die Geräusche hinter den verschlossenen Türen.

Als Annemarie wieder herauskam, hatte sie geweint, was sie selten tat, und hatte ihn so festgehalten, dass ihm die Handknöchel schmerzten. Er hatte sich noch einmal umgedreht, und aus den Fenstern hatte es hinter ihnen gerufen: »Lasst mich nicht allein.« Das hatte sich in seinem Kopf eingebrannt, und er wusste, dass er es niemals vergessen würde.

Zum Schluss hatten sie seinen Vater in ein katholisches Hospiz nach Westend verlegt, weil er sich aus dem Fenster gestürzt hatte. Er hatte sich im Zuckerschock aus dem zweiten Stockwerk fallen lassen, hatte sich das Kreuz angebrochen, den Sturz aber überlebt. Die Singer hatte es Rafael erzählt.

»Jungelchen, ich darf es dir eigentlich nicht sagen, aber die Ärzte haben deinen Vater versaut. Hörst du, was ich dir sage? Das darfst du niemals vergessen, versprich mir das.«

Er hatte alles gespeichert wie auf einem Endlosfilm. Er wusste, dass nun ein großes Dunkel seinen Vater umgab, aber er konnte sich noch gut an dieses Licht in seinen Augen erinnern, das von den vielen Sonnen kam, die Abend für Abend irgendwohin verschwanden und die nur ihm zu gehören schienen. Rafaels Herz wollte zerspringen. Von nun an würde keine dieser Sonnen je wieder aufgehen, dachte er, von nun an würde er allein sein. Nur Annemarie und die alte Singer wussten von seiner Angst, aber den anderen gegenüber würde er sich nichts anmerken lassen. Er würde ein fröhliches oder ein trauriges Gesicht machen, doch nichts würde seine wahren Gefühle verraten. Er würde lernen müssen, im Dunkeln zu sehen. Und dazu brauchte er ein besonderes Licht, das Licht, das er in den Augen der anderen fand. Er hatte schon lange eine Technik entwickelt, um dieses Licht zu erzeugen. Er konnte sich auf seine Geschichten und Kunststückchen verlassen, die er in den Nächten an den Stühlen erprobt hatte. Zum Beispiel die Sache mit dem Purzelbaum: Anlauf nehmen, loslaufen und hopp. Es war sein erster Trick gewesen, den er den Kindern im Hort vorgemacht hatte. Er war auf dem

Rücken gelandet, und es hatte scheußlich wehgetan. Aber er hatte zum ersten Mal dieses Leuchten in ihren Augen gesehen, das genauso stark war wie die Sonnen seines Vaters. Von da an hatte er weitertrainiert, hatte eine Menge Geschichten erfunden, Späße und Überschläge gemacht.

Jeden Tag war eine Sonne untergegangen, aber das Licht war trotzdem geblieben. Er schloss die Augen. Es ist noch da, dachte er. Und er würde alles tun, um es für immer zu bewahren.

Schule der Clowns

Es wurde Frühling. Selbst durch die Windschutzscheibe spürte Rafael die Sonnenstrahlen wie einen wärmenden Mantel. Im Autoradio dudelte der Mittagsjazz. Ein Bussard flog gefährlich tief über die Fahrbahn, stieg dann empor und landete sicher auf einem Baum jenseits der Straße. Du hast es geschafft, dachte Rafael, du bist noch einmal davongekommen. In den Feldern schimmerte das erste Grün.

Rafael summte vor sich hin, er hatte lange nicht mehr gesungen. Das letzte Mal am Volkstrauertag, nach der Beerdigung von Huckscher. Er lehnte sich entspannt zurück. Erstaunlich, wie gut der Jaguar über den Winter gekommen war, die Fenster bewegten sich auf Knopfdruck, und die Scheibenwischer spielten nicht mehr verrückt. »Wenn du liebst, geh auf die Reise und verlasse Frau und Kind«, sang er aus voller Brust. Nach dem Jahreswechsel war alles anders geworden. Die kleinen und großen Sorgen waren zwar geblieben, aber er hatte beschlossen, sich nicht von ihnen erdrücken zu lassen.

Heiligabend waren sie noch einmal zusammengerückt, Annemarie, Heinrich, Marianne, er und die Katzen. Sie hatten in alten Fotos gekramt, hauptsächlich, um Annemarie zu erfreuen. Sie strahlte bei jedem Gesicht, das sie erkannte, fühlte sich um Jahre verjüngt, sogar ein Weihnachtslied hatte sie gesungen. Und dann hatten alle geheult, auch Heinrich versuchte nicht mehr, seine Gefühle zu verbergen, und Marianne spielte mit Hingabe die aufmerksame Hausfrau. Es war rundherum ein richtig schönes Weihnachtsfest, jeder war auf seiner Insel angekommen, und das alte Jahr konnte gehen.

Bald darauf hatte er begonnen, das Haus auszuräumen, erst die Kleiderschränke, dann die Kisten im Keller. Er hatte den ganzen Kinderkram mitten im großen Salon zu einem Haufen aufgeschichtet, die kurzen Hosen, die Hemden mit den albernen Mustern, die Schuhe, die ihm längst zu klein waren, und alles vom nahe gelegenen Kinderheim »Haus Trinitatis« abholen lassen. Als die Sachen im Kombi verschwunden waren, fühlte er sich wohler. Marianne und er hatten eine Flasche Champagner geöffnet und waren danach spontan in die Stadt gefahren. Ohne dass sie es vorgehabt hätten, waren sie in seinem alten Viertel gelandet und standen irgendwann vor dem kleinen Theater, das einmal sein Kino gewesen war.

»Die Linkshänder« war auf dem Plakat zu lesen. Daneben war ein alter Clown abgebildet mit weiß geschminktem Gesicht und einer Mandoline. Rafael war hineingestürmt und hatte zwei Karten gekauft. Der kleine Vorraum, die Theke, die Kasse, nichts hatte sich verändert.

In dem dunklen Zuschauerraum hatten sie sich an einen Tisch gesetzt und sich gefragt, ob die jungen Leute um sie herum Zuschauer oder Bestandteil der Inszenierung waren. Auf der Bühne sah man die Andeutung einer Straße, Hausfassaden, Fenster und Türen und ein aufgemaltes Dach. Eine Laterne rechts am Bühnenrand spendete diffuses Licht. Zur Burleske fehlt nur noch die Katze, hatte Rafael gedacht.

Die Musiker links von der Bühne spielten lausig, fünf junge Leute mit geschminkten Gesichtern. Einer stand im gestreiften Matrosenhemd barfuß in einem mit Sand gefüllten Eimer und schwenkte seinen Bass. Der spindeldürre Gitarrist im rosa Babyanzug mit verklebten Haaren und langen Koteletten war grell geschminkt. Der Schlagzeuger, ein kleiner Kerl mit aufgerissenen Augen, hantierte mit Topfdeckeln und verschiedenen Messingstangen. Von dem Jungen an der singenden Säge sah Rafael nur die Glatze. Im Hintergrund schepperte ein Klavier. Mädchen in Polizeiuniform stellten Weinflaschen auf die Tische. Als die Musik trauriger zu werden begann, verdunkelte sich die Bühne, und eine Tür der Hausfassade öffnete sich. Ein alter Clown mit Glatze und in weiten Hosen kam heraus, einen Stuhl hinter sich herziehend. Betont langsam schlurfte er zur Rampe, blieb dort stehen und starrte die Zuschauer an. Sein Gesicht war weiß geschminkt, der Mund ein schwarzes Loch wie bei einem toten Soldaten, seine rechte Schulter wies einen Einschuss auf, blutrot und ebenfalls schwarz umrandet. Er trat einen Schritt vor, sein Gesicht verzog sich zu einer Fratze. Aus seinem Mund drang ein trockener Laut, »plopp«, als würde ein Korken aus einer Flasche gezogen, und dann noch einmal »plopp« – die Karikatur blanken menschlichen Entsetzens, lächerlich und traurig zugleich. Rafael hatte etwas Ähnliches noch nicht erlebt. Im Publikum herrschte Stille.

Im zweiten Akt ging es lebendiger zu. Immer wieder

fielen ein paar Clowns auf die Nase, zogen sich gegenseitig die Stühle weg, bedrohten einander mit riesigen Wasserpistolen und gaben sich zum Abschuss frei. Der Spielmacher war immer der alte Clown, der sich dumm anstellte und von einem jüngeren Clown bestraft wurde. Der schlug ihm mit einer riesigen Gummikeule auf die linke Hand, woraufhin ein Schild aus dem Kragen des Alten federte: »Linkshänder«. Während der ganzen Vorstellung gab es keinerlei Reaktionen aus dem Publikum, das jeden Sketch genauestens zu kennen schien.

Nach zwei Stunden war alles vorbei. Der Besen schwingende alte Clown jagte die anderen grunzend von der Bühne.

Marianne und er hatten den ganzen Abend über den Clown gesprochen, aber es hatte sehr lange gedauert, bis Rafael ihn mit dem alten Mann in Verbindung brachte, den er kurz vor Weihnachten in der russischen Kneipe kennen gelernt hatte.

»Klingeln Sie bei Kroll«, hatte der Alte damals beim Abschied gesagt. »Kommen Sie, wann immer Sie wollen.«

Rafael parkte den Jaguar vor den ehemaligen »Lichtspielen des Westens«, wo sich jetzt ein Supermarkt befand. Er blickte zur Fassade des Abrisshauses. Hinter einem der blinden Fenster musste der alte Mann wohnen. Am obersten Balkon hing ein Eimer, über die Brüstung baumelte eine Unterhose. Vor der Tür standen noch immer die Kartons – seit jener Nacht hatte sich nichts verändert.

Im Hausflur türmten sich Kisten mit Lumpen und Flaschen, die Tür zum Hinterhof stand offen. Neben dem Treppenaufgang lehnte ein kaputtes Fahrrad.

Ein Mann mit Schiebermütze kam die Treppe herunter. »Zu wem wolln Se denn?«, sagte er lallend.

»Zu Kroll.«

»Vierter Stock.«

Rafael lief an ihm vorbei, drei Stufen auf einmal nehmend, die Hand am Geländer. Im zweiten Stock fing sein Herz an zu rasen. Aus den Türen drang kein Laut, durch das Treppenfenster sah er die kahlen Äste eines Ahorns. Im vierten Stock fand er das Schild: »Kroll«. Er fasste sich ein Herz und drückte auf den Klingelknopf.

Schritte näherten sich, ein Riegel wurde zur Seite geschoben, die Tür einen Spaltbreit geöffnet.

»Ja, bitte?«

Er erkannte ihn am Akzent.

»Erinnern Sie sich an mich?«, sagte Rafael leise. »Ich habe Ihnen vor Weihnachten ein wenig Geld geliehen.«

»Und nun?«

Rafael schwieg verdutzt. Mit dieser Reaktion hatte er nicht gerechnet.

Gleich darauf öffnete sich die Tür.

»Wenn Sie immer so Ihre Schulden eintreiben, werden Sie bald bankrott sein.« Der Alte sah ihn belustigt an. Er trug ein Unterhemd, die Hose klemmte unter seinem Bauch. »Einen Augenblick dachte ich, Sie wären einer meiner Schüler. Kommen Sie herein.«

Rafael folgte dem Alten in den dunklen Korridor. Es roch nach gebratenem Speck und Ammoniak. In der Garderobe hingen ein paar Mäntel. Kroll zog einen Vorhang zur Seite. Dahinter befand sich der Wohnraum, in dem ein heilloses Durcheinander herrschte.

»Jetzt erinnere ich mich«, sagte der Alte. »Es war bei Mihran, nicht wahr?« Er sah Rafael fragend an.

»Ja, wir waren die einzigen Gäste.«

»Wie viel war es denn?«

»Lassen Sie, es ist nicht so wichtig.«

»Fünfzig Euro, nicht wahr? Jetzt fällt es mir wieder ein.«

Rafael war es unangenehm, den Alten auf das Geld angesprochen zu haben. Kroll drehte sich um und ging zu einer Küchenzeile, die sich im hinteren Teil der Wohnung befand. Ein Herd, eine Anrichte, ein paar Regale, auf denen sich Töpfe, Pfannen und Geschirr stapelten.

»Tut mir Leid, aber im Moment bin ich nicht flüssig«, sagte er. »Ich werde es Ihnen später wiedergeben, Sie können sich auf mich verlassen.« Er begann in einer Pfanne zu rühren. »Haben Sie schon gegessen?«

»Machen Sie bitte keine Umstände.«

»Setzen Sie sich doch«, sagte er. »Es sieht furchtbar aus, nicht wahr? Aber man muss lernen, damit zu leben.«

Rafael blickte sich im Zimmer um: eine Couch, zwei Sessel, davor ein kleiner Tisch, Möbel aus der Nachkriegszeit. An der Seitenwand stand ein Schreibtisch mit einem Computer darauf. An den Wänden hingen schwere Gobelins, von der Decke baumelten Masken und Holzpuppen – ein lustiges Gemisch aus Theaterrequisiten und altem Kinderspielzeug. Hüte, Stöcke und Schuhe, Hosen, Jacken und Hemden waren im Zimmer verstreut, in der Ecke häuften sich Mäntel. An der hinteren Wand stand das Bett, von einem goldgelben Paravent abgeschirmt, daneben ein Schminktisch mit beleuchtbarem Spiegel.

Rafael fand einen freien Stuhl und setzte sich. »Wie lange wohnen Sie schon hier?«

»Ich habe das Gefühl, hier mein ganzes Leben verbracht zu haben.«

»Woher kommen Sie?«

»Meine Familie stammt aus Petersburg. Vor dem Krieg waren meine Eltern auf Durchreise in Berlin. Und wie es so geht, in einer glückseligen Nacht entstand ich.«

Der Alte rührte konzentriert in der Pfanne. »Mögen Sie Speck?« Er drehte sich um.

Rafael nickte.

»Sehr gut. Die Leute denken immer, wir Russen essen nur Blinis und Rote Bete und trinken literweise Wodka.« Er lachte. »Als die Deutschen begannen, den Rest der Welt zu hassen, mussten wir wieder zurück. Später hat es mich immer wieder nach Berlin verschlagen, und irgendwann blieb ich hier.«

Er nahm eine Paprika vom Bord und begann sie zu zerkleinern.

»Kinderwünsche setzen sich eben durch«, sagte er.

Rafael fiel es schwer, Krolls Alter zu schätzen. Sicher war er weit über siebzig. Er musste einmal durchtrainiert gewesen sein, aber jetzt war alles an ihm schlaff. Wie er da am Fenster stand, ähnelte er einem Troll. An der Wand hingen Bilder von Clowns, ein vergilbtes Foto, das Buster Keaton zeigte, daneben eine Aufnahme von W. C. Fields mit Sombrero und Zigarre und natürlich Laurel & Hardy und Charles Chaplin.

Rafael lehnte sich zurück. Es war ihm bei seinem Besuch nicht darum gegangen, sein Geld wiederzubekommen, es war reine Neugier gewesen. Er würde

263

noch ein paar Minuten bleiben und sich später an diesen Tag als an etwas Außergewöhnliches erinnern. Er stand auf und stellte sich hinter den Alten. Neben der Abzughaube entdeckte er ein weiteres Bild: das weiß geschminkte Gesicht eines Clowns mit geschwungenen Augenbrauen und dick übermaltem Mund, er trug einen Tellerhut und lachte.

Der Alte hob den Kopf. »François Fratellini«, sagte er. »Ein Weißclown. Als ich zur Schule ging, waren die Fratellinis Götter für uns.« Er sah Rafael von der Seite an. »Warum spielen Sie nicht mehr?«

»Dass Sie sich daran erinnern ...«

»Sagen Sie es mir.«

»Ich kann es nicht erklären. Irgendwann wurden alle Rollen austauschbar und beliebig. Kennen Sie das?«

»Jaja.« Der Alte nickte. »Irgendwann kommt man an einen Punkt, wo es nicht mehr geht. Es ist nicht so einfach.« Er drehte sich zu Rafael um. »Sie haben doch nicht vor, den Leuten die Wahrheit zu sagen?«

»Ich weiß nicht, was Sie meinen.«

»Was spricht dagegen, sich für ein Stück Brot zu verkaufen?« Der alte Mann lächelte. »Wirkliches Spiel aber geht auf Leben und Tod, hat Ihnen das keiner gesagt?«

»Ich hatte es vermutet«, antwortete Rafael und versuchte, seinem Blick auszuweichen.

Der Alte widmete sich wieder der Pfanne.

»In all diesen Dingen steckt ein heiliger Ernst«, murmelte er. »Den kann man nicht so mir nichts, dir nichts wegwursteln. Ein Lacher meinetwegen, aber dann muss es zur Sache gehen.« Er langte nach einer weiteren Paprika und begann sie zu zerteilen.

Rafael fühlte sich unbehaglich.

»Ich habe Sie nach Weihnachten in dem kleinen Theater gesehen«, sagte er. »Sie waren wirklich sehr gut.« Es wäre ihm lieber gewesen, er hätte jetzt gehen können.

»Gut oder schlecht, das ist nicht wichtig.«

Der Alte nahm zwei Teller vom Bord, stellte sie auf den Herd und verteilte den Pfanneninhalt. Er fischte in dem Gerümpel nach einer Gabel und drückte sie Rafael in die Hand.

Sie aßen im Stehen. Rafael sah durchs Fenster auf die Dächer der Häuser. Am Himmel war keine Wolke zu entdecken.

»Was reißt uns denn wirklich noch vom Stuhl?«, sinnierte der Alte. »Die Zacchinis erfanden das menschliche Projektil, das war eine Sensation. Sie ließen sich in die Luft schießen und flogen über die Straße. Der Bürgermeister ließ vorsichtshalber Schilder anbringen: Bitte nicht erschrecken, fliegende Menschen! Haben Sie die Jugendlichen auf der Straße gesehen, wie sie sich auf dem Scheitel drehen? Das konnte Olschansky, der berühmte Schwarzclown, auch. Er stürzte sich aus zwei Meter Höhe auf das eigene Genick.« Er demonstrierte den Fall mit der Gabel. »Sie sind noch jung, nicht wahr?«

»Ich werde in zwei Jahren fünfzig.«

»War Ihre Mutter eine liebevolle Frau?«, fragte er, stellte den Teller auf den Herd und wischte sich mit dem Handrücken über den Mund.

»Wie kommen Sie darauf?«

»Schauen Sie sich doch an. So ein netter Kerl. Die Frauen lieben Sie, wissen Sie das nicht?«

»Da bin ich mir nicht mehr so sicher«, sagte Rafael

und stellte ebenfalls den Teller ab. »Ich weiß nicht, ob ich die Frauen bisher verstanden habe.«

»Was gibt es da zu verstehen? Frauen wollen die Kontrolle behalten. Wenn Sie sich an ein paar Grundregeln halten, kann es das Paradies sein.«

Er öffnete eine Tür, die aufs Dach hinausführte.

»Die Kunstfertigkeit besteht darin, sich ihnen zu unterwerfen, ohne dass man zu sehr darunter leidet. Es ist wie jonglieren.«

Rafael folgte dem Alten. Frühlingsluft schlug ihm entgegen. Vor ihm lag die Stadt.

Kroll machte sich an einem Verschlag zu schaffen, holte Essensreste aus einem Eimer und öffnete die Tür. »Putt, putt, putt ...«

Ein Huhn kam heraus und stürzte sich sofort auf die Brocken.

»Komm, meine Süße«, lockte Kroll.

Das Huhn lief aufgeregt im Kreis.

»Sie gehört in einen Garten und nicht aufs Dach«, sagte er. »Das ist kein Leben für ein Huhn. Nicht wahr, Sonja?«

Das Tier folgte dem Alten.

»Sie lässt sich nichts mehr beibringen. Ich arbeite mit ihr seit Monaten, aber ich komme nicht weiter. Wahrscheinlich bin ich nicht leidenschaftlich genug. Ich werde einen anderen Platz für sie finden müssen.« Er lockte das Huhn in den Verschlag zurück.

Rafael lehnte mit dem Rücken an der Wand. Die Sonne wärmte sein Gesicht. Als Junge hatte er häufig auf einem Dach gestanden, damals, bei seinen Leuten im Osten, wo alles überschaubar war, wo jede Straße nach Hause führte. Hier schien es nichts zu geben, woran er sich festmachen konnte. Er blickte über die Dächer, aus einigen Kaminen stieg Rauch.

»Gehen wir wieder hinein«, rief der Alte. »Haben Sie einen Garten?«

Rafael löste sich von der Wand und folgte ihm. »Ich kann Ihnen das Huhn nicht abnehmen, tut mir Leid.«

Der Alte murmelte etwas auf Russisch, und sie kehrten in die Küche zurück.

Kroll angelte sich ein Hemd vom Stuhl. »Die Jungen denken, wenn sie heiraten und Kinder zeugen, kommen sie von ihrer Mutter los.« Er lachte. Umständlich zerrte er an seiner Hose. »Sind Sie gut auf dem Parkett oder nicht?«

»Wie meinen Sie das?«

»Fallen Sie leicht um? Sie machen mir keinen sehr standhaften Eindruck.«

Rafael wusste nicht, wovon der alte Mann sprach.

»Klammern Sie sich nicht an Ihre Welt. Sie wird größer, wenn man fortgeht. Folgen Sie dem Kind, das Sie einmal waren. Sie haben noch Zeit. Meine Uhr ist abgelaufen.«

Er ging zum Sofa und griff nach der Mandoline, die auf einem Kissen lag.

»Nehmen Sie das Ding hier, ich kann damit nicht umgehen.« Er warf Rafael das Instrument zu. »Ich suche einen Assistenten. Hätten Sie nicht Lust? Los, spielen Sie was.«

»Ich kann das nicht.« Rafael sah hilflos auf die Mandoline.

Kroll setzte sich erschöpft auf die Kante eines Stuhls.

»Schauen Sie mich an«, sagte er leise. »Ich weiß nicht, wie lange es noch mit mir geht. Ich spreche nicht gern darüber, aber Sie machen einen vernünftigen Eindruck. Bei Ihnen ist man mit seinen Ängsten gut aufgehoben, nicht wahr?«

Er sah Rafael an. Schweiß stand ihm auf der Stirn.

»Ich versuche mir die Zeit zu vertreiben, bis es so weit ist. Die Ärzte geben mir keine drei Monate.«

Er stand auf, nahm Rafael die Mandoline aus der Hand und warf sie aufs Sofa.

»Sie scheinen irgendwo auf Ihrem Weg stehen geblieben zu sein«, stellte er fest. »Wenn Sie wollen, können Sie bei mir anfangen. Ich bringe Ihnen bei, wie man etwas lernt, was man als Kind schon konnte.«

»Ich werde es mir überlegen«, murmelte Rafael.

Der Alte begann durch die Wohnung zu laufen, schloss ein Fenster, verriegelte die Hintertür, tat, als hätte er nicht vor wiederzukommen.

»Ich muss jetzt gehen«, sagte Rafael bestimmt.

»Ja, kommen Sie, machen wir es wie die Zacchinis, nehmen wir uns die Straße.«

Er holte einen Arm voll Mäntel aus der Ecke des Zimmers.

»Wie heißen Sie eigentlich?«

»Engelmann.«

»Und wie weiter?«

Rafael musste lachen. Er sprach mit einem fremden alten Mann, als hätten sie sich schon ein Dutzend Mal gesehen.

»Gehen wir, gehen wir, packen wir die Wünsche beim Schwanz, folgen wir dem Unbekannten. Das Leben hat so viel zu bieten.«

Kroll hatte Mühe, die Mäntel im Arm zu halten, Rafael nahm ihm ein paar ab.

»Aber Achtung, fallen will gelernt sein. Wenn Sie wollen, bringe ich es Ihnen bei. Wer nicht fallen kann, kann auch nicht tanzen.« Kroll hielt sich an einem Stuhl fest. Dann zog er den Vorhang zur Seite. »Gehen wir.«

Sie stolperten die Treppe hinunter, Kroll voranweg. Jeder trug einen Stapel abgetragener Mäntel über dem Arm. Der Alte hatte ihm erzählt, dass er einen ganzen Container voll davon besaß und beabsichtigte, die Mäntel unters Volk zu bringen.

»Fünf Euro das Stück. Sie werden sie uns aus den Händen reißen.«

»Uns«, hatte er gesagt, und Rafael war aufgegangen, dass er sich da auf eine abenteuerliche Geschichte eingelassen hatte. Womöglich war er einem Scharlatan aufgesessen. Die Geschichte mit der Krankheit und die Sache mit den Mänteln – wahrscheinlich war das alles nur Erfindung. Vielleicht war er ja auch gar kein Russe und sein Akzent nur Teil einer Rolle, die er jedem gutmütigen Idioten vorspielte, um ihn auszunutzen. Rafael war hin- und hergerissen, hatte auf einen Moment gewartet, um abzuspringen, war aber nicht mehr weggekommen.

Stattdessen hatte der Alte einen Vorwand gefunden, ihn in seine Wohnung zurückzulotsen, und hatte eine Kiste aus dem Schrank geholt, die Familienfotos enthielt. Stolz hatte er ihm die vergilbten Fotos seiner Eltern gezeigt. »Wenn sie einmal gehen, wird alles anders, das können Sie mir glauben«, hatte er nachdenklich gesagt.

Dann hatte er sich plötzlich ein paar Hüte gegriffen, sie über seinen Kopf wirbeln lassen, um sie schließlich mit den Füßen aufzufangen. Dazu zählte er in rasender Geschwindigkeit Jahreszahlen und Städtenamen auf, die zu seiner Biografie gehörten: Petersburg, Berlin, Paris, Stockholm, Malmö, Peking – er jonglierte die Ereignisse wie die Hüte. Wie unbeabsichtigt ließ er einen Hut über die Stirn rutschen, schob ihn wieder zurück und erzählte von Koffern und Taschen, die er irgendwo in der Welt hatte stehen lassen. Dann ließ er den Hut über Nacken und Arme rollen. Da war er längst in China. »Neunzehnhundertsechsunddreißig – immer wenn die Deutschen kamen, machten wir uns auf den Weg.« Einmal um die ganze Welt. Rafael wurde schon vom Zuhören schwindlig. Er hatte mit dem Rücken zur Wand gestanden und sich wie ein kleiner verängstigter Junge gefühlt.

Schließlich waren beide erschöpft wieder die Treppe hinuntergewankt.

Ein wunderschöner Frühlingstag empfing sie. Sonnenlicht glitzerte in den Fenstern. Alle Türen standen offen, man konnte bis in die Hinterhöfe hineinsehen. Sie liefen durch das alte Viertel. Rafael war wie verzaubert, alle Zweifel fielen von ihm ab.

»Werfen Sie in jedem Augenblick Ihres Lebens den Hut in die Luft, das ist es, was zählt.« Der Alte schnaufte unter der Last der Mäntel. »Die Schwerkraft ist unsere einzige Sicherheit. Sie holt die Dinge wieder schön auf die Erde zurück.«

Vor dem Schuhgeschäft blieben sie stehen. Neben ihnen hielt eine Frau einen kleinen Hund an der Leine, der um Krolls Beine strich.

»Der berühmte Tom Belling arbeitete ausschließlich mit Tieren, wenn auch nicht alle echt waren. Er verwandelte Hunde in Pferde, schuf Elefanten und Saurier. Man wusste nie, was bei alldem herauskam.« Der Alte wandte sich an die Frau: »Sind Sie sicher, dass das ein Hund ist?«

Die Frau schüttelte verwundert den Kopf. »Na, Sie machen mir Spaß.« Lachend ging sie davon.

»Sie machten, was sie wollten«, sagte Kroll und blickte versonnen auf seine Schuhe. »Bellings Sohn arbeitete sogar als Huhn, seinen Großvater steckten sie in ein Giraffenkostüm.«

Sie liefen einmal um den Klausener Platz. Es war Markttag, und viele Menschen waren unterwegs. Kroll fand den Stand, den er gesucht hatte, und sprach mit einer jungen Frau mit rot gefärbten Haaren und riesigen Ohrringen.

»Kommen Sie, wir gehen zur Straße des Siebzehnten Juni«, sagte er atemlos zu Rafael. »Rita meint, Louis wird uns die Mäntel abnehmen. Wenn wir uns beeilen, ist er noch da.«

Rafael überließ es dem alten Mann, die Richtung zu bestimmen. Sie liefen nebeneinander an den Hauswänden entlang, als wären sie ein Leben lang so gegangen. Auf der anderen Straßenseite entdeckte Rafael das kleine Haus, in dem die Schwester der Singer gewohnt hatte. Es hatte noch denselben Anstrich, nur Haustür und Fenster hatte man erneuert. Da war er wieder, der Geruch von Staub und Kohle. Er sah sich als Junge über die Straße laufen, in kurzen Hosen, mit Ringelsocken und Sandalen.

»Rafael, mein Junge, komm herein.« Sie schlug die Hände vors Gesicht und juchzte vor Freude.

Rafael hielt einen Eisblock umklammert, das Schmelzwasser rann ihm an den Beinen herunter.

»Wie stark du bist, mein Junge.«

271

Er hatte den Brocken zusammen mit dem Fahrer in den Hausflur geschleppt, und dann hatte er den Eisblock mit der Schwester der Singer auf den Küchentisch gewuchtet und schließlich im Kühlkasten verstaut. Er war mächtig stolz gewesen. Achtunddreißig Jahre war das her.

Der Alte schritt kräftig voran. Sie kamen am Schustehruspark vorbei, bogen dann links ein. Dort, wo der Kaufmann seinen Laden gehabt hatte, war jetzt eine Weinhandlung. Der kleine Kiosk daneben aber war noch da und auch der Friseur. Rafael blickte versonnen auf die Fassaden. Da war der Zahnarzt, dann kam die Kneipe, dann die Drogerie. Und dort, wo die Straße eine Kurve machte, stand sein Kinderhaus, ein unscheinbares Gebäude mit grauem Anstrich, aber stark genug, um sich dort vor aller Welt zu verstecken. Und noch immer reichten die Äste der großen Linde über die Brüstung des Balkons im zweiten Stock.

»Kannten Sie das Kino ›Amor‹?«

Rafael fuhr herum. »Es war das Kino meiner Kindheit«, sagte er leise.

Der Alte lachte. »Dass wir uns damals nicht gesehen haben …«

»Vielleicht haben wir uns nur verpasst.«

Rafael warf einen Blick zurück. Wie klein es aussieht, dachte er. Und dabei hatte er dort die ganz großen Filme gesehen.

»Was war für Sie der Anlass, von hier zu verschwinden?«, fragte Kroll.

Seit sie über die Kaiser-Friedrich-Straße hinweg waren, schien er wie verwandelt.

»Was meinen Sie damit?«

»Wann wollten Sie zum ersten Mal von hier weg?«

»Vielleicht lag es am Fahrrad meines Vaters. Er hatte es mir vermacht ... und ...« Er suchte nach Worten.

»Hatten Sie keine Träume – von einem anderen Leben, von Meer, Bergen, Frauen?«

»Mit zehn Jahren? Wenn das Kino nicht gewesen wäre, wäre es allerdings schwieriger geworden. Auch mein Vater hat nie gefunden, wonach er suchte.«

»Jaja, die Sehnsucht.« Kroll seufzte. »Wer findet schon das Glück, von dem wir alle träumen? Ist es nicht genug, nicht unglücklich zu sein?«

Sie kamen zum Gierkeplatz. Die Luisenkirche lag im Sonnenlicht. Rings um die Kirche hatten sie junge Bäume angepflanzt, es roch nach frischem Grün. In der Hecke schwatzten die Drosseln.

»Warum sind Sie von hier weggegangen?« Der Alte ließ nicht locker.

»In Gedanken bin ich immer hier geblieben. Und wann sind Sie zurückgekommen?«

»Neunzehnhundertsechsundsechzig. Diese dumme Sehnsucht steckte tief in mir.« Er klopfte sich theatralisch an die Brust. »Ich brauchte einige Zeit, um es zu verstehen. Die meisten finden nie, was sie suchen, geben sich mit dem zufrieden, was ist. Die Welt ist leider nicht so, wie man sie sich als Kind geträumt hat.«

Der Alte blieb stehen und blickte die Straße hinunter.

»Lassen Sie uns zu ›Rogacki‹ gehen. Sie kennen doch den Fischladen? Los, kommen Sie, Sie haben sicher ein wenig Geld dabei.« Er schlug sich an die Stirn. »Sie bekommen ja noch fünfzig Euro von mir. Ein guter Grund, zwanzig draufzulegen.«

Rafael musste über so viel Unverfrorenheit lachen.

273

»Diese Welt mit ihren Gaunern, Wunderheilern und Bürokraten ist nichts für Kindsköpfe«, rief Kroll fröhlich. »Man braucht kräftige Ellenbogen, um an ihnen vorbeizukommen. Und irgendwann hat man genug, will zurück in den Hort seiner Kindheit. Aber wenn man nicht findet, was man sucht? Das kann einen Mann um den ganzen Erdball treiben.«

Sie hatten erneut den Kirchplatz umrundet.

»Als Kind hat man noch alles vor sich. Man sieht die Welt nicht, wie sie ist, sondern wie man sie sehen will. Das legt sich schnell. Aber es gibt Leute, die träumen ihr Leben lang mit offenen Augen, unterhalten sich mit den Bäumen, sehen Dinge, die es eigentlich gar nicht gibt ...« Er blieb stehen, musste sich an einer Laterne abstützen. »Doch die Zeit läuft, und man hat Mühe mitzukommen.«

»Wir sind schon zweimal um die Kirche gelaufen«, warf Rafael ein.

»Haben Sie Angst vor dem Leben? Schauen Sie sich um, hier überall ist pures Leben.«

»Ich wäre froh, wenn ich einiges an Erinnerungen hinter mir lassen könnte«, sagte Rafael.

»So einfach ist das nicht, junger Mann. Man dreht sich nicht um und geht in ein anderes Leben, als wäre nichts geschehen.«

»Ach, was wissen Sie denn? Ich habe dies alles hier geliebt: die Straßen, die Menschen, die Geschäfte, jeden Stein. Mich hat nur das Elend bedrückt. Hinter den viel gerühmten, touristisch ausgeschlachteten alten Fassaden steckt doch die blanke Armut. Ist es romantisch, von Sozialhilfe zu leben? Es ist schwer genug, überhaupt einen Platz zu entdecken, wo ...«

»... wo man seinen Frieden findet? Kommen Sie, machen Sie es sich nicht so schwer.«

Der Alte nahm ihn am Arm, und sie liefen ein drittes Mal um die Kirche.

»Man geht aus vielen Gründen, man geht, weil man gehen muss. Aber man nimmt auch alles mit: die Irrtümer, die Zweifel, den Hunger.«

Rafael ließ den alten Mann reden. Die Hoffnung, das Leben woanders zu finden, war ihm nicht fremd.

»Als wir nach Petersburg zurückkehrten, kamen wir vom Regen in die Traufe. Sechs Parteien in einer Wohnung. Aber die Enge war nicht das Schlimmste, eher die Lieblosigkeit. Ich hatte einen Teil eines Zimmers, der durch eine Bücherwand abgetrennt war, mein Bett und das kleine Regal, das war meine Welt. Wir tragen ja unsere Kindheit ein Leben lang mit uns herum. Das ist auch bei Ihnen so, aber bleiben Sie nicht stehen!«

»Warum also sind Sie wiedergekommen?«, wollte Rafael wissen.

»Wenn ich durch Petersburg ging, musste ich oft an Berlin denken, ausgelöst durch einen Geruch, eine Stimme oder Musik – es sind immer die kleinen, unwichtigen Dinge.« Der Alte kratzte sich am Kopf. »Auch ich wollte etwas wiederfinden, was ich glaubte verloren zu haben.«

»Und, haben Sie es gefunden?«

»Ja, aber da war es nicht mehr so wichtig. Man merkt nicht, wenn man angekommen ist. Man merkt nur, dass man nicht mehr weg will. Kommen Sie, wir gehen Sprotten essen.«

Er drehte sich einmal um sich selbst und begann plötzlich, rückwärts zu gehen. Rafael war perplex. Geschickt setzte der Alte einen Fuß hinter den anderen, die Augen auf den Gehweg gerichtet. Es musste ein Trick sein, eine Nummer, die er lange trainiert hatte. Dazu rezitierte er:

»Im Grünen grienen, leier, Herz,
erzähl mir was Bedachtes,
die Grübchen blühen, Bübchen glühen, eierwärts,
erreichbar, schaff mir etwas Erlachtes.«

Rafael folgte dem Alten. »Von wem ist das?«
»Das ist Kroll, junger Mann.«
Es war erstaunlich, wie er das machte. Er setzte einen Fuß hinter den anderen, ohne sich umzudrehen, ohne zu wissen, was hinter ihm war.

»Denn alles Denken tastet nur nach Händen
und Stammesriten prägen Freundesgüte.
Wir aber trennen uns von unsrer Herde
und folgen gackernd alten Hüten.«

Erschöpft blieb er stehen.
»Bravo.« Rafael klatschte in die Hände. Er war froh, dass der Alte aufgehört hatte, es wäre ihm peinlich gewesen, wenn man sie beide beobachtet hätte.
»Gehen wir zu den Sprotten, sie rufen uns schon.«
Sie umrundeten noch einmal den Kirchenvorplatz und bogen in die Behaimstraße, liefen Richtung Wilmersdorfer Straße, am ehemaligen Kino vorbei. Es hingen noch dieselben Plakate im Schaukasten: »Die Linkshänder« und »Der Clown mit der Mandoline«. Kroll achtete nicht darauf.

276

»Ist Ihnen die ›Lützower Lampe‹ noch bekannt?« Er wies über die Straße. »Sie waren alle da: Finck, Neuss, Müller, die ganz Großen.«

»Ich bin Neuss einmal begegnet, aber ich traute mich nicht, ihn anzusprechen.«

»Er war ein großer Clown. Sein Problem war nur, er liebte die Menschen zu sehr. Er hätte sie besser meiden sollen.« Der Alte atmete schwer.

»Soll ich Ihnen etwas abnehmen?«, fragte Rafael besorgt, erhielt aber keine Antwort.

Rafael ließ das Seitenfenster des Jaguars herunter und sog die frische Luft ein. Noch ein, zwei Stunden, dann würde die Sonne aufgehen. Wenn er jetzt in eine Verkehrskontrolle käme, würde er garantiert seinen Führerschein verlieren.

Es war eine verrückte Nacht gewesen. Sie hatten den ganzen Bezirk durchwandert und waren dann in den »Schwan« und später zu »Diener«, dem Schauspielertreff, gegangen. Kroll hatte ihn gebeten, einen guten Wein zu bestellen, obwohl er gewusst haben musste, dass es für ihn lebensgefährlich war. Er selbst hätte keinen Alkohol gebraucht, so berauscht war er von dem Tag, von den Gesprächen und den Wanderungen durch das alte Viertel. Vor einer knappen Stunde hatte er Kroll geholfen, in seine Wohnung zurückzukommen. Allein hätte er es wohl kaum geschafft. Kurz vor seiner Haustür war der Alte zusammengeklappt, Rafael hatte ihn unter den Armen gepackt und die vier Treppen hinaufgeschleppt.

Den ganzen Tag war er mit ihm durch die Stadt gezogen. Sie hatten mal hier und mal dort Halt gemacht. Im-

277

mer wieder hatte Kroll sich an einer Laterne festhalten und von der Lauferei erholen müssen. Nicht einen Mantel waren sie auf dem Flohmarkt losgeworden, waren dann zum Kanal gezogen, und Rafael hatte einen nach dem anderen ins Wasser geworfen, weil der Alte das nicht übers Herz gebracht hätte. Wie Leiber hatten die Mäntel ausgesehen, die Ärmel vom Körper weggestreckt. Als der letzte verschwunden war, waren sie weitergezogen.

Kroll hatte ihm eine Menge mit auf den Weg gegeben. Sie hatten über das Leben diskutiert, und allmählich verstand Rafael den Alten immer besser. Vom »leeren Raum« hatte er gesprochen, von Begrenzungen, die die eigentliche Freiheit bedeuten, von Schuhen, die so groß sein müssen, dass man sowohl darin stehen als auch damit laufen kann, von Gegenständen, die man wie Gedanken fliegen lassen kann und die immer wieder zurückkommen. Vom Fallen und vom Aufstehen.

»Fliegen kann jeder, aber laufen will gelernt sein.«

Im letzten Jahr hatte Rafael oft geglaubt, den Boden unter den Füßen zu verlieren, hatte gemeint, den Einflüssen in seinem Leben nicht mehr standhalten zu können. Dass seine Arbeitslosigkeit daran schuld war, glaubte er schon lange nicht mehr. Er hatte den Stillstand freiwillig gewählt, hatte sich verweigert. Er hatte immer frei sein wollen, frei von allen Zwängen, frei von der Vergangenheit. Aber dann hatte er mit der Freiheit nicht umzugehen gewusst.

»Haben Sie denn Angst vor dem Leben?«, hatte Kroll ihn noch einmal gefragt. »Wissen Sie, wie der berühmte Grock gestorben ist? Neunundsiebzigjährig kletterte er auf einen Feigenbaum, um Insekten zu jagen, verlor die Balance, stürzte ab und starb an den Folgen. Wir sterben alle an den Folgen des Lebens, aber das ist besser, als nie gelebt zu haben.«

Schon bei »Rogacki« hatte er vom Tod gesprochen, zwischen all den Bratfisch essenden Männern. Auf dem Weg zum Flohmarkt waren sie dann an einem Beerdigungsinstitut vorbeigekommen, und Kroll hatte sich nach den Preisen erkundigt und theatralisch die Hände über dem Kopf zusammengeschlagen, weil sich ein normaler Mensch das nicht mehr leisten könne.

Nur einen Tag war er mit dem alten Mann zusammen gewesen und hatte doch das Gefühl gehabt, ihn schon ewig zu kennen.

Rafael fuhr auf den Theodor-Heuss-Platz zu, konnte die »ewige Flamme« aber nicht erkennen, an deren Ewigkeit er schon als Kind gezweifelt hatte. Ihm fielen die magischen Worte ein: immer, immer, immer.

»Für immer Vati, für immer Annemarie, für immer Trudel, Bruno, Mimchen und Oma Singer.« Er fing an zu zittern, nicht vor Kälte, sondern vor Anspannung. Und dann begann er zu heulen. Er weinte wie ein Kind, konnte kaum noch die Straße erkennen.

Sie waren ihm im alten Viertel entgegengekommen – seine Leute. An jeder Ecke hatte er ein Gesicht entdeckt. Wie Geister waren sie aus den Hauseingängen herausgekrochen. Am Charlottenburger Ufer hatte er Trudel ganz nah gesehen in ihrem blauen Kleid. Plötzlich hatte sie vor ihm gestanden und neben ihr Annemarie. Und der Junge an ihrer Hand war er selbst. Trudel hatte zerbrechlich und verloren ausgesehen. Und er hatte sich an Annemarie gedrückt in seinen kurzen Hosen und der viel zu engen Jacke. Trudel hatte geheult, so wie er jetzt heulte, weil Bruno und Vati und alle ihre Verwandten nun für immer tot waren. Sie hatten geschworen, sich lebenslang beizustehen. Zum Abschied hatte Trudel ihm fünf Mark in die Hand gedrückt, und dann hatten Annemarie und er sich umgedreht und waren die Straße zum Richard-Wagner-Platz hinuntergelaufen. Er hatte sich selbst an der Hand von Annemarie gesehen, gerade zehn Jahre alt, und er hatte nichts sagen können, aber alles geahnt, nämlich dass sie Trudel nie mehr im Leben wiedersehen würden.

Rafael klammerte sich am Steuer fest. Das ist wieder mal typisch, dachte er, kaum bist du einmal fröhlich, ziehst du dich gleich wieder herunter. Du bist einfach zu schwierig. Alle kapieren die Sache mit dem Leben und dem Tod. Alle verstehen, dass es irgendwann für jeden eine Grenze gibt, nur du nicht. Erschöpft lehnte er sich in den Sitz zurück. Am Ende der Heerstraße färbte sich der Himmel. »Wie wär's mal mit Leben?«, sagte er leise. »Ich hau nicht mehr ab. Es ist gut, am Leben zu sein.«

Zum Abschied hatte Kroll ihm ein Gedicht geschenkt. Rafael knipste die Innenbeleuchtung an und las:

»Und wir empfangen den verlornen Gast
und weinen bitterlich ob unsrer Mühn.
Sein Sein erhält uns trotz der Last,
wir werden sinnvoll, leicht und grün.
Das rüde Gestern wird uns schnurz,
wirkt nach wie ein Gewitterfurz.«

Rafael lachte und lachte und konnte gar nicht mehr aufhören. Mit einer Hand hielt er das Lenkrad, mit der anderen wischte er sich die Tränen aus dem Gesicht. Dann schaltete er das Radio ein und suchte nach seinem Lieblingssender. Er fühlte sich frei, und er freute sich auf sein Zuhause, so als sei er eben erst bei sich angekommen.

Der leere Raum

»Rafaeli, mach die Tür auf. Hörst du nicht?«

»Ich komme nicht raus. Nie mehr.«

»Wenn du nicht sofort aufmachst, lasse ich dich allein.«

Der Junge hielt den Atem an. Es war das erste Mal, dass er sich gegen seine Mutter zur Wehr setzte. Er kauerte hinter der Tür und lauschte auf jedes Geräusch. Er hatte vergessen, warum sie ihn in die Kammer gesperrt hatte. Nach einer Stunde hatte sie ihn herausholen wollen, aber er hatte den Riegel von innen vorgeschoben und den Spieß einfach umgedreht.

»Rafael, sei nicht albern, mach endlich auf.«

Annemaries Stimme klang verängstigt.

»Nein«, sagte er leise.

Durch einen Spalt in der Tür sah er, wie sie die Küche verließ.

Er wollte kein Licht machen, er konnte sich im Dunkeln besser orientieren. Er kannte dieses Gefühl, darauf zu warten, dass jemand kam, der ihn aus der Dunkelheit erlöste. Und diesmal war er derjenige, der darüber entschied, wer zu ihm hinein und wer hinaus durfte. Er lehnte den Kopf gegen die Tür und fuhr mit den Händen über das Holz. Es roch modrig.

Seit dem Tag, an dem sein Vater gestorben war, war

alles anders geworden. Der Frühling, das erwachende Grün, die Bäume und Sträucher, alles, was er so sehr liebte, die Treppe, die Stiegen, die Winkel und Wege, hatte über Nacht eine andere Qualität bekommen. Er lief die vertrauten Wege, aber es ging nur ein Teil von ihm. Den anderen hatte er irgendwo verloren. Annemarie hatte nach Vaters Tod Arbeit in einer nahe gelegenen Schlüsselfabrik angenommen. Jeden Morgen gingen sie Hand in Hand die große Straße hinunter. Auf dem Grünstreifen sprießten die Krokusse und Osterglocken. Jeder wusste, was der andere dachte und fühlte. Es gab nichts, was sie nicht miteinander teilten.

Jeden Morgen kaufte Annemarie für ihn einen Amerikaner. An geraden Tagen den mit der Silberglasur, an ungeraden Tagen den mit der Schokolade. In der kühlen Jahreszeit erstanden sie beim Krämer für fünf Pfennig einen Maggiwürfel, den er später im Hort von den Tanten aufbrühen ließ. Annemarie hatte sich verändert. Wo sie früher mit Zorn und Strenge reagiert hatte, mahnte sie jetzt sanft: »Pass auf, wenn du über die Straße gehst. Sei wachsam. Iss anständig, sei freundlich, sei artig, vergiss nicht, pünktlich zu sein.«

Er war jetzt ein großer Junge, denn er hatte ja keinen Vater mehr. Auch wenn er lange krank gewesen war, war er doch sein Vater gewesen. Jetzt war er fort, und ein großes Loch war zurückgeblieben. Rafael träumte immer noch vom Fliegen, sah sich in Gedanken durchs Zimmer segeln, zwei Meter über dem Boden. Aber die Räume wurden zu eng. Er war größer geworden, und die Dinge waren klein geblieben.

Auch die Singer war klein geblieben, und es schien, als würde sie schrumpfen. Sie war jetzt uralt und brachte vieles durcheinander. Ihre Söhne erwogen, sie in ein Altenheim zu geben. Obwohl die Singer lieber sterben wollte, als wegzugehen. Sie gab sich Mühe, alles richtig zu machen. Sie klopfte ihren Teppich, sparte noch mehr Strom und kochte für Annemarie Kaffee.

»Wenn du nicht aufmachst, lasse ich dich allein.«

Rafael sah durch die Ritzen der Tür. Es machte ihm nichts aus, allein zu sein, er kannte die Kammer: den Hängeboden mit den Büchern, die Kohlen, ordentlich an der Wand aufgeschichtet, daneben das Rad seines Vaters, das blaue Rad mit den dicken Reifen. Jetzt war es sein Rad, er putzte es fast täglich. Er hatte einen speziellen Schlüssel für die Schrauben, ein Fläschchen mit Öl, einen Lappen und Flickzeug.

Schon als Vater das erste Mal in die Klinik musste, hatte er das Rad übernommen, hatte Sattel und Lenkrad auf seine Größe eingestellt. Obwohl es viel zu schwer für ihn gewesen war, hatte er es auf die Schulter genommen, die Treppe hinuntergetragen und in eine Seitenstraße unweit des Horts geschoben. Dort hatte er mit dem Fahren begonnen. Die Singer hatte am ersten Tag mitgehen wollen, aber sie war zu alt, um ihm zu folgen. Aufsteigen, treten, steuern, bremsen, absteigen, er hatte sich alles selbst beigebracht, so wie er immer alles Wichtige allein gelernt hatte. Beim dritten Anlauf war es ihm gelungen, das Rad in der Spur zu halten. Und er hatte gespürt, dass dies ein wichtiger Augenblick war, einer der wichtigsten in seinem Leben. Er hatte gar nicht viel tun müssen, eine starke Hand hatte ihn gehalten. Es war kurz nach seinem zehnten Geburtstag, der erste wirkliche Frühlingstag. Er war die Straße hinuntergefahren, am Hort vorbei und an der

Schule. Kein Auto war ihm entgegengekommen. Vor dem Spandauer Damm hatte er gebremst, gegenüber der Gipsmanufaktur, da, wo die Krieger standen, von wo aus man einen so schönen Blick auf den Park hatte mit seinen Grünanlagen und den riesigen Vasen. Von diesem Tag an steuerte er das Rad, wohin er wollte.

An einem Vormittag war er in eine Seitenstraße eingebogen und hatte das Schild an der Wäscherei entdeckt. Sie suchten einen Jungen, der die Wäsche zu den Kunden brachte. Er hatte das Rad an die Hauswand gelehnt und war einfach hineingegangen. Das war der zweite wichtige Schritt gewesen. Die Frau hinter dem Ladentisch hatte ihn prüfend angesehen. Ob er das schwere Rad denn überhaupt fahren könne, hatte sie gefragt, er müsse schließlich Berge von Wäsche auf dem Gepäckträger transportieren. Und er trüge eine große Verantwortung für die Pakete. Ob er sich denn im Viertel auskenne und ob seine Eltern davon wüssten. Er hatte sich auf die Lippen gebissen, um nichts Falsches zu sagen, denn er hatte gespürt, dass es um seine Zukunft ging, dass so ziemlich alles davon abhing, ob er diesen Job bekam oder nicht. Schließlich hatte die Frau mit einem Lächeln zugestimmt und ihm den Lohn genannt. Und Rafael war strahlend und mit großem Mut im Herzen hinausgegangen.

Von diesem Tag an war er im ganzen Viertel herumgefahren, hatte an den Türen geklingelt, die Pakete abgeliefert und viel Geld verdient. Das war von Anfang an das Wichtigste gewesen, denn Annemarie kam mit dem, was sie hatte, nicht aus, und er trug immer noch die Hosen seiner Kindheit, obwohl er doch inzwischen der Mann im Hause war.

Rafael öffnete die Kammertür. Vom Hof hörte er das gleichmäßige Tocktock eines Teppichklopfers. Ab morgen würde er an keiner Ecke mehr halten, würde über alle Meere fahren, ab morgen würde alles anders werden.

Sie waren für immer gegangen. Vater, die alte Singer, sein Onkel und Tante Trudel. Der Himmel hatte sich verfinstert, und die Sonne drohte nie wieder aufzugehen. Auf Sesseln und Tischen, auf Türen und Fenstern, überall lagen die Schatten der Trauer. Wie ein Mantel hatte sich die Dunkelheit auf die Dinge gelegt. Es war, als hätten sie ihr Gesicht verloren. Der Mond war geblieben, auch wenn er nicht immer zu sehen war, der Junge konnte warten. Stundenlang lag er nachts wach, bis der »Alte Mann« hervorgekrochen kam. Mal schlank wie eine Sichel, mal rund wie eine Scheibe. Er war sein Freund, er bewahrte den Jungen davor, gänzlich in der Dunkelheit zu versinken.

Es war still geworden in der großen Wohnung, mit Vater war auch das Lachen fortgegangen. Fast alles, woran der Junge geglaubt hatte, war mit ihm verschwunden. Die Dinge, die Vater gehörten, hatte Annemarie an die Nachbarn verschenkt: den Laterna-Apparat, die Mappe, die Anzüge, die Schuhe und Hüte. Nur das Rad war noch da und Vaters Gedichte. Fein säuberlich hatte Rafael die Hefte in der Kammer übereinander gestapelt. Wenn er das Rad herausholte, musste er an ihnen vorbei. Jedes Mal überlegte er, ob er eines öffnen sollte, aber irgendetwas hielt ihn davon ab.

Sein Lachen war einem höflichen Lächeln gewichen. Er tat nichts mehr unbedacht, oft saß er einfach nur da und hing seinen Gedanken nach. Annemarie war froh, dass er bei ihr war, und Rafael war glücklich, dass sie ihn nicht weggegeben hatte, wie er befürchtete. Sie sang schon lange nicht mehr, trug ständig ihr schwarzes Kleid. Der Mantel der Dunkelheit hatte sich auch über sie gelegt. Rafael ahnte, dass sie Angst hatte, mit allem nicht fertig zu werden. Er sah es ihrem Gesicht an, sie weinte oft nächtelang, ohne dass er davon wissen sollte. Er tat alles, um ihr das Leben zu erleichtern, jeden Wunsch las er ihr von den Augen ab.

Über Nacht war er ein großer Junge geworden, die Kinder im Hort erkannten ihn nicht wieder. Das Haar trug er korrekt gescheitelt, den Kragen geschlossen, den Blick irgendwohin gerichtet. Er vermisste ihre Spiele nicht, für ihn waren es »Kindereien«, er hatte Wichtigeres zu tun. Er musste auf Annemarie achten, sie waren jetzt auf sich selbst gestellt, und das verlangte seine ganze Aufmerksamkeit. Mehr und mehr zog er sich von den anderen Kindern zurück, wich jedem aus, der ihm zu nahe kam.

Auch die alte Singer war gegangen. Eines Tages hatten ihre Söhne sie abgeholt und in ein Altenheim gebracht. Sie hatten ihm nichts davon erzählt. Irgendwann soll sie noch einmal vor der Haustür gestanden haben, in dem schwarzen Kostüm, das sie immer trug, wenn sie ausging, dem Kapotthütchen und den weißen Handschuhen. Sie hatte nach Hause zurückgewollt. Aber Annemarie hatte nichts für sie tun können. Die Singer war schon so alt gewesen, so hilflos und zerbrechlich, wer hätte sich um sie kümmern sollen. An diesem Tag hatten ihre Söhne sie das letzte Mal abgeholt.

Die Wohnung war leer geworden. Wäre das kleine Kino gegenüber nicht gewesen, Rafael wäre wahrscheinlich verloren gegangen. Sooft er konnte, floh er hinüber. Er saß Sperrsitz, letzte Reihe, und wartete auf die Dunkelheit. Wenn der Film begann, versank er in den Bildern und tauchte erst beim Abspann wieder auf. Mit wem auch immer er auf der Leinwand unterwegs war, ob mit Stan und Ollie, mit Fuzzy Jones oder dem weißen Reiter, mit den Indianerkindern, die wild und stark waren, oder den verrückten Cowboys, die taten, was sie wollten – es war seine Welt. Eine Welt, in der die Guten gewannen und die Bösen verloren, in der Eltern sich stritten und wieder versöhnten und in der Kinder Wunder vollbringen konnten. Nachts träumte er das Gesehene weiter, erfand noch tollere Geschichten und ließ seine Fantasie tanzen. Bald lebte er nur noch in seinen Träumen. Sein Gesicht war blass und maskenhaft geworden, die Augen hielt er schon am Tage geschlossen.

Wenn Annemarie abends aus der Schlüsselfabrik kam, erzählte er ihr von seinen Reisen. Sie hörte ihm immer zu, Abend für Abend saßen sie zusammen. Wenn sie lachte, war er glücklich, wenn sie weinte, glaubte er sterben zu müssen.

Sie gaben sich so viel Mühe, nicht abhanden zu kommen, sie achteten aufeinander, bei Tag und bei Nacht. Wenn Annemarie morgens zur Fabrik musste, stand er schon lange vor ihrer Tür. Kam er am Nachmittag vom Hort zurück, wartete er bei der Buckligen in der Parfümerie auf sie. Er durfte im Laden herumkramen, an den Seifenartikeln riechen, dem »Kölnisch Wasser«, dem »4711«. Stundenlang klebte er Rabattmarken für die

Kunden ein. Es war warm und gemütlich in dem kleinen Laden. Die Leute mochten Rafael, sein zuvorkommendes Wesen, und er bemühte sich, die Dinge zu aller Zufriedenheit zu erledigen. Mit jedem Tag verschwand sein Vater ein bisschen mehr, und irgendwann dachte er nicht mehr an ihn.

Rafael liebte seine Straße, Annemarie, sein Zimmer und das wenige, das ihm nach Vaters Tod geblieben war. Aber wenn er nachts in seinem Bett lag, schlug sein Herz für eine andere Welt. Die Stühle waren die Einzigen, die davon wussten. Kam der Mond heraus, stand Rafael auf, ging zu seinem Lieblingsstuhl und setzte sich. Er schloss die Augen, spannte die Flügel weit und flog auf seinen Träumen davon. In eine Welt, die nur ihm gehörte, in der er allein zu Hause war.

»Lieber Herr Engelmann,

zu Ihrem 49. Geburtstag wünsche ich Ihnen viel Glück, Gesundheit und Erfolg. Mögen Sie bei Ihrer Entwicklung immer den richtigen Kurs finden. Ich hoffe, dass Ihnen mein Geburtstagsgruß etwas Freude macht. Die Freiheit der Vögel im Flug, wenn es sie noch gibt, ist sicherlich eine schöne und bemerkenswerte Sache. Mit vielen herzlichen Grüßen, Ihr Jacob Reim.«

Rafael steckte den Brief ein, trat auf den Balkon und blickte zur Havel hinüber. Ein Lastkahn tuckerte gemächlich über das Wasser. Er sah hinunter auf die Terrasse. Da standen die restlichen Sachen, die er in den letzten Tagen ausgeräumt hatte. Die Stühle waren zu kleinen Türmen übereinander gestapelt, an der Hauswand lehnte der Spiegel. Das Buffet, die Kommode, die

Kerzenleuchter, die chinesischen Vasen, alles war zum Abtransport ins nahe gelegene Kinderheim zusammengestellt.

»Es wird ihnen nichts Schlimmes geschehen«, hatte die nette Schwester vom »Haus Trinitatis« am Telefon gesagt. Sie hatten sich auf die Möbel gefreut, und Rafael wusste im selben Moment, dass die Entscheidung richtig gewesen war.

Er sah in den Garten. Marianne hatte den Rasen gemäht und den Rhododendron gewässert, während er fort gewesen war. In einer halben Stunde würden sie ein letztes Mal durch die Sachen gehen. Der Gedanke, die alten Möbel wegzugeben, machte ihn immer noch traurig. Schließlich waren es Dinge, die ihn sein Leben lang begleitet hatten. Rafael seufzte. Drei Nächte lang hatte er Schränke und Kisten durchwühlt und sich von vielem verabschiedet. Zwischen den Möbeln entdeckte er die Katzen. Hinter dem Buffet kam Jonny hervor, Mimmi klebte an seinem Hinterteil. Vorsichtig näherten sie sich den Stühlen und beschnupperten die Ecken und Kanten. Rafael gähnte. Obwohl er heute Nacht endlich wieder einmal durchgeschlafen hatte, fühlte er sich zerschlagen. Er streckte die Hände zum Himmel, er war wieder zu Hause. Mimmi hatte ihm als Erste verziehen. Sie war sofort um seine Beine gestrichen. Jonny hatte nicht einmal geblinzelt, und Ferdinand hatte ihn erst wiedererkannt, als Rafael ihn auf den Arm nahm.

Rafael sog die Morgenluft ein. »Die Erde hat mich wieder«, sagte er leise. Er drehte sich um und ging ins Schlafzimmer zurück. Die Arche, die Bilder, die Steine, der kleine Altar, die Teeschalen, die Buddhafiguren, alles stand an seinem Platz. Er betrat das Arbeitszimmer.

Auf dem Schreibtisch lagen Berge von Papier, Urkunden und Versicherungspolicen, gedankenverloren starrte er auf die Tischplatte. Marianne hatte Ja gesagt, ohne zu überlegen.

»Du gibst das alte Zeug weg, und im Gegenzug ziehe ich bei dir ein.«

»Ohne Nebenklausel?«

»Ohne Nebenklausel.«

Sie hatten sich angesehen wie Fremde, und er hatte nicht gewagt, sie anzufassen.

»Ich arbeite drüben, du hier«, hatte sie gesagt. »Kein heimlicher Tunnel, der uns verbindet. Nur noch direkt und ohne Umwege. Und das Bett teilen wir für die Liebe.«

Er hatte sie in die Arme genommen.

»Verträge sind zum Trennen da«, hatte er leise gesagt. »Das Leben braucht keine Verträge.«

Sie hatten nach langer Zeit wieder miteinander geschlafen, nachdem sie die Katzen hinausbefördert hatten. Dann waren sie zu Franco und Gogo gegangen und hatten Pizza gegessen und waren auf gewisse »Gemeinsamkeiten unter Ausschluss der Öffentlichkeit« gekommen.

»Warum trennen wir uns nicht, wir sind ja doch nicht zusammen?«

»Wir könnten heiraten.«

»Das käme aufs selbe hinaus.«

»Wir haben uns vor der bösen Welt beschützt.«

»Die Zeit ist nun vorbei.«

Wie früher hatten sie miteinander gesprochen. Sogar über Themen, die sie sonst geschickt vermieden.

»Wir könnten doch noch Kinder bekommen.«

»Bist du verrückt, ich werde sechsundvierzig.«

»Wir könnten einen Abiturienten adoptieren.«

»Der uns die Haare vom Kopf frisst?«

Es war seit Monaten der erste schöne gemeinsame Abend gewesen, sie hatten ihn genossen. Und als die letzten Gäste gegangen waren, hatten sie sogar getanzt. Gogo hatte alte Platten aufgelegt. Franco hatte mit Marianne getanzt und Rafael mit Maria. Und Giovanni, der Chef, mit Gogo, was komisch aussah, aber es hatte niemanden gestört. Gegen Mitternacht waren sie gegangen.

Sie hatten den Waldweg genommen, trotz der Dunkelheit, am Friedhof vorbei und quer über die Felder. Er hatte Marianne an der Hand gehalten, der Mond stand voll am Himmel, und sie hatten weit bis in die Gatower Heide hinübersehen können.

»Lass endlich deine Kindheit in Frieden ruhen«, hatte sie gesagt. »Danke deinen Eltern dafür, dass es dich gibt. Du hast noch so viel Zeit.«

»Und wenn wir doch mal auseinander gehen?«

»Das Risiko müssen wir tragen. Lass es uns versuchen, mehr ist nicht möglich.«

Es war ein bisschen so wie früher gewesen.

»Haben wir denn noch Zeit, uns besser kennen zu lernen?«

»Wir haben die Zeit, die uns bleibt.«

Vielleicht hatte sie geglaubt, dass er die letzten Wochen mit einer anderen Frau zusammen gewesen war. Vielleicht hatte sie gedacht, dass er türmen wollte. Und es stimmte ja auch, irgendwie war er »fremd« gegangen mit allem, was nicht nach Hause gehörte. Daran hatte er während des ganzen Weges denken müssen und sich fest vorgenommen, wieder Theater zu spielen oder eine Filmrolle anzunehmen. Der Himmel war so schön silbrig, und ein paar Nachtigallen hatten gepferchelt. »Pfercheln«, das war ihr Wort in Griechenland gewesen, das hatten sie erfunden, als sie sich vor Jahrzehnten auf einem Campingplatz kennen gelernt hatten. Um gegen den Rest der Welt zu kämpfen, um glücklicher als ihre Eltern zu werden. Darüber und über vieles mehr hatten sie auf dem Rückweg gesprochen, und als sie zu Hause ankamen, war alles gesagt.

Zwischen den Papierbergen auf dem Schreibtisch stand der graue Pappkarton. Eine abgewetzte Kordel hielt ihn zusammen. Das letzte Mal hatte Rafael ihn geöffnet, als er hier eingezogen war. Er machte sich daran, den Knoten aufzuknippern, und nahm den Deckel ab: ein paar alte Zeitungen, das Arbeitsbuch seines Vaters, einige Fotos. Er zog das Arbeitsbuch heraus, ein abgegriffenes braunes Lederbüchlein. Als er es aufklappte, fielen einzelne Seiten heraus. Vorsichtig legte er sie wieder hinein und betrachtete die erste Seite. Der Deutsche Adler war kaum noch zu erkennen, die Druckfarbe war verblichen. Er drehte das Blatt um, und das Gesicht seines Vaters sah ihn an, die weichen Augen, der traurige Blick, das sorgfältig gescheitelte Haar. Karl-Friedrich, lächelnd. An drei Schlachten hatte sein Vater teilgenommen, immer wieder hatte er die Geschichten durchgekaut. Vorsichtig drehte er das Blatt in den Händen. Karl-Friedrich war zu weich, hatte Annemarie immer gesagt, deshalb hatte er es nicht geschafft. Was geschafft? Das Leben? Rafael legte das Buch zurück und stöberte weiter in dem Karton. Er erinnerte sich an ein

Foto von Annemarie, das sie in einer Reihe von Mädchen zeigte, BDM-Mädels beim Morgenappell, stramm in Reih und Glied, mit Spaten bewaffnet. Er fand es nicht und lehnte sich zurück. Warum in der Vergangenheit wühlen?

Er sah zum Fenster hinaus, die Blätter der Linde bewegten sich im Wind. Dasselbe Ostergrün, das er als Kind so geliebt hatte. Jeden Tag hatte er auf den Baum vor der Schule gestarrt, immer ein bisschen blass, immer ein wenig verträumt. Der »bunte Vogel Freiheit« sollte kommen und ihn herausholen. Rafael fuhr sich über die Augen. Er sollte ihn mitnehmen, irgendwohin, wo es schöner war. Mit ihm wäre er bis ans Ende der Welt geflogen. Niemand hätte ihn zurückhalten können, nicht einmal Annemarie. Er hörte sein Herz wie verrückt schlagen. Was wäre aus mir geworden, wenn Karl-Friedrich am Leben geblieben wäre? Wir hätten so viel gemeinsam machen können. Wir hätten Rad fahren, ins Schwimmbad oder zum Friseur an der Ecke gehen können. Im Grunde hatte er zeitlebens alles getan, um diese Lücke zu stopfen. Bis nichts mehr ging, bis er stillstand. Sein Vater hatte ihm so vieles vermacht, und er hatte es vor lauter Suchen nicht bemerkt. Eigentlich war er immer da gewesen.

In der Fensterscheibe spiegelte sich sein Gesicht. Dieselben weichen Augen, derselbe weiche Mund, dachte er.

Einmal hatte Karl-Friedrich ihn zum Friseur mitgenommen. Rafael hatte an seiner Seite gesessen und zugesehen, wie der Friseur seinem Vater die Haare schnitt. Er hatte gehört, wie sie über Gott und die Welt sprachen, und als er dran war, hatte sein Vater eine Zigarre geraucht und auf ihn gewartet. Zum Schluss hatten beide denselben Kurzhaarschnitt gehabt, und Annemarie war zu Tode erschrocken, als sie »ihre Männer« wieder sah. Sie glichen sich wie ein Ei dem anderen.

»Es war nicht deine Welt, Karl-Friedrich«, sagte Rafael leise. »Du hast dich immer nach einem anderen Leben gesehnt, ohne den Leistungsdruck und die üblichen Rangeleien.« Einen Moment schloss er die Augen. Sein Vater hatte keine Angst vor dem Tod gehabt. Alle hatten Angst vor dem Tod, sein Vater nicht. Vielleicht hatte er ihn sogar gesucht. Rafael fuhr sich mit der Hand übers Gesicht. Möglich, dass sein Vater zu feige war, das Leben anzunehmen, wie es war, dachte er. Dass er lieber floh, als sich zu stellen. Sein Leben sollte wie ein Zauberteppich sein, mit dem man wegfliegen konnte, wohin man wollte. Er kannte das: abhauen, irgendwohin, wo es besser war als hier.

Er zog den Karton zu sich heran, suchte zwischen den Zeitungen und fand die Fotos. Das erste zeigte ihn beim Fasching im Hort, als Spanier, mit Schnurrbart und Sombrero auf einem Stoffesel. Wie er dieses Lächeln gehasst hatte, die weichen Augen, die schlaffen Schultern. Es war ein Trick gewesen, alle Kinder hatten Tricks. Man musste sich verstellen, die Erwachsenen wollten das so, also gab man ihnen, was sie brauchten. Das zweite Bild zeigte ihn mit Annemarie am Strand in Italien. Die einzige Reise, die sie nach Vaters Tod gemacht hatten. Wonach buddelten sie wie verrückt? Sie hatten immer gebuddelt, in Italien und zu Hause. Das letzte Foto zeigte Rafael, wie er juchzend um den Tisch lief. Ein fröhlicher dicker kleiner Kerl. Trudel schaute ihm gedankenvoll zu. Das war der Junge, der er einmal war. Als Kind wollte er immer groß und erwachsen sein, es konnte ihm gar nicht schnell genug gehen. Er wollte es ihnen zeigen, er hätte mit ihren Kriegen, den Trümmern und den Sorgen aufgeräumt.

Rafael legte den Deckel auf den Karton, band sorgfältig die Kordel darum und machte einen dicken Knoten.

»Abspann«, sagte er leise. »Der Film ist aus. Mein Vater hieß Karl-Friedrich Engelmann, und er ist nicht wie ein Krieger gefallen, er starb wie ein Mensch. Ich bin sein Sohn, Rafael, und der Sohn von Annemarie. Wir gehören zusammen.«

Mit beiden Händen nahm er den Karton, trug ihn zum Bücherregal, stellte ihn ins unterste Fach, drehte sich um und ging hinaus.

»Hier spricht Mihran.«

»Wer?« Rafael erkannte die Stimme des Mannes nicht.

»Mihran. Sie warren in Nacht mit Sergej in Kneipe. Erinnern Sie sich?« Er sprach ein furchtbares Kauderwelsch.

»Ja, ich entsinne mich. Wie kommen Sie an meine Nummer?«

»Sergej mir gegeben.«

»Aha.«

»Ich soll sagen: Sergej ist tot.«

»Um Gottes willen. Wann ist das passiert?«

Der Mann reagierte nicht.

»Woran ist er gestorben?«

»Er hat nicht viel geleidet. Ein paarmal gehustet, und dann warr aus. Das Stück warr serr groß.«

»Welches Stück?«

»Von dem Hühnchen, stand in derr Luftröhre querr. Wirr haben Sergej in Krankenhaus gebracht. Er hat gehustet und gehustet, aber es warr zu spät.«

»Er ist an einem Hühnerknochen erstickt?«

»Ja.«

Rafael starrte zur Wand. »War er nicht sowieso sehr krank?«

»Sergej immer krank.«

»Es tut mir Leid für Kroll«, sagte er leise. »Danke, dass Sie mich angerufen haben.«

»Er hat mirr gesagt, Sie anzurufen.«

Rafael schwieg. Er hatte in den letzten Tagen nicht mehr an den alten Mann gedacht.

»Sie können Mandoline abholen.«

»Was soll ich?«

»Sergej sagt, Sie erben Mandoline. Sie können sie in derr Schule abholen. Auf Wiedersehen.«

»Warten Sie, wann, sagten Sie, ist er gestorben?«

»Vor einer Woche.«

»Wann war die Beerdigung?«

»Am Mittwoch wird er geerdet, zwölf Uhr.«

»Wo?«

»Auf dem Kaiserr-Wilhelm ...«

»Auf dem Kaiser-Wilhelm-Gedächtnis-Kirchhof?«

»Ja.«

»Danke. Dann sehen wir uns ...«

»Nein, ich hasse Beerdigungen.« Im Hintergrund hörte man Stimmen. »Vergessen Sie Mandoline nicht.«

Sie parkten den Wagen und liefen zum Haupteingang des Friedhofs. Es waren nur wenige Menschen unterwegs. Marianne hatte den Friedhof ausfindig gemacht und beschlossen, Rafael zu begleiten.

»Du hast mir nichts von diesem Kroll erzählt!«

»Es war nicht wichtig. Ich habe ihn erst vor ein paar Monaten kennen gelernt, und nun ist er tot.« Am Eingangstor wies ein Schild auf die Beerdigung hin: »Trauerfeier Kroll. 12 Uhr.« Eine kleine Allee führte zur Kapelle hinauf. Ein altes Ehepaar, eine elegante Dame im Pelzmantel und ein kleiner Mann mit weißem Haar, folgten ihnen. Vermutlich waren sie die einzigen Trauergäste. Rafael schwieg. Seit sie durch das Friedhofstor gegangen waren, war die Angst von ihm abgefallen. Das Gefühl der Ohnmacht, das er während der Fahrt verspürt hatte, schwand. Über dem Friedhof lag eine große Stille, nur ihre Schritte waren zu hören und hin und wieder das Zwitschern der Vögel. Die Allee mit den hohen Bäumen, die Wege, die zu den Gräbern führten, die Tannensträucher beruhigten ihn.

Am Fuß der Treppe zur Kapelle hatte sich eine Gruppe junger Leute versammelt. Keiner schien älter als zwanzig. Sie trugen lange Mäntel und riesige Schuhe, die unter ihren Hosen hervorsahen.

Rafael zog Marianne zu einer Baumgruppe. »Es sind seine Schüler«, sagte er.

Die acht Jungen hatten weiß geschminkte Gesichter, die Augen waren schwarz umrandet, drei von ihnen hatten eine Glatze. Ein kleiner Kerl in einem zu großen Jackett mit Karomuster lief nervös hin und her. Die Jungen sahen kurz zu ihnen hinüber, steckten dann wieder die Köpfe zusammen.

Rafael fror, er zog Marianne an sich. »Großer Gott«, sagte er leise.

Die beiden alten Leute stellten sich zu ihnen unter
die Bäume. Nach ein paar Minuten öffnete sich die Tür
der Kapelle, und ein Friedhofsangestellter in schwarzem Anzug trat heraus. Er gab den Jungen ein Zeichen,
und der Zug setzte sich zum Hintereingang der Kapelle
in Bewegung: die Jungen vorneweg, der Friedhofsangestellte in der Mitte, dann die beiden Alten; Rafael und
Marianne bildeten den Schluss. Rafael sah zu den
Baumkronen hinauf. Der Regen hatte nachgelassen, auf
dem Dach der Kapelle lag ein weiches Licht. Die Jungen standen mit gesenkten Köpfen, ihre Mäntel hingen
wie schwarzes Gefieder an ihnen herunter.

Vier Friedhofsangestellte schoben den Sarg auf einem Wagen in die Mitte des Vorplatzes. Die Jungen
nahmen um den hellen, schmucklosen Fichtensarg
Aufstellung: rechts drei, links drei und je einer am
Kopf- und Fußende. Acht Clowns in nassen Mänteln,
denen die Schminke übers Gesicht lief, zogen die lange
Allee hinauf, ihre Mäntel schleiften auf der Erde.

Es war wunderbar still zwischen den hohen Bäumen,
auf den Gräbern flackerte hier und da ein Lebenslicht.
Rafael griff nach Mariannes Hand, sie sah ihn an. Es ist
gut, dass sie da ist, dachte er. In der letzten Nacht war er
schweißgebadet aufgewacht, hatte von einer Klinik geträumt mit langen Fluren und großen, kalten Räumen.
Er, ein Junge von vielleicht zehn oder zwölf Jahren, war
durch die Gänge gelaufen und hatte nach etwas gesucht, woran er sich nicht erinnern konnte. Seine Füße
waren blutig, und irgendwann hatte ihm eine Frau geraten, sich das Blut von den Füßen zu waschen und
zum Essen zu kommen. Er war aufgewacht und hatte
nicht mehr einschlafen können.

Der Kies knirschte unter seinen Schritten. Die Jungen, die schweigend den Wagen mit Krolls Sarg zogen, erschienen ihm mit einem Mal wie Brüder. Heute früh hatte er lange im Bett gelegen und an seinen Vater gedacht und entschieden, dass es so nicht weitergehen konnte, dass er von nun an sein Leben selbst in die Hand nehmen musste. Er war aufgestanden und hatte sich zum ersten Mal wohl in seiner Haut gefühlt.

Auf einer kleinen Lichtung vor einer frisch geschaufelten Grube machten sie Halt und stellten sich in einem Halbkreis auf. Die Träger hoben den Sarg vom Wagen und brachten ihn zum Grab.

Der Mann im schwarzen Anzug wandte sich an die Gruppe: »Sie können jetzt vortreten und etwas Persönliches sagen.«

Keiner der Jungen rührte sich. Der Angestellte gab den Männern ein Zeichen, und langsam ließen sie den Sarg hinunter.

»In Gottes Namen.«

Rafael blickte zum Himmel, endlich brach das Sonnenlicht hervor. Es schimmerte zwischen Bäumen und Sträuchern hindurch und legte sich auf Wege und Gräber. Es war dasselbe Licht, das er in seiner Kindheit so geliebt hatte. Sein Vater hatte es mitgenommen, als er für immer ging, und heute sandte er es zurück. Er sah Marianne an, sie erwiderte seinen Blick.

Rafael trat als Letzter ans Grab. »Verzeihen Sie, Sergej«, sagte er leise. »Ich habe Sie für ein paar Tage gegen einen anderen ausgetauscht. Es tut mir Leid, aber es war so gut, Sie kennen gelernt zu haben.« Er nahm eine Hand voll Erde und warf sie auf den Sarg. »Sie haben mir sehr geholfen.«

Er drehte sich um. Marianne kam ihm entgegen. Hand in Hand gingen sie an den anderen vorbei, keiner sprach ein Wort. Die beiden Alten nickten ihnen freundlich zu. Während sie auf der Allee zurückgingen, hörten sie den Applaus. Erst zögernd, dann stärker. Es klang wie der Flügelschlag von Wildenten.

Noch einmal fuhren sie durch sein altes Viertel, es geschah fast absichtslos. Statt der Königin-Elisabeth-Straße zu folgen, waren sie in den Spandauer Damm abgebogen. Rafael sah zu den Gemüse- und Obstläden, den Supermärkten und Kneipen hinüber und wusste: Heute ging er endgültig fort, aber er floh nicht irgendwohin, er kehrte zu sich selbst zurück.

Auf dem Klausener Platz herrschte reges Markttreiben. Rafael blickte zum Schlosspark hinüber. Die Krieger bewachten die Tore wie eh und je. Zum ersten Mal bemerkte er die Patina auf der großen Kuppel. Er hätte Marianne bitten können, rechts in die Nithackstraße einzubiegen und an der Feuerwache anzuhalten. Er hätte die paar Meter zum Kinderhort gehen können. Aber er hatte sich entschieden: Es war vorbei.

Sie überquerten die große Kreuzung und kamen auf die Otto-Suhr-Allee. Da waren all die Häuser, die ihm seit der Kindheit vertraut waren. Vieles hatte sich verändert: Die Fassaden waren verputzt und die Höfe restauriert worden. Sie hatten die Straßen verbreitert und die Laternen gestrichen. Doch die Spuren der Vergangenheit hatten sie nicht auslöschen können. Die Erinnerung lebte in jedem Stein, und wer wollte, konnte sie hören: Die Steine erzählten noch immer die alten Geschichten von Liebe und Sehnsucht, von Hoffnung und

Leid. Er sah es, auch wenn er die Augen schloss, denn das Wichtigste, seine Liebe, trug er im Herzen. Die magischen Worte fielen ihm ein: Für immer und immer und immer.

Er hatte sich für die Seite des Lebens entschieden.

Sie bogen in die Wilmersdorfer Straße ein und gelangten zur Behaimstraße. »Halt vor dem kleinen Theater«, bat er Marianne. »Ich bin gleich wieder da.«

Die Plakate hingen noch in den Schaukästen. »Die Linkshänder«. Daneben das Bild von dem Clown mit der Mandoline. Er hatte Glück: Eine der Türen war offen. Er ging hinein.

»Hallo, ist jemand da?« Keine Antwort. Vor dem Tresen standen ein paar Bistrotische und Stühle, es roch nach kaltem Rauch. Er zog den Vorhang, der das Entree vom Zuschauerraum trennt, zur Seite. Vor ihm im Halbdunkel der alte Kinosaal. Es hatte sich wenig verändert, aber wo früher die Leinwand gewesen war, befand sich jetzt eine kleine Bühne. Die Notbeleuchtung gab schwaches Licht. Er hangelte sich an den Stuhlreihen entlang. An der Rampe stand ein einsamer Stuhl, in der Ecke entdeckte er einen Koffer, den Kasten mit der Mandoline und daneben Krolls Schuhe. Er schwang sich auf die Bühne und nahm die Schuhe hoch, alte Clownsschuhe, über vierzig Zentimeter lang, mit schwarzen Kappen und weißen Streifen, die Sohlen abgelaufen. Er zögerte einen Moment und entschied sich dann, es zu probieren, zog seine Schuhe aus und schlüpfte in die Treter. Sie gaben ihm einen gewissen Halt, aber es war nicht leicht, sich mit ihnen zu bewegen. Er packte den Stuhl an der Lehne und stellte ihn in die Mitte der Bühne. Dann setzte er sich und schloss die

Augen. Nichts geschah. Er stand auf, ging zum Inspizientenpult und legte ein paar Schalter um: Weiches gelbes Licht flutete auf die Bühne. Im Koffer fand er Puderdose und Quaste, einen Spiegel und ein Kästchen mit Schminke. Mit weiß geschminktem Gesicht setzte er sich kerzengerade auf den Stuhl und lauschte in die Stille.

Minutenlang blieb er so sitzen, dann stand er auf, zog die Schuhe aus und stellte sie in die Ecke zurück. »Es ist vorbei«, sagte er leise. »Es geht nicht mehr.«

Resigniert zog er seine Schuhe wieder an, band sie sorgfältig zu und wollte mit der Mandoline die Bühne verlassen. Aber da war es plötzlich, dieses Gefühl ... Er setzte sich und schloss die Augen. Im selben Moment begann sein Körper zu schweben, erst ein paar Zentimeter, dann immer höher: Er flog!

Rafael öffnete die Autotür und warf die Mandoline auf den Rücksitz.

»Rutsch rüber«, sagte er atemlos.

Marianne zwängte sich auf den Beifahrersitz. »Wie siehst du denn aus, wo warst du so lange?«

Er klemmte sich hinter das Steuer. Im Rückspiegel sah er sein weiß geschminktes Gesicht. »Ich wollte wissen, ob es noch geht.«

»Und, geht's noch?«

Er nickte und startete den Wagen.

»Das lässt ja hoffen«, sagte sie lachend.

Sie rollten aus der Lücke heraus, bogen in die Gierkezeile ein und umrundeten die Luisenkirche. Als sie den Kreis verließen, flogen ein paar Tauben auf. Sie kamen am Haus seiner Kindheit vorbei. Über den kleinen Balkon im zweiten Stock neigten sich die Äste der Linde, Sonnenlicht spiegelte sich in den Fenstern.

Rafael blickte in den Rückspiegel. Ein Hut trudelte die Straße hinunter. Erst gemächlich, dann immer schneller. Er folgte ihnen in großen Sprüngen. Rafael lachte.

»Was ist?« Marianne sah ihn fragend an.

»Nichts, ich erzähle es dir später.«

Sie bogen in die Otto-Suhr-Allee, erreichten den Spandauer Damm. Rafael blinzelte ins Sonnenlicht. Auf den Grünflächen vor dem Schloss tobten ein paar Kinder. Er lehnte sich zurück. Er wusste, der Hut würde sie einholen, irgendwo, vielleicht schon an der nächsten Ecke.